지곤 피는 해당화

교·단·에·세·이

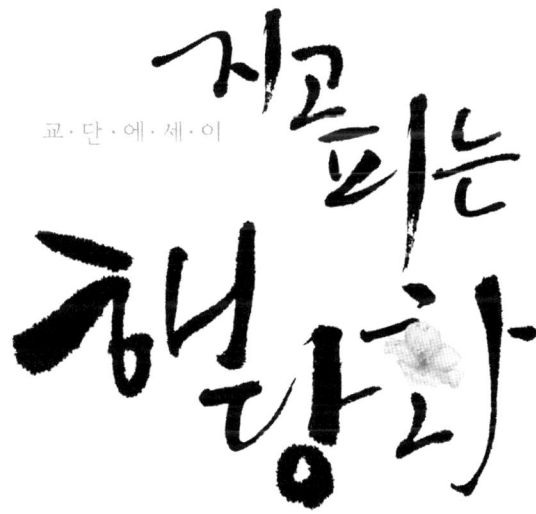

지고 피는 해당화

이인우 지음

이담
Books

수필집을 내면서

　다섯 살 때 초등학교에 입학한 나는 며칠 다니지 못하고 홍역에 걸려 학교를 그만두었다. 그 며칠 동안 학교에 간 일로 아이들은 아침이면 집 앞에 와서 "학교 가자!"를 외쳤다. 그 외침은 초등학교를 졸업할 때까지 들어야 했다. 아니다. 중학교 때나 고등학교, 대학교 때도 들었다. 교편을 잡고도 40여 년 동안 줄기차게 들어야 했다. 한평생 들어온 소리이니 이제 퇴직을 한다 해도 여전히 귀에 쟁쟁할 것이다.

　'해당화 피고 지는 섬마을'이라는 노래가 유행을 하자 해당화는 교직을 상징하는 꽃이 되어 버렸다. 학교에서는 장단을 맞추느라 해당화를 다투어 심었다. 해당화가 교직을 상징하는 꽃이라면 그 꽃은 분명 지고 필 것이다. 교육은 새로운 것을 창조하는 것이 아니라 있는 것을 보다 나은 방향으로 이끌어 주는 것이다. 교육의 효과는 금방 나타나는 것이 아니어서 가르친 사람도 확인하지 못하는 경우가 많다. 가르친 사람은 배운 사람이 좋은 방향으로 가기를 원한다. 가르친 사람은 지고 배운 사람은 다시 피는 것이다. 그것은 해당화가 피고 지는 것이 아니라 지고 필 것이라는 생각의 근원이다.

1973년 경기도 이천에 있는 나래초등학교를 시작으로 초등학교 4개교(9년: 경기나래초등, 안동학산초등, 길안초등, 임하초등), 중학교 4개교(14년: 안동와룡중, 북후중, 의성중, 안평중), 고등학교 4개교(16년: 안동공고, 예천감천고, 안동여고, 한국생명과학고)에서 근무했다. 우연의 일치로 각각 4개교씩 12개 학교를 초등과 중등, 공립과 사립, 남학교와 여학교, 실업계와 인문계 등을 다녔으니 다양한 경험을 했다고 볼 수 있다.

교무실로 출근한 지 40년, 학교생활을 뒤돌아보니 잘한 일보다 시행착오로 남에게 피해를 준 일이 더 많다. 그때는 상부 기관과 직장 동료, 학생들에게 하고 싶은 말도 많았는데 세월이 지나고 보니 모두가 후회스럽다.

어느 성직자의 묘지에 죽은 자의 증언이라고 라틴어로 새겨져 있는 것을 옮겨 본다. 라틴어로 [HODIE MIHI CRAS TIBE], 영어로 [Today me, tomorrow you], 우리말로 번역하면 [오늘은 나에게, 내일은 너에게]이다. 삶이란 하룻밤 여인숙에서 묵고 가는 것이다. 살아 있는 자는 이 밤이 새면 무엇인가를 얻고 구하기 위하여 지상을 바쁘게 뛰어다녀야만 한다.

여기 실린 글들은 모두 실제로 있었던 일이지만 부득이 이름을 밝힐 수 없을 때는 가명을 사용하였다.

변변치 못한 글을 책으로 엮게 되어 송구스럽기 짝이 없다. 그러나 가족의 생계를 이어 준 교직에 대한 고마운 마음으로, 보잘것없는 내 기록이 교직을 사랑하는 분들에게 조금이라도 도움이 되었으면 좋겠다.

2012년 12월 추천 서재에서

이인우

목 차

XI 안평중학교

XII 한국생명과학고등학교

I
나래초등학교

01 경기도 청년과 안동 촌사람

첫 발령을 받고 부임한 지 얼마 되지 않았던 어느 날, 나는 이상한 광경을 목격하게 되었다. 한 학교에 한 가지 이상 운동을 해야 한다는 시책 때문인지 이 학교는 축구를 교기로 하고 있었다. 가을이 되면 평가전이라 하여 군내 각급 학교별로 대회를 여는데 우리 학교는 금년에 준우승까지 했다며 자랑이 대단했다. 저학년 꼬마들도 공을 곧잘 찼으며 여학생들도 축구를 했다. 이때만 해도 축구는 남자만 하는 운동 경기로 알고 있었다. 그런데 이상한 광경이란 학교가 축구를 교기로 해서인지 마을에 사는 청년들도 축구를 하기 위해 학교 운동장에 언제든지 모여들었다. 지금 같으면 시골에 젊은 사람들을 찾아보려고 해도 찾기 힘든데 그때는 흔한 것이 젊은 사람이었다.

축구가 교기이다 보니 선수들은 수업이 끝나면 운동장에서 연습을 했다. 주장이 앞장서서 줄을 세우면 축구를 가르치는 6학년 선생님은 호각을 목에 걸고 운동장에 나가 지도를 했다.

어린이들이 줄을 서려는데 마을에서 온 청년 수십 명이 운동장에서 격렬한 축구 경기를 하고 있었다. 심지어 윗옷을 모두 벗고 이리 뛰고 저리 뛰는 사람도 있었다. 가뜩이나 비좁은 운동장인지라 우리 선수들은 줄을 설 수도 없었다. 어린이들은 뒤뜰로 몰려와서 코치 선생님께 일러바쳤다. 코치가 아무 말이 없자, 이번에는 교무실 문을 열고 키가 큰 주장이 큰 소리로 청년들 때문에 축구를 못 한다고 해도 어느 한 사람 나서는 이가 없었다.

공문을 정리하던 나는 영문을 몰라 두리번거리다가 사태를 짐작하고 운동장을 내다 보았다. 운동장은 동네 청년들의 놀이터가 되어 있었다. 수업 중에 아이들의 학습장인 운동장을 무지막지하게 빼앗아 버렸는데도 선생님들은 아무 말도 못 하고 있다니 정말 분통이 터졌다.

나는 교무실 구석에 있는 마이크 캐비닛 앞으로 갔다. 마이크 볼륨을 높이고 큰 소리로 호통을 치기 시작했다.

"아이들이 운동을 해야 하니까 운동장에 공 차는 사람들은 나가 주세요."

교무실에서 고개를 숙이고 사무를 보던 선생님들은 돌발적인 나의 행동에 눈을 휘둥그레 뜨며 안절부절 못했다. 어떤 선생님은 모른 채 그냥 사무를 보기도 했지만 큰일 났다는 표정은 마찬가지였다.

내가 또 한번 마이크로 외치며 운동장을 보았을 때 청년 몇 명은 교무실을 향하여 주먹 쥔 팔을 흔들고 있었다. 세 번째 마이크로 외치려던 나는 운동장으로 나가기로 결심을 하지 않으면 안 되었다. 벌써 몇 명은 교무실 쪽으로 오고 있었기 때문이다.

내가 교무실 문을 나가는 동안 어느 한 사람, 제지하는 사람도 관심을 보이는 사람도 없었다. 모두 쥐 죽은 듯이 책상만 내려다보고 있었다. 나는 관계치 않았다. 우리 어린이들이 운동장을 사용해야 할 시간에 허락도 없이 마을 청년들이 운동장을 빼앗아 공을 차고 있다는 것은 도저히 용서될 수 없었다. 적어도 내가 교육대학에서 배운 '아이 사랑'으로는 용납이 될 수 없는 상황이었다.

조회대까지 가지도 못하고 현관문 앞을 몇 발짝 나가자 나는 동네 청년들에게 에워싸였다. 벌써 듣기 거북한 욕설이 몇 사람 건너서 들려 왔다. 저 멀리서도 고함치는 소리가 들렸다. 평소 싸움이라고는 한 번도 하지 않았던 나는 후원군도 없이 이 위기를 극복해야 했다. 그것도 아이들이 보고 있는 학교에서 말이다. 이미 벌어진 일이니 어쩌랴, 둘러싼 청년들을 밀치며,

"방금 전 욕설한 놈이 누구로! 한 놈씩 덤벼 봐라! 비겁하게 한꺼번에 몰리는 쌍놈들아!"

나도 모르게 경상도 안동의 투박한 사투리가 튀어나왔다. 청년들은 주춤했다. 그러자 나는 조회대 위로 올라갔다. 그리고 작은 소리로,

"금년에 우리 학교가 준우승을 했으며 지금은 선수들이 운동을 할 시간이니 운동장 사용은 선수들 훈련이 끝난 뒤에 했으면 좋겠다."

고 설득을 했다. 여전히 저 멀리서는 "저 경상도 새끼 죽여라!" 라고 외쳤다. 내 표정을 보고만 섰던 그들도 여차하면 주먹이 날아갈 것 같은 나를 한참 보더니 다음에 보자는 표정으로 침을 탁 뱉더니 하나씩 물러났다.

교무실에 들어오면서 축구 주장을 보고 연습을 하라고 했더니 그 아이는 연습할 생각은 않고 "선생님 큰일 났어요. 저녁에 청년들이 학교에 온대요." 하고는 내 눈치만 살폈다.

이 사건이 있은 후 선생님들은 수군거렸다. 전번에 교감도 나같이 청년들 축구를 말리다 그들이 무서워 큰길로 다니지 못하고 매일 샛길로 출퇴근을 했다며 앞으로 일어날 일을 자기들끼리 수군

거렸다.

그 후 동네 청년들의 횡포는 없었으나 나는 복수를 크게 당했다.

마을에 잔치가 있어 갔다가 남자 선생님 몇 분과 술이 거나하게 취한 상태로 운동장을 들어서는데 동네 청년들이 기다렸다는 듯이 점잖게 축구를 같이 하자고 제의해 왔다. 나는 전번의 앙금도 풀겸 좋다고 했다. 물론 어떤 사태에 대한 준비를 생각하지 않는 것은 아니지만 각오는 되어 있었다. 어두운 운동장에서 술 취한 상태로 축구를 시작한 것이 잘못이었다. 나는 정신없이 보이지 않는 공만 따라다녔다. 동네 청년들은 내 행동의 허점만 노리고 있었다. 나는 청년들에게 둘러싸인다 싶었는데, 눈에 불꽃이 튀었다. 허리에도 발이 날아왔고 온몸으로 부딪히는 사람도 있었다. 몇 번을 넘어지다 보니 술기운도 사라져 도저히 견딜 수가 없었다. 옆에 보이는 학교 아저씨에게 운동장 외등을 전부 켜라고 시켰다. 그리고 눈을 바로 떴다.

"그래 이놈들 외등을 켜고 한판 붙어 보자, 아이들도 없으니 내가 죽나 너들이 죽나, 비겁하게 어두운 곳에서 여러 놈이 덤비지 말고 한 놈씩 덤벼라!"

외등이 켜지자 그들은 하나둘 꽁무니를 빼기 시작했다. 그러자 나는 더벅머리 키 큰 놈을 붙잡았다. 멱살을 쥐고 이제 복수는 끝난 거냐고 외치자 그는 손을 내밀며 악수를 청했다. 젊은 사람끼리 친하게 지내자는 말도 했다. 나는 그 대가로 하루 저녁을 앓아야 했다.

나래초등학교에 근무하는 선생님들은 서울 사람이 가장 많았다. 다음은 충청도, 전라도 순이었는데 교장은 전라도였고 교감은 충청도였다. 전국 각 도에서 고루 모인 곳이 경기도 교사들이다. 동네 청년들과 껄끄러움이 해결되자 그들은 학교일에 많이 협조를 해 주었다. 그들은 특히 나의 안동 사투리를 좋아했다. 흉내를 내기도 하고 배우기도 했는데 그냥 재미로 그러는 것 같았다.

안동 촌사람이 경기도에서 이 정도 복수로 마무리된 것은 정말 다행이었다. 그들은 지금도 나를 이야기할지 모른다. 나는 그들에게 불의를 보면 참지 못하는 사람으로 기억되기를 바랄 뿐이다.

02 마작연수 1박 2일

주임교사 발령을 지금은 학교장이 내고 교육청에 보고하지만 그때는 교육청에서 발령을 내었다. 주임교사는 어느 학교에 가도 주임교사였다. 교무주임, 체육주임 등, 교무주임으로 있던 마흔 넘은 여선생이 그 자리에서 교감으로 승진하자 이웃학교에서 교무주임이 새로 부임을 했다. 나이 많은 교무주임은 그날부터 남선생들과 어울려 장호원(경기도 장호원과 충북 장호원이 다리를 사이에 두고 있다)으로 이천으로 술을 마시려 다녔다. 아마 직원들과 친해지기 위한 수작으로 보였다. 근 1주일 이상을 날이 새도록 술을 마셨는데 통행금지가 있던 시절이라 경기도 장호원에서 12시가 다 되어가면 충북 장호원(충북은 통행금지가 없었다)으로 가서 계속 술을 마셨다.

새로 온 교무주임은 어디서 구해 왔는지 생전 처음 보는 '마작'이라는 것을 구해 왔다. 맨, 담, 쓰모, 홍, 중, 녹발, 백반 등을 노트에 적어 주면서 외우라고 했다. 뜻도 모르고 다른 사람들이 하는 대로 따라 외우던 어느 날 오후 숙직실에서 상을 펴고 마작이 시작되었다. 외운 것을 실습하는 것이다. 하루가 지나고 이틀이 지나자 숙직실은 매일같이 마작 하는 소리가 철컥철컥했다.

충청도가 고향인 김재량이라는 분은 마음씨가 고운 총각선생님이었는데 나와 함께 숙직실에서 기거했다. 그렇게 마음씨가 좋던 그도, 같이 발령을 받은 사람에게 먼저 1급 정교사 연수가 나오자 밤새위 술을 마시고 숙직실 가득 오물을 토하는 일이 있었다. 조용할 때는 나와 같이 뒷산에 올라가 장래 설계를 하기도 했는데, 주로 대학 편입과 대학원 진학에 대한 이야기였다.

여름 방학 중에도 우리들은 자주 모여 마작 놀이를 했다. 아주 무덥던 어느 날, 교무실 현관에서 마작판이 벌어졌다. 아침부터 시작하여 저녁이 되어도 끝나지 않았다. 시대적으로 육영수 여사가 흉탄에 맞아 운명했던 때라 마작이 안 되면 "고 육영수 여사" 하고 라디오에서 나오던 소리를 중얼거렸던 생각이 난다.

저녁이 되자 우리들은 숙직실로 자리를 옮겼다. 자정이 가까워질 무렵, 밖에서 이상한 발자국 소리가 들렸다. 하던 마작판을 말아서 숙직실 이불 넣는 곳으로 치우고 운동장과 학교 주변의 외등을 모조리 컸다. 금방 들리던 발자국 소리는 어디로 갔는지 흔적이 없었다. 동서로 나누어 그 흔적을 찾으려 돌아다녔다. 교사 뒤 향나무 속에 무엇인가 흰 것이 보여 살금살금 다가갔다. 무섭기는 했지만 소리를 지를 형편은 아니었다. 그것은 남편을 기다리던 박 선생의 부인과 또 다른 김 선생의 부인이었다. 향나무 위에 동그라니 앉아서 내가 다가가자 손가락으로 입을 세로로 막으며 조용하라고 했다. 절대 말하지 말라고 했다. 마작에 미친 남편을 기다리다 지쳐 숙직실 주위에 와서 구경하고 있었던 모양이었다.

밤만 새우는 것이 아니라 어제 저녁부터 오늘 온종일, 그리고 자정이 넘도록 남편이라는 사람의 얼굴을 못 보았으니 꽃 같은 새댁이 오죽했겠는가? 박 선생 부인은 결혼한 지 두어 달이 되었고 김 선생 부인은 이 년 정도가 된 새댁이었다.

향나무 위에 있는 두 사람을 보고도 나는 태연히 숙직실로 들어갔다. 그리고 교육청에서 왔다 갔는지 모르니 이제 마작을 그만하자고 했다. 돈을 잃은 내가 그러는데 누가 더 하자고 하겠는가.

03 발 매는 아이들

막연함과 아련함, 바쁘게 보내던 교육대학 2년은 교직에 대한 사명감보다 내 삶의 방편을 위한 것이었다고 솔직히 말하고 싶다. 교직의 첫발은 그렇게 시작되었다.

가르치는 일, 나에게 수십 명의 아이들이 제비 새끼같이 선생님이라고 부를 때 나는 이미 피할 수 없는 막다른 골목에 왔음을 깨달았다. 첫 발령 그리고 초임지는 첫사랑보다도 더 달콤하고 신선한 충격이었다.

경기도 이천군 장호원읍 나래초등학교가 내 교직의 출발지이다.

발령만 기다릴 수 없어 무작정 절간에서 절간으로 떠돌아다니다가 한 해를 다 보내고 저물어 가는 동짓달의 가운데에서 보통우편으로 부쳐 온 발령 통지서를 받았다. 급한 마음에 교육대학에서 배우던 책을 가방 불룩이 챙겨 넣고, 해는 저물어 가는데 고향집을 뒤로한 채 먼 길을 떠났다. 부디 잘 가라며 치맛자락으로 눈물을 닦아 내시던 어머님의 모습은 지금도 잊을 수가 없다. 보통 때 같으면 무사히 다녀오라고 하셨는데 그날은 잘 가라고 하셨다. 둘째 아들이자 막내이니 이제 가면 같이 살기는 틀렸다는 뜻이었을까?

대구에서 밤을 새우고 고속버스로 서울에 갔다. 수원에 경기도 교육청이 있어서 수원까지 가니 또 밤이 되었다. 이름 모를 여관에서 앞으로 다가올 일들을 상상하느라 잠을 설쳤다. 자주색 교복이 인상적인 어느 여고를 지나다 학생에게 물어서 도교육청을 찾았다. 임지를 배정받고 지도를 보며 찾아간 곳이 이천교육청, 여기서 학교를 배정받고 또 간 곳이 동백아가씨로 유명한 가수 이미자의 고향이었다. 장호원읍 이황리, 고개를 넘으니 나래리의 나래초등학교가 있었다.

큰 가방을 들고 덥수룩한 머리를 하고 교문에 들어서는 것을 직원들은 보고 있었는지 나중에 들으니 무슨 장사꾼인 줄 알았다고 했다.

숙직실에서 하룻밤을 보내고 다음 날 아침 아이들과 첫 대면을 했다. 6학년 1반, 초롱초롱한 눈빛이 나를 주시하며 선생님이라고 했다. 선생님이란 말을 듣는 순간 나는 교직이 생활의 방편이 아닌 사명감 같은 것일 거라고 짐작을 했다.

나래초등학교는 전국에서 성공한 자활학교로 이미 그 이름을 떨치고 있었다. 전교생이라야 200명, 교사 7명, 학교 주위는 밭으로 둘러싸였으며 제법 멋을 낸 화단도 있었다. 내가 지금까지 보아 온 학교 중에 가장 조경이 잘된 학교였다. 개나리 울타리가 그러했고 이름 모르는 많은 꽃들이 그러했다.

어디를 가도 꽃나무, 향나무뿐이었다. 그런데 이 조경이 바로 자활학교의 원천이었다.

이 학교는 향나무와 노무라단풍을 비롯한 많은 종류의 나무와 황기, 길경 등의 약초를 재배하여 자활하는 데 성공한 학교였다. 여기에서 나오는 돈으로 학교를 운영하고 어린이들에게 교복과 교과서를 무상으로 주었다. 아직 완전한 의무교육이 되지 않던 시절이었다(70년대 초였으니 시골학교에서도 육성회비 등을 징수했다).

그해 겨울은 연료비 관계로 조기 방학을 했다. 그 대신 여름방학이 짧다고 했다. 아마 지금 겨울방학이 긴 것은 그때 이후 계속된 것이리라.

또다시 3월이 오고 나는 남들이 다 싫어하는 5학년 담임이 되었다. 이 학교 남교사 중 가장 나이가 젊다는 이유인 것 같았다. 이제는 학교생활이 무엇인지, 자활학교가 무엇인지 조금은 알 수 있다고 자부하던 4월 어느 날 아침, 직원 조회 시간, 교장은 순서도 없이 작업 지시를 했다. 저학년은 어리니까 화단의 풀을 뽑고, 중학년은 길경이밭을 매고, 고학년은 황기밭을 매라고 했다.

우리 반에 배당된 일은 황기 밭을 매는 것이었다. 학교 뒤를 넘어가니 다섯 마지기는 됨 직한 푸른 황기밭이 잡초에 싸여 있었다. 그 옆에는 길경이밭이 또 그렇게 있었고, 팻말도 없는 약초밭이 산골짜기 하나를 온통 차지하고 있었다. 향나무 묘목은 연도별로 있었는데 어디 농업시험장에 온 것 같았다. 몇 개월간 근무하면서 여기에 이렇게 큰 밭이 또 있는지 나는 알지 못했다. 학교 옆으로 있는 밭만 해도 수 십 마지기는 되겠기에 그것이 전부라 생각했는데, 나중에 알고 보니 동네 여기저기에 실습지가 널려 있었다. 교무실 캐비닛 위에 한 아름 쌓여 있던 밀짚모자의 주인을 이제는 알 것도 같았다.

농사꾼의 아들로 태어났지만 농사가 무엇인지 모르던 내가 이제 천벌을 받는 것인지, 저 밀짚모자를 쓰고 언제라도 교장의 명령만 있으면 실습지를 헤매야 한다니 가슴이 답답했다.

이 학교의 교육과정 운영은 다른 학교와 조금 달랐다. 1, 2교시를 제외하고는 실과와 체육이 너무 많았다. 대개 그 시간은 실습지에서 교사와 학생이 정원수와 약초를 가꾸는 데 전념해야 했다. 3교시 실과 시간에 작업을 시작해서 4교시 국어 시간이 시작되어도 일이 끝나지 않으면 계속되었다. 5교시 체육은 물론 6교시 산수도 마찬가지였다.

우리 반은 이 너른 황기밭 매기를 오늘 끝내야 했다. 오전에 밭 매느라 지친 아이들은 점심시간이 되어도 밖에 나가 놀 줄을 몰랐다. 전에 하던 것처럼, 그리고 당연하다는 듯 책을 보거나 책상에 엎드려 있었다. 그들은 분명 쉬고 있었다. 점심시간이 끝나기가 무섭게 아이들을 조회대 앞에 집합을 시켰다. 4월이라지만 제법 따가운 햇볕이 내리쬐었다. 아이들의 지친 모습은 정말 불쌍했다.

오전에 반 정도 풀이 뽑힌 황기밭은 생기를 얻고 있었다. 토질이 좋지 않은지 오후에 작업해야 할 곳에는 군데군데 싹이 없었다. 아이들은 싹이 듬성듬성한 곳을 맡으려고 서로 야단이었다. 작업 분배를 하고 이마에 흐르는 땀을 닦으며 잠시 풀숲에 앉았다. 아이들은 교사의 눈을 피해 밭이랑에 앉아서 놀고 있었다. 이러다가는 오늘 중으로 끝내기는 글렀다. 하는 수 없이 분단별로 경주를 시켰다. 일찍 하는 분단은 교실에 들어간다고 했더니 아이들은 땀을 뻘뻘 흘리며 잡초와 ·싸웠다.

미국의 노예가 저러했을까? 나는 채찍을 든 농장 주인이 되고, 아이들은 일을 하고, 생각하니 너무 비참했다. 그러나 그것은 잘못이었다. 아이들은 노예가 아니었으며 나도 농장 주인이 아니었다. 단지 실습을 가르치는 것뿐이었다. 나도 팔을 걷어붙이고 힘이 모자라는 아이들 이랑을 타고 같이 풀을 뽑았다. 일을 끝내고 쉬려던 아이들도 같이 거들었다.

저녁때가 되어서 밭매기는 끝이 났다. 모두들 땀범벅이 되어 숨을 몰아쉬며 교실에 들어왔다. 퇴근 시간이 몇 시인지 모르던 병아리 교사인 나는 그때부터 시간표에도 없는 수업을 시작했다. 아이들은 그만 집에 가고 싶어 했으나 그냥 보내고 싶지가 않았다. 다른 교사들은 벌써 자기 반 일을 마치고 아이들을 보냈는지 교무실에서 사무를 보고 있었다.

비가 오면 아이들이 제일 좋아했다. 일을 하지 않아도 되기 때문이었다. 그리고 체육을 싫어했다. 교실에 있는 것을 가장 좋아했다.

아이들은 무척 부지런했다. 쉬는 시간이면 책 보는 것을 즐겼다. 아마 1학년 입학 때부터 훈련이 단단히 된 것 같았다. 그러나 책을 읽지 못하는 아이들도 있었다.

한번은 교감이 교육청에 갔다 오더니 무척 기분이 좋은 얼굴을 했다. 사연을 들으니 지난해 졸업생들이 중학교에 들어가서 반편성고사를 쳤는데 학교별로 통계를 내었더니 우리 학교가 일등을 했다고 했다. 나는 속으로 통계가 잘못되었다고 생각했다. 그러나 그것은 어떤 통계였는지는 알 수 없었고 교육청까지 알려졌다. 교육청까지 알려진 데는 교감의 홍보 실력이 대단함을 알 수 있었다. 교장은 교감보다는 유능했다. 적어도 우리 학교 졸업생이 반편성고사에 일등한 것을 선전하는 실력은 그러했다. 학교에 무슨 손님이 올 때마다 군내에서 공부도 일등이라는 것을 꼭 이야기했다.

사석에서는 교장을 흥보하는 교사도 있었다. 출세를 위해 아이들을 이용한다고도 했다. 그러나 내가 볼 때는 그렇지 않았다. 학교에서 시작한 관상수와 약초 재배를 학부형들도 배워서 가꾸어 소득의 원천이 되고 있었다. 학교에서 학생만 가르치는 것이 아니라 학부형까지 가르치고 있었다. 또 학교장을 흉보는 교사들은, 가을이면 학부형들에게 쌀을 거두며 교과서 지급은 선배들이 쓰다 버린 헌 책을 주는데 무슨 무상 지급이냐고 했다. 그러나 지금 생각해도 그것은 알뜰한 폐품 이용이었다.

어떤 큰일을 하다 보면 조금의 잡음이야 없겠는가? 더 큰 것을 위해서는 작은 것은 버려야 된다고 본다.

지금도 나래초등학교에 가면 교문에 그때 학부형이 세웠다는 교장의 공덕비가 있다. 그 공덕은 옛날 고을 사또의 공적비와는 다른 것이었다. 왜냐하면 시대가 다르니 공덕비도 다르지 않을까? 단지 밭 매고 일하며 열심히 공부하던 그 아이들이 지금은 무엇을 하고 있는지 궁금할 뿐이다.

04 내게 아는 것이 있다면

5학년 1반은 언제나 시끄러웠다. 교장실 바로 옆이 우리 교실이었고 그 옆이 2반 교실이었다. 수업이 끝나면 청소가 시작되었고 아이들은 각자 집으로 떠났다. 아직 해는 중천에 있었다.

교무실에서 잡무를 정리하다가도 교장, 교감이 두려워 내 교실로 갔다. 병아리 교사들은 다 그러하듯이 아직 익숙지 못한 사무에 선배들이나 교장, 교감이 가르쳐 주는 것도 꾸중으로 들리고 두렵게 느껴졌기 때문이다. 차라리 내 교실에서 아이들을 더 가르치고 싶었다.

일과 시간이 끝나고 주산을 가르치기로 했다. 수업을 마치고 집에 일찍 가서 노는 것보다 학교에서 한두 시간씩 주산을 배우는 것이 그들에게는 도움이 될 듯 싶었다. 시골 아이들이라 중학교에 못 가는 아이들도 있었다. 중학교에 간다 해도 주산은 꼭 필요했다. 지금같이 전자계산기가 있는 것도 아니어서 가정에서 곡물을 판다 해도 계산에 어두운 부모님을 돕는 데 보탬이 될 것 같았다. 가감산, 승산, 제산을 가르치며 어두운 줄도 모르고 나 혼자 열을 내었다. 아이들도 이제는 손가락을 오그리며 하는 암산에 흥미를 붙였는지 잘 따라 하는 아이들이 늘어났다.

주산을 가르친 지 몇 개월이 되던 어느 날, 학부형 몇 명이 찾아왔다. 그중에 반장인 정진호 학부형도 있었다. 저녁 늦도록 가르치시는 선생님이 너무 고마워 인사라도 하겠다고 온 것이었다. 학부형 한 분은 우리 애가 공부에 통 취미가 없었는데 이제는 주산을 놓는다며 책상 앞에 앉아 있는 것이 신통하다고 했다. 이제는 쌀을 팔아도 계산을 척척 하니 너무 신기하다고 했다.

고등학교 때 어느 선배에게 아무런 죄도 없이 많이 맞은 일이 있었다. 내가 하숙하는 집 옆에서 그는 자취를 했는데 나보다 1년 선배였다. 이름이 지인호라는 사람이었는데 내가 김능수라는 동급생에게 존댓말을 받았기 때문이라고 했다. 내가 존댓말을 하라고 한 적도 없는데 다른 학교 학생인 김능수라는 사람이 선배로 착각하고 한 짓으로 나는 저녁이면 강 둑방으로 불려 나갔고, 학교에 가면 그의 교실에 불려 가서 몰매를 맞아야 했다. 공부고 뭐고 다 싫어지고 운동을 배우고 싶었다. 태권도를 배워 그들에게 복수하리라는 복수심에 불타고 있었다. 그때 익힌 태권도가 여기서 쓰일 줄은 몰랐다.

태권도가 무엇인지 모르는 어린이들에게 주산을 하다 싫증이 나면 태권도를 가르쳤다. 기마 자세로 구령을 붙이는 나를 보고 처음에는 웃기만 하더니 나중에는 틀이 잡혀 진지한 수업이 되었다. 특히 여학생들이 더 재미있어 했다.

아이들도 이제는 친해졌다. 특히 부반장인 민승례는 학교 옆에 살았는데 나를 무척 따랐다. 보통 아이들보다 성숙한 그 아이는 나를 보고 아빠라고 부르기도 했다. 수십 년 전이니 지금은 경기도 이천 군청인가 어디에 근무한다는 소식을 들었다.

일요일이 되어도 별다른 일이 있을 수 없었다. 천리 먼 타향이니 아는 사람이 없었다. 심심하기도 하여 학교에 가서 밀린 사무를 보기도 했다. 그럴 때면 한영자, 한묘숙, 전상례, 김윤미 등의 아이들이 찾아와 같이 놀아 주기도 했다. 묘숙이는 나리를 조금 절었는데 무척 착한 아이였다.

이 학교 아이들은 학교에서 일하는 것이 습관이 되었는지 불평이 별로 없었다. 밭 매고 약초도 심고 향나무도 심고 밤나무에 거름도 주었다. 교장 사택을 짓는 데도 동원되었다. 돌을 날라 주고 우물을 파는 데도 동원되었다. 사택을 짓기 위해 기초 공사를 하는데 우리 반에 배당된 작업은 땅을 다지는 것이었다. 기초 공사를 하기 위해 구덩이를 파고 거기에 새 흙을 넣고 다지는 일이었는데 좀 더 즐겁게 하기 위해 아이들을 한 줄로 서게 하고 내가 하는 대로 따라 하라고 했다. 교육대학에 처음 들어갔을 때 신입생 환영회가 있었다. 춤을 잘 추는 사람이 앞서서 다리를 들고 가면 뒤에 줄선 사람들은 따라 하는 게임을 했던 것이 떠올랐다. 아이들은 한 시간이 지나도록 땀을 흘리며 내가 하는 행동을 따라 했다. 그리고 재미있어 했다.

초임교사가 다 그러하듯 열의만 앞서고 무엇 하나 되는 일이 없었다. 모두가 실수투성이고 선배들이 볼 때는 웃음거리였다. 나 역시 그러했다. 내 주위의 초임 교사들을 볼 때마다 수십여 년 전의 그날들이 자꾸만 떠오른다.

05 첫 졸업식 하던 날

말이 6학년 담임이지 내가 그들을 가르친 것은 한 달도 안 되었다.

11월 20일에 부임을 하고 12월 15일 방학을 했으니 나는 그들의 얼굴도 다 기억하지 못했다. 겨울방학을 하고 개학을 하자 며칠 다니지도 못하고 졸업식을 해 버렸으니 얼굴도 모른 채 졸업식 준비를 하고 생활기록부를 쓰게 되었다. 나는 이 짧은 기간 동안 졸업앨범을 만들었고 졸업식 준비를 하고, 또 졸업비를 거두어 지금까지 그랬던 것처럼 학교에 남기는 선물과 선생님들 선물을 준비했다. 물론 교감이 시키는 대로, 육성회장이 하는 대로 따라서 했지만 말이다. 답사를 준비하고 졸업장과 상장을 쓰고 상품을 준비하고 졸업대장을 썼다.

병아리 교사, 교사로 첫발을 디디자마자 나에게는 너무 벅찬 일들이었다. 얼굴도 다 익히지 못하고 첫 부임 첫 담임으로는 너무 가혹한 일이었다. 지금 같으면 이런 일은 없을 것이다. 그래도 그때는 정규 교육대학을 나온 교사가 흔하지 않던 시절이라 교장도 이 정도는 학교에서 충분히 배우고 왔으리라 생각하고 맡겼을 것이지만 나는 대학에서 이런 일들을 배운 바가 없다. 대학 교재 어디를 뒤져 봐도 이런 일에 대해서는 한 마디의 언급도 없다.

지난번 담임을 하시던 분이 병으로 휴직을 하고 난 후 후임자가

3개월이나 없다가 병아리 교사인 내가 부임했으니 그럴 수밖에 없었다. 이런 엄청난 일들이 나를 기다리고 있을 줄은 꿈에도 생각하지 못하고 가방 하나 달랑 들고 부임을 했으니 성말 시금 생각하니 나도 학교도 부끄러운 일이 아닐 수 없다.

선배들에게 배우고 교감에게 배워 겨우 졸업식 준비를 끝내자 졸업식 날이 다가왔다. 예행 연습장에서 나는 또 한번의 낭패를 당했다. 애국가와 졸업식 노래 지휘를 해야 했고 식장 꾸미기와, 학교장의 회고사까지 밤을 새워 써야 했다. 지금 생각하면 그때 선생님들은 나를 시험이라도 하려고 했는지 그 부끄러운 솜씨로 식장을 꾸미고 노래 지도를 했으니 정말 아는 사람들은 얼마나 웃었을까?

졸업식이 끝나자 여자 교감은 나에게 다가와 지나가는 말로,

"담임 선물은 아주 좋은 것이지?"

하고 물었다. 나는 웃으며

"담임도 담임 같아야 말이지요."

나는 교감의 질문에 내가 담임을 맡았던 기간이 얼마 되지 않아 어린이들에게 미안하다는 뜻으로 대답을 했는데 교감의 의도는 그것이 아니었다. 교장, 교감의 선물이 다르고 교사들 선물도 지난해보다 비싼 것이며 병휴직 낸 교사 선물까지 준비를 했으니 담임 선물은 무척 좋을 것이라는 기대로 한 질문이었다. 교감은 그게 무슨 말이냐며 정색을 하고 물었다. 나는 당연하다는 듯이 다른 선생님들과 똑같은 선물이라고 하자 육성회장에게 얼굴을 붉히며 따졌다. 담임한 날짜야 얼마 되지 않지만 담임이 할 일은 다 했는데 그럴 수 있느냐는 것이었다. 그제야 담임의 선물은 다른 선생님과 달랐다는 지금까지의 관습을 눈치챘으나 육성회장에게 분한 마음은 없었다.

아이들과 사진을 찍기 위해 교정 이곳저곳으로 불려다니다가 지친 나는 교무실로 들어와 버렸다. 조금 후 집에 간 줄로만 알았던 육성회장과 반장, 부반장 등의 학부형 수십 명이 몰려오더니 교감 선생님께 이야기를 들었다며 읍내로 가자고 했다. 택시도 대기시켰으니 빨리 타기만 하면 된다고 했다.

사람은 항상 새로운 환경에 부딪치면 새로운 용기가 생기는 모양이었다. 그날 저녁 나는 내 인생에 처음으로 기생집이라는 곳에 가게 되었다. 그것도 한두 집이 아닌 몇 집을 갔는지 모를 정도였다. 곱게 한복을 차려 입고 장구 치며 춤추는 곳도 있었고, 짧은 치마 입고 술을 따르는 집도 있었는데 그들은 한결같이 내 옆을 떠날 줄을 몰랐다. 술잔이 길게 줄을 서 있었고, "선생님 고맙습니다"라는 말이 연신 들려 왔다. 그중에 취중이지만 이상하다는 느낌이 드는 말이 있었다. 그 말은 "선상님! 우리 아가 이번에 상을 탄 것은 선상님 덕택입니다", "우리 아가 상을 탈 줄은 몰랐습니다"였다.

졸업식 중에서 이런 졸업식은 처음이라며 이 학교에 몇 년을 근무한 선생님이 귀띔을 해 주었다. 나는 내가 잘나서 그런 줄로만 알았다. 그런데 알고 보니 그것이 아니었다.

졸업식이 끝나고 생활기록부를 뒤지던 나는 깜짝 놀랐다. 지난해까지 우등상을 계속해서 탔던 어린이가 우등상을 받지 못했는가 하면 졸업식 때 처음으로 우등상을 탄 어린이도 있었다. 그중에서 모든 선생님들이 말썽꾸러기인 줄 알았던 어린이가 모범상을 탔다고 했다. 지금까지의 성적과 행동 발달 기록이 아무것도 남아 있지 않은 상태에서 내가 부임하고 몇 번 친 시험성적으로 평가를 했던 것이었다. 지금 같으면 큰일 날 일이었다. 그러나 그들에게 남아 있어야 할 성적이 될 만한 자료는 내가 바쁘다는 핑계로 찾지 못했다는 것을 알았을 때는 이미 늦은 뒤였다.

생각지도 않았던 상을 탔던 학부형은 좋았겠시만 그와 빈대인 학부형의 마음은 어떠했을까?

지금쯤 그들은 무엇을 할까? 5년 동안 말썽을 부리다가 단 한 달만 모범을 보였다고 모범상을 받은 어린이는 어떻게 되었을까? 그저 궁금할 뿐이다. 그리고 바람이 있다면 모두가 우등생이 되고 모범생이 되어 국가 발전에 이바지하기를 빌 뿐이다.

06 갑자기 찾아온 이별

향나무와 개나리로 둘러싸인 조그마한 시골 학교, 나래초등학교, 나는 첫 발령지인 이곳에서 그해 겨울을 보내고 봄과 여름을 보냈다. 주민들은 향나무와 약초 재배를 하며 밭농사를 주로 지었다. 논은 1모작으로 이른 봄에 모내기를 하여 늦은 가을에 추수를 했다. 주로 천수답이기 때문에 논마다 물웅덩이가 있었다. 그 웅덩이에는 처음 보는 물고기가 있었는데, 뱀장어도 아니고 뱀도 아닌 물고기가 웅덩이마다 한두 마리씩 있었다. 아이들은 이 고기를 못 먹는 고기라고 했다. 긴 것은 1미터가 넘는 것도 있었다. '웅어'라고 했는데 정확한 이름은 지금도 모른다. 붕어와 피라미, 미꾸라지가 주로 살고 있는 웅덩이에 아이들이 한 번씩 습격을 하면 씨를 말렸다. 봄에는 물을 퍼내었고 여름에는 약을 쳤다. 이 논의 벼가 바로 임금님께 진상했다는 이천미(米)이다.

7월 어느 날, 교육청에서 공문이 왔다. 타도로 내신을 낼 사람은 내라는 공문이었다. 나는 이곳 생활에 싫증을 느꼈다. 서울 근교로 가서 야간 대학에 편입하여(당시 교육대학은 2년이었다) 공부를 계속하려던 내 꿈이 무산되었기 때문이다. 편입을 못 할 바에야 차라리 고향에 가고 싶기도 했다. 내신을 내고 싶은 마음 반, 그냥 있고 싶은 마음 반이었다. 있고 싶은 것은 아이들과 정이 들어서이다.

내신서는 본 일도 없다. 교감에게 그냥 경북 안동으로 가겠다고 했나. 그런데 그것이 정말 고향으로 가게 될 줄은 몰랐다.

여름방학을 끝내고 개학한 날은 8월 20일이었다. 그리고 빌령징이 날아왔다. 오전 수업을 마치고 점심식사를 하고 교무실에 들어서는데 교장이 악수를 청했다. 영문도 모르고 손을 내미니, "이거 섭섭하게 되었습니다. 발령이 났어요. 이제 고향으로 가게 되었습니다" 하는 것이 아닌가.

학교 아저씨가 교육청에 갔다가 발령이 났다는 공문을 가져온 모양이었다. 타이프 글씨로 쓰인 발령장에는 '경상북도 교육감이 지정하는 학교에 근무할 것'이라고만 쓰여 있었다. 어리둥절했다. 이렇게 빨리 이별이 올 줄은 몰랐다. 아무런 준비가 없었다. 떠날 준비가 되어 있지 않았다. 7월에 말만 그렇게 하고 나는 잊어버렸다. 그런데 발령이라니, 고향 간다는 기쁨보다 아무런 성과 없이 이곳을 떠난다니 뭐가 뭔지 모를 일이었다.

교실에 들어갔다. 오늘은 오전에 작업이 없었으므로 아이들은 점심시간이라 운동장에서 놀고 있었다. 한두 명만 교실에 남아 있었다. 남아 있는 아이들을 보고 5학년 1반은 교실로 들어오라고 시켰다. 얼마 후 땀을 뻘뻘 흘리며 뛰놀던 아이들이 영문도 모르고 하나둘씩 교실로 들어와 제자리에 앉았다. 평소와 다른 내 얼굴을 보며 아이들은 두려움으로 나를 쳐다봤다. 한참 창밖을 보던 나는 아무 말도 하지 않고 내 책상부터 정리했다. 그리고 쓰지 못하는 쓰레기를 모았다. 한영자를 불러 이 쓰레기를 가져가서 소각장에 소각하라고 성냥까지 들려 주었다. 다른 아이들은 그래도 앉아서 나만 쳐다보았다. 쓰레기 소각장에 갔던 영자가 울면서 교실로 들어와 책상 위에 머리를 박고 엎드리며 소리 내어 울었다. 나는 교단 위로 올라가 이별을 해야 한다며 내 말을 끝맺지도 못하고 고개를 숙인 채 교무실로 가 버렸다.

교무실에서 책상을 정리하고 있는데 교실에서 울음소리가 들렸다. 그리고 소란하더니 복도로 퍼지기 시작했다. 여자 교감이 교실에 갔다가 오더니 그도 울음을 참지 못하겠는지 책상 위에 엎드리며 최 선생을 보고 아이들 청소시키고 집에 보내라고 소리를 질렀다. 책상을 대강 정리한 나는 아무 말도 하지 못하고 사택으로 갔다. 내 방을 정리해야 했다. 저녁때가 되었는데 우리 반 아이들이 몰려왔다. 그중 벙어리 상엽이가 제일 슬프게 울었다. 연신 가지 말라고 손짓을 해 대는 것이었다. 한참을 울던 아이들은 집으로 가라는 내 말에 냉정을 찾았는지 편지 뭉치를 내밀었다. 내일 가시면서 차 안에서 읽으라고 했다. 모두 한 통씩 쓴 것이 분명했다. 집이 먼 아이들도 있는데 지금까지 교실에서 편지를 쓰고 있다가 여기로 온 것이 분명했다.

직원들과 송별회가 너무 길었는지 자정이 넘어서 사택에 와 보니 지난해 졸업한 윤미와 승례가 메모를 남기고 간 흔적이 있었다. 정이란 것이 이렇게 위대한 줄을 몰랐다. 별로 잘 가르친 것도 없는데, 그들에게 일만 시켰는데, 아무리 잠을 청해도 잠이 오지 않았다.

다음 날 아침 조회를 하고 송별 인사를 했는데 나는 무슨 말을 어떻게 했는지 기억도 없다. 리어카에 이불을 싣고 버스 타는 곳까지 가는데 아이들이 울면서 따라왔고 버스에 오르자 손을 흔드는 그들을 뒤로하고 나는 고향, 경북 안동으로 왔다.

그 후 그들을 만나기 위해 나래초등학교에 두 번을 갔었다. 한 번은 1년 후에, 한 번은 15년 후에.

지금쯤 그들도 열심히 살고 있겠지! 너무 먼 거리이고, 이제는 소식도 끊겼다. 그들을 만나고 싶다.

학산초등학교

07 교장 아들 잘못 건드려

　교장이 교사에게 이치에 맞지 않는 소리를 하면 교사는 교실에 가서 학생에게 화풀이하고 학생은 쉬는 시간에 교장 사택에 가서 교장 집 강아지를 찬다는 말이 있다. 이 말은 아마도 시어머니에게 꾸중 들은 며느리가 개를 발로 찬다는 말과 너무 비슷하다.

　내 고향 경북 안동으로 발령을 받고 이름도 처음 듣는 학산초등학교로 택시를 대절하여 찾아갔다. 그런 두메산골이 어디 있을까? 산 넘어 산이라더니 가도 가도 산뿐이었다. 안동, 예천, 영주 3개 행정구역에 걸쳐져 있는 영봉 학가산 밑에 위치한 학교이니 산을 몇 개나 넘어 택시를 밀며 당기며 반은 타고 반은 걸어서 저녁때가 다 되어 도착했다. 초임지도 11월 발령이더니 도간교류라 이번에는 3월 1일자가 아닌 9월 1일자였으니 초임지의 경우와 마찬가지였다. 6학년 담임이 안동시내로 영전하고 그 자리를 내가 맡게 되었으니 말이다.

　가던 날이 장날이라고 운동회를 20여 일 앞두고 있었다. 고학년 단체 놀이를 맡으라고 했다. 힘도 없고 배경도 없는 병아리 교사가 무슨 변명을 하겠는가? 다음 날부터 운동회 연습을 시작했다. 오전에만 한두 시간 수업을 하고 학반 놀이 지도를 했다. 오후에는 고학년 놀이 지도를 했다. 아무런 주제도 주지 않고 무조건 하라고만 했으니 생각난 것은 태권도뿐이었다. 시골 아이들에게 태권도가 무엇인지 가르치고 싶기도 했지만 더 큰 목적은 다른 데 있었다. 초임지와 같이 동네 청년들과 다투지 말라는 법이 어디 있으며 모두가 내 선배인 교사들의 기도 꺾고 싶었다. 태권도를 잘하니 까불지 말라는 경고를 하고 싶기도 했다. 고학년이라지만 4, 5, 6학년 모두 백여 명 정도 되었는데, 그중에 남학생들의 놀이를 맡았으니 남학생 수가 50여 명 정도 되었다. 간격을 맞추어 줄을 세우고 기본 동작을 가르치는데 유독 키가 큰 5학년 남학생의 어둔한 행동과 싱글벙글 웃는 모습이 자꾸만 눈에 거슬렸다. 몇 번을 두고 보니 그 남학생은 게으름을 피우는 것은 물론 옆 아이까지 못 하게 방해를 했다. 숫자가 적을수록 아이들의 행동이 눈에 잘 들어왔다. 첫날부터 그 학생을 그대로 둔다면 운동회는 망칠 것이 뻔했다. 운동회의 꽃은 고학년 여학생 무용과 남학생의 절도 있는 전체 놀이인데 이것을 망치면 새로 부임한 교사의 이미지 관리에 문제가 있었다. 마이크로 큰 소리를 질렀다.

"저 뒷줄 키 큰 놈 앞으로 나와라!"

그 아이는 좌우를 살피더니 또 싱글벙글 웃었다. 다른 아이들은 웃음 반 놀림 반으로 어색한 표정을 짓고 있었다. 나는 또다시 호령을 했다. 그러자 슬금슬금 앞으로 걸어 나왔다. 단 위에서 내려서면서 뺨을 연거푸 후려치자 그는 픽 쓰러졌다. 아이들은 얼어붙은 동상이 되어 숨소리조차 없었다.

연습을 마치고 교무실로 들어서는데 여선생 한 분이 눈을 동그랗게 뜨고는 큰일이 났다고 했다. 영문을 몰라 하는 나에게 교장의 아들을 그렇게 때리는 사람이 어디 있느냐는 것이었다. 아뿔싸! 그러나 나는 후회하지 않았다. 그리고 나지막하게 외쳤다.

"교장의 아들이라도 잘못하면 맞아야지요."

그 후 교장은 노골적으로 나를 바로 대하지 않았다. 사사건건 못마땅한 소리를 하는가 하면 직원회의 시간이면 나와 관련되는 나쁜 소리를 한두 마디씩은 꼭 했다. 그러던 어느 날 가을 소풍날이 되었다. 시골의 소풍은 동네 소풍이었다. 아이들은 물론 학부형들도 점심과 고구마를 싸 들고 소풍에 동참했다. 학교에서도 소사(고용직) 한 사람만 두고 모두 소풍을 갔다. 나는 사진기 담당이기도 하여 사진기를 가져가야 했다. 그런데 사진기가 고장이 나 있었다. 교장이 알면 당장에 날벼락이 떨어질까 두려웠다. 그렇지 않아도 나를 잡아먹지 못해 안달인데 말이다. 하는 수 없이 동네를 수소문했다. 양조장 주인이 사진기를 가지고 있었다.

안동시내와는 너무 거리가 멀고 또 버스도 없으니 어쩔 도리가 없었다. 버스가 오기는 오는데 저녁에 왔다가 아침에 나가는 버스로, 그것도 비가 올려는 기미만 보여도 들어오지 않았다. 재가 너무 많으니 비가 조금만 와도 땅이 미끄러워 버스는 꼼짝도 못했다. 양조장 집 사진기는 내가 보아도 무척 고급이었다. 내게 주어진 업무는 남이 하기 싫은 것 모두였다. 양호 담당이라며 비상약 가방도 메어야 했으며, 소풍을 떠나기 전 학교장 훈화가 있기 전 애국가와 교가도 내가 지휘해야 했다. 학생의 선두에 서서 행군 지도도 내가 해야 했다.

소풍 목적지에 도착하자마자 나는 때아닌 환호를 질러야 했다. 학생을 따라온 학부형 중 처녀 총각들이 많았는데, 그들이 사진을 찍어 달라고 졸랐기 때문이다. 총각들은 너무 순진하여 초임지같이 대들거나 하는 일은 없었다. 물론 운동회 때 내 태권도 실력을 먼 발치서 보았을 가능성도 있었다. 처녀 총각들에게 사진을 찍어 주고 이름을 적느라 정신이 없었다. 이름을 적어야 나중에 사진을 줄 수 있기 때문이다. 내 반 아이들을 지도할 시간이 없었다. 그들이 주는 술도 한두 잔 받다 보니 술기운도 오르기 시작했는데, 어느 때가 되었는지 저 멀리 보이는 소풍 장소를 보니 아이들도 교사들도 보이지 않았다. 처녀 총각들도 걱정이 되는지 내 어깨의 구급약품 가방을 빼앗아 들고 빨리 가자며 떠밀었다. 해는 언제 자취를 감추었는지 저녁 어스름이 지는가 싶더니 곧 어두워지고 있었다. 지나가는 동네마다 개 짓는 소리가 났다. 앞서 가던 총각이 나를 보고 외쳤다. "선생님, 저기 학생들이 줄을 서 있는데요."

거기에는 줄을 선 아이들 앞에 교사들이 서 있었고 학부형들이 소풍 가방을 들고 교장의 말을 듣고 있었다. 내가 헐레벌떡 도착하자 교장은 이놈 잘 만났다는 식으로 격앙된 목소리로, "그놈의 사진기를 패대기쳐 뽈라! 선생이 아이들을 내팽개치고 어디를 가? 오늘은 선생도 아도 모두 집에 못 가!"

그러고는 또 뭐라고 지껄이기 시작했다. 나는 "이 사진기 학교 꺼 아닙니다."라고 외치며 교장의 기를 꺾었다. 내 뒤를 보니 토끼 눈을 한 처녀 몇 명이 슬슬 자리를 피하고 있었다. 나는 큰 소리로 외쳤다. "해가 지고 어두워 가는데 아이들이 무슨 죄가 있나!" 그리고 한참 후 우리 반 아이들을 보고, "모두 출발!"이라고 외쳤다.

내 소리가 너무 컸던지 아이들도 학부형도 교사도 교장도 나를 따라오고 있었다. 내 선배 한 분이 "야! 이 선생 대단해! 우리는 무슨 일 나는 줄 알았다"며 중얼거렸다.

그날 교사들은 학교에 가지 않았다. 나를 따라 학부형 집으로 들어가 닭을 잡고 부형들과 춤을 추며 밤을 새웠다. 교장의 얼굴이 떠올랐다.

"교장이면 다야? 어두워지는데 아이들을 집에 보내지 않고 볼모로 잡고 학부형들이 보는 앞에서 교사에게 욕설로 꾸짖어? 나 한판하고 사표 쓸 거야! 어디 두고 보라고! 다른 아이들은 때리면서 지 아들 때렸다고 이런 식으로 보복을 해?"

나는 술이 취해 마구 지껄였다.

부형들은 다음 날 학교까지 따라와서 화난 교장과 사표 쓰겠다는 나를 달래느라 땀을 흘려야 했다.

08 교장의 비리

학가산 정상이 바라보이는 하늘밑 첫 동네에도 봄은 찾아왔다. 산 중턱에 쌓였던 눈이 녹아내리고 웅덩이 같이 생긴 마을에도 햇빛은 찾아와 봄이 왔다.

교사들의 정기 인사이동은 3월 1일이다. 1년에 한 번씩 직원이 몇 명씩 바뀌었다. 그것도 빠르면 6개월에 한 번씩. 교무실 분위기는 한 사람이 전출입을 해도 쉽게 바뀐다. 이곳은 모두가 오기 싫은 벽지 학교이다(그때는 벽지 점수를 지금같이 중요시하지 않았던 것 같다). 옹천까지 가는 마지막 재 이름이 두문재인데 술만 취하면, 아니 술이 안 취해도 입버릇처럼 하는 말이 있다. '두문재만 넘으면 영전이다.' 해마다 누에 똥 갈 듯이 교사가 바뀌고 교장이 바뀌었다.

한 학교에서 내신을 낼 수 있는 인원은 재적 교사 수의 3분의 1 정도인데 내신을 낸다고 모두 가는 것은 아니다. 금년에는 내신 낸 교사들이 모두 두문재를 넘었다. 새로 부임하는 교사들은 교감 승진이 하고 싶어 벽지 학교로 들어오는 사람들이었다. 나는 지난 9월에 왔으므로 내신을 낼 수 없었다. 최저 1년은 근무해야 내신을 낼 수 있기 때문이다. 몇 명뿐인 교직원 중 3분의 1이 바뀌고 보니 분위기는 영 썰렁했다.

교장이 문제였다. 권위주의자이며 돈에는 이가 난 사람이다. 돈이라면 자다가도 일어나는 사람이다. 교사들 중 만만한 사람이 학교의 경리사무를 보는 것이 상식인데 그런 교사가 전근을 갔으니 교장은 만만한 교감에게 경리사무를 맡겼다. 학교의 모든 물건은 자기 소유였다. 캐비닛도 마음에 들면 사택으로 옮겼고 학생용 구급약품 상자는 아예 자기 것이었다. 학교 아저씨에게는, 자기 집 하인보다 더 만만하게 일을 시켰다. 아침이고 저녁이고 반찬거리가 없으면 8킬로미터가 넘는 옹천까지 보내는가 하면 시도 때도 없이 지게를 지여서 학가산에 올라가 이상한 나무를 캐서 지게에 짊어지여 오게 했다. 교사들 대부분은 사택에서 생활했다. 그러니 일요일이나 공휴일이면 자기 집 개 부르듯 불러서는 산으로 나무 캐는데 내몰았다. 일요일 옹천 시장 가는 것도 교장에게 보고를 해야 하며 교장이 안 된다면 가지 못했다.

연탄 부엌이 있지만 교장은 장작을 땔감으로 썼다. 그것은 돈이 들지 않기 때문이었다. 가을만 되면 아이들을 산으로 내몰아 땔감을 해 오게 했다. 학년별로(한 학년이 한 반뿐이다) 나무를 점검하고 교장 사택 옆 창고로 옮겨졌다. 그것은 교실 난로용이다. 나무가 모자라면 한 학생에 한 짐씩 장작을 가져오게 했다. 산을 넘고 재를 넘어 학부형들도 자기 자식 따뜻하게 공부하라고 나무를 지고 왔다. 그 나무의 거의 절반은 교장 사택으로 옮겨졌다.

여름이 가까워 오자 학교 앞 개울물이 불었다. 그 개울에 모래가 쌓였는데 이 모래도 교장의 눈에는 돈으로 보였다. 고사리 같은 아이들의 손으로 가방과 책보에 퍼 담아 운동장으로 옮겼다. 학년별로 모래 퍼 나르기 경쟁을 시켰기 때문에 며칠이 가기 전에 모래가 산처럼 쌓였다. 학가산에 통신 중대가 있는데 신축 공사로 모래가 필요함을 어떻게 알고 수십 차를 팔아서 챙겼다.

해가 지는 오후 남교사들은 숙직실로 쓰고 있는 자료실에 모였다. 벽지 학교라 그런지 숙직실이 별도로 없었다. 하기야 모든 교사들이 학교 울안에 있는 사택에 살고 있으니 숙직이 필요 없기도 했다. 그런데 교장은 숙직을 해야 한다며 교실 반쪽으로 만든 자료실 마룻바닥에, 체육 시간에 쓰는 매트를 깔고 숙직하라고 강요했다. 모인 교사들은 이래서는 안 된다며 한 마디씩 했다. 교장의 비리를 바로 적어 정면으로 부딪치자는 의견이 지배적이었다. 그래도 안 되면 교육청에 고발하자는 것이었다.

기안 용지에 교사 각자가 알고 있는 교장의 비리를 모두 적고 협조 난에 날인을 했다. 이대로 두다가는 불쌍한 시골 아이들을 이용하여 돈 버는 교장을 방관하는 것인데 교사들도 공범자라는 생각 때문이었다. 해가 저물자 기안은 완성이 되었다. 무려 서른 종류가 넘었다. 그중 절반이 금전 문제였다. 그 돈이 어디 갔느냐?와 그 물건이 어디 있느냐?는 질문이었다. 예를 들면, 염소를 수십 마리 키우며 학반별로 관리하고 먹였는데 돈도 염소도 없어졌다. 또 굶주린 아이들이 불쌍하여 국가에서 벽지 학교 학생에게 건빵을 매일 1인당 50여 개를 지급하게 되었는데, 그것이 10개로 줄어들었다. 그렇다면 나머지 건빵은 어디로 갔느냐? 등이었다.

기안 용지를 본 교장은 평소와 달리 회전의자에 몸을 기대지 않았다. 바짝 긴장하여 질문 하나하나에 온 신경을 써서 답을 쓰기 시작했다. 교사들은 교무실에 불을 밝히고 교장의 답을 기다리느라 퇴근을 하지 못했다. 교무실은 쥐 죽은 듯이 조용했다. 몇 시간이 흘렀을까, 교장은 항목을 짚어 가며 답을 하기 시작했으나 몇 개를 하지 못하고 찬바람이 쌩하도록 교무실 가운데를 가로질러 출입문을 열더니 기인 용지를 든 채 시빅으로 기 버렸다. 우리들은 닭 쫓던 개 울 쳐다보듯 서로 얼굴을 보며 아무 말도 못 하고 퇴근을 했다.

다음 날 출근을 하니 교장은 전에 없이 부드러운 목소리로 오늘은 오전 수업만 하고 아이들을 하교시킨 후 교장 사택에 모여 회식을 하자고 했다. 학교 아저씨가 새벽을 다투어 시장에 간 것도 그때야 알았다. 학교 아저씨는 점심때도 되기 전에 지게 가득 고기와 반찬을 지고 왔다. 잠시 후 문어와 가오리, 포도주 그리고 여러 음식이 방 가득 차려졌다. 교장은 너털웃음을 웃으며 음식을 권했다. 음식을 다 먹고 집에 갈 때까지 교장은 서른 문항에 대한 답은 한 마디도 하지 않았다. 그 후 그 문제를 새삼 꺼내려는 교사는 없었다.

09 무대 밖의 배우들

부부교사, 부부경찰, 부부사원, 부부판사, 부부국회의원 등 맞벌이 부부가 일반화된 지금이지만 그 때는 흔한 일이 아니었다.

부부교사는 동료들에게 또는 아이들에게 어떻게 비칠까. 내가 초등학교 때는 선생님은 화장실에도 가지 않는다고 생각했었다. 시대가 많이 변했다고는 하지만 아직도 초등학생들의 눈에 비친 선생님은 가장 훌륭한 사람으로 보인다. 시골이나 도시나 마찬가지일 것이다. 일부 부유층 자녀들도 그러하리라. 부부교사의 특징은 여자가 남자에게 너무 의존한다는 것이다. 환경 정리는 물론 사무까지, 아니 수업까지도 남편에게 의존하고, 여자는 학교인지 가정인지 구분을 못 한다(한 학교에 부부가 근무하고 학교 사택에 사는 경우). 쉬는 시간마다 사택으로 가서 아이 젖을 주고 시작종이 울렸는데도 교실에 들어가지 못한다.

부부교사의 특징 중 한 가지는, 자기들끼리야 부부니까 협조를 잘한다지만 다른 동료에게는 무척 냉정하다는 것이다. 그렇지 않은 사람도 있다지만 거의가 그러하다. 친목회 회의에서 보면 남편은 부인의 눈치를, 부인은 남편의 눈치를 보며 그들은 같은 표가 되어 버리기 쉽다. 친목회 여행을 가도 서로 눈치를 보느라 분위기를 망쳐 버리기 일쑤다. 배구를 하더라도 서로 다른 편이 되었을 경우

상대편인 남편이 잘못하면 자기편이 아닌 것도 잊어버리고 잘못을 나무라다 같은 편의 눈총을 받는다.

부부교사의 특징 중 또 다른 한 가시는 남편은 둘 몫의 일을 해야 하는데 사람의 능력에는 한계가 있어 다른 동료에게 피해를 주는 것이다. 여자가 일직 때는 교무실이 안방이 되어 버린다. 책상 위는 그들의 침대가 되어 아이들이 뛰어놀다 잉크를 엎질러 지도안과 서류를 못 쓰게 하기도 한다. 그러나 부부교사의 긍정적인 면도 없지는 않다. 부정적인 면이 교육 현장에서는 더 많다는 것을 말하고 싶을 뿐이다. 그것도 부부가 한 학교에 근무할 때 더 그러하다. 부부교사의 남편은 무엇이든지 잘하려고 노력한다. 자기 부인이 보는 앞에서 남편 체면이 있으니 수단과 방법을 가리지 않는다. 사람의 능력은 비슷하기 때문에 그것은 매우 힘든 일이다. 그러다 보면 교장에게 아부하고 교감에게 알랑거리며 알게 모르게 손바닥을 비비는 일이 허다하다. 잘 봐달라는 것이다. 어떤 때는 부부가 힘을 합쳐 손을 비비는 경우도 있다.

이 학교에도 부부교사가 있었다. 남편은 박 모 씨였다. 아내는 최 모 씨였는데 그렇게 나쁜 일은 아니지만 내가 부부교사의 부정적인 면을 이야기하는 자리이니 이름은 밝힐 수가 없다.

2월이 되자 지금까지 교무주임을 하던 사람을 밀어내고 젊은 자기가 교무주임을 하겠다고 했다. 나와는 같은 사택 옆방에 살고 있었고 교육대학도 3년은 선배가 되었다. 그의 부인은 고등학교를 졸업하고 교원 양성소 6개월 코스(그때는 교사 수급이 어려워 그런 과정이 있었다)로 교사가 되었기 때문에 나와 나이는 비슷해도 호봉이 낮았다(양성소 출신은 37호부터이고 교대 출신은 29호봉부터 시작하여 호봉이 내려가는 체계였다. 그러나 지금은 단일 호봉이라 하여 같은 나이라도 그들의 호봉이 더 높다. 왜냐하면 방송통신대학이라는 것이 생겨 그들은 학력과 경력을 모두 인정받았기 때문이다).

박 선생은 교무주임 쟁탈전 계획 속에 나를 주동 인물로 등장시켰다. 지금 교무주임 하는 사람은 박 선생보다 10년 이상 선배로 유능한 사람은 아니지만 사람 좋기로 소문난 교사였다. 박 선생의 계획은 그날 저녁에 시작되었다.

저녁을 먹고 교감 사택에 모두 모였다. 자주 모이는 것은 아니지만 교감 부인이 대구 집에 가고 없으면 모일 때도 있었다. 오늘은 박 선생이 막걸리 한 잔 하자며 교장까지 불러들였다. 내가 교감 사택에 도착했을 때는 거의 전 직원(전 직원이 8명이다)이 모여 막걸리 잔을 기울이고 있었다(박 선생 부인인 최 선생은 오지 않았다). 나는 새로 산 가죽 잠바를 입고 갔다. 막걸리 잔을 받는데 계획에 의하여 박 선생이 내게 시비를 걸어 왔다. 계획에는 후배가 건방지다로 시작하여 말로 하려고 했는데, 박 선생이 느닷없이 내 뺨을 후려치며 건방진 놈이라고 했다. 선배들이 막걸리를 먹지도 않았는데 묻지도 않고 잔을 넙죽 받는다는 것이었다. 나는 계획이고 뭐고 일어서면서 이 개자식 하면서 옆구리를 발로 찼다. 일시에 아수라장이 되어 버렸다. 교장은 눈이 동그래지며 영문을 몰라 방구석으로 피했고 교감은 울상을 하며 말렸다. 교무주임은 내 등을 치며 자네가 참아야지 하다가 내가 무섭게 눈을 부릅뜨자 박 선생의 어깨를 가볍게 쳤다. 박 선생은 계획대로 되어 간다고 생각했는지 교무주임에게 대들었다. 너도 같은 놈이야! 이젠 덤불 싸움이 되어 버렸다. 박 선생은 내게 눈을 찡긋하며 "개자식! 운동장으로 나와"라고 나에게 소리를 질렀다. 사택 식구들이 모두 나왔다. 그 중에는 아이가 있는 교사도 있었기 때문에 운동징은 이이 울음소리와 부인들 외마디 소리로 아수라장이 되어 버렸다. 내가 박 선생을 안고 넘어지자 그는 내 등에 올라타며 귓속말로 했다. "후배, 나를 한 대 때려라. 그리고 교장 사택에 가서 계획대로 이야기해라. 그러면 나는 내 방에서 기다리고 있을게" 하고는 자기 스스로 내 밑에 들어갔다. 지켜보고 서 있던 교무주임은 허허 웃으며 "어째 보니 장난 같고 어째 보니 진짜 같다"며 건성으로 말렸다.

나는 운동장을 벗어 나와 사택으로 가는 척하다가 내 방으로 들어가 버렸다. 가죽 잠바는 찢어지고 헤지고 엉망이 되어 버렸다. 지금까지 박 선생의 계획대로 했지만 그다음은 그러고 싶지 않았다. 계획대로 하면 내가 교장에게 가서 '박 선생이 교무주임 때문에 나에게 분풀이를 한 것인데 다음 해 박 선생을 교무주임을 시키면 직원 분위기도 좋을뿐더러 학교 일도 잘 될 것'이라고, 상처입은 얼굴로 충심으로 고해바치는 것이었다. 그러나 나는 내 방으로 들어왔고 추호도 박 선생이 교무주임이 되어서는 안 된다는 생각뿐이었다.

다음 날 아침, 박 선생은 새벽같이 달려왔다. 그것도 해장이라며 구하기 어려운 맥주까지 한 병 들고 왔다. 그는 술을 따르지도 않고 교장에게 잘 고했느냐고 대들 듯 물었다. 나는 그렇게 했노라고 태연히 말하면서 술잔을 받았다.

시골이라 목욕할 곳이 없어 큰 고무 통에 물을 받아 저녁에 부엌에서 대강 물만 바르는 것이 목욕이다. 그 고무 통이 박 선생 집에 있었다. 나도 고무 통을 빌려 목욕을 하고 싶어 그에게 어렵게 이야기하니 그의 부인인 최 선생에게 말하란다. 최 선생은 한마디로 안 된다고 했다. 그러고는 불결하다는 듯 침을 탁 뱉었다. 금방이라도 고무 통을 하나 사고 싶었지만 시장이 멀고 운반이 어려워 엄두도 못 낼 지경이었다. 박 선생에게 이용만 당했지 그에게 도움받은 것은 하나도 없었다. 술집에서 막걸리를 먹어도 언제 빠져나갔는지 술값은 나와 교무주임이 항상 떠맡았다.

내가 부부교사에 대해 부정적인 입장을 갖게 되는 데는 박 선생의 행동이 많이 작용한 것은 사실이다.

3월이 되자 박 선생도 최 선생도 교무주임도 모두 다른 학교로 전근을 가게 되었다. 송별회를 학교 앞 구멍가게에서 했는데, 비싼 맥주를 사서 교무주임과 박 선생에게 억지로 권했다. 박 선생에게는 축하한다며 머리에 병째로 부었다. 무대 밖의 내 역할과 무대 위의 내 역할이 충실하지 못해 미안하다는 말과 함께……

교실에 불 밝히고

소나기가 한차례 지나가고 나면 사택 앞 개울물이 황톳물로 변한다. 이럴 때면 목욕할 곳이 없었던 관계로 당장 물속으로 풍덩 뛰어들어 시원하게 물장구라도 치고 싶어진다. 황톳물인가 싶다가도 몇 시간만 지나면 맑은 물로 변하고 그러다 며칠이 지나면 언제 그랬느냐는 듯 말라 버리는 것이 이곳 학가산 밑의 개울이다.

모기장도 없는 사택 생활은 저녁이면 개울물이라도 있을 때는 목욕을 할 수 있어 좋다.

학교가 마을 변두리에 위치해 있고 저녁이면 개도 한 마리 얼씬하지 않았다. 개울을 지나 산 밑에 우리 반 아이인 말숙이네 집이 있었다. 그리고 교문 앞 구멍가게는 우리 반 반장인 영하네 가게이며 그 옆으로 양조장이 있었다. 하루에 한 번 오는 버스정류장은 우리 반 병학이네 집이다.

사택 방의 답답함과 지루함 때문에 나는 우리 교실에 불을 켜고 책을 보는 일이 있었다. 다 낡아 쓰지 못하는, 한 번도 불을 켠 일이 없는 교실의 전선을 수리하고 백열등을 꽂으니 산속의 조용한 공간이 되었다.

고등학교를 졸업하고 회사에 다니다 재수를 한답시고 산속에 있는 제삿집을 빌려 공부한 적이 있었다. 아주 큰 제삿집 방 한구석에 책상 하나 덩그렇게 놓고 남폿불을 밝혀 공부를 했는데 누가 뒤에서 어깨라도 짚을까 무서움을 타던 때가 있었다. 그때 그 방이 너무 커서 책상 뒤쪽 불빛이 가지 않는 방구석에서 금방 무엇인가 나올 것 같은 두려움에 떤 아득한 옛날의 제삿집이 이제 와서 생각나는 것은 그런 무서움이 또 찾아왔기 때문이었다.

학교 뒤뜰은 손바닥만 하다. 그 뒤로 밭이 있고 밭 뒤로는 험악한 산이다. 학가산과 마주 보는 산이니 무척 높은 산이었다. 교실에서 불을 켜고 책을 본다고 교장은 꾸중을 했다. 전기세가 많이 나온다는 것이다. 그래도 나는 물러설 수 없었다. 나만의 공간이 필요했고 모기떼와 더위를 피할 곳은 이곳밖에 없었기 때문이다. 교탁 앞에 의자를 옮기고 교실 전체를 바라보며 칠판만 등지고 책을 보는 것이 훨씬 좋았다. 출입문도 보이고 창문도 보였다.

어디서 풀벌레 소리가 났다. 소쩍새 우는 소리도 들렸다. 달 밝은 날이면 운동장에 나와 조회대에 올라가 체조도 했다. 사택 식구들은 모두 잠이 들었는지 아무도 얼씬하지 않는 밤 나는 그렇게 산속 시골학교에서 밤을 보냈다.

이런 일도 있었다. 어느 날, 운동장에서 체조를 마치고 교실로 들어와 교탁 앞에 앉으려는데 어디서 아이들 소리가 작게 들리더니 발자국 소리가 들렸다. 그것은 이 동네에 사는 영하와 병학이 그리고 미자였다. 조금 후 옥자와 주숙이도 왔다. 내 눈치를 보던 그들이 내 옆 불빛 아래 책상을 옮기더니 숙제를 하기 시작했다. 며칠째 교실에 불이 있는 것을 신기하게 여긴 그들이 오늘은 행동으로 옮긴 것이었다. 교실에서 공부하는 선생님 곁에 가서 공부하라는 학부형들의 성화도 있었던 것 같았다.

그 후 저녁이면 그들은 어김없이 찾아왔다. 숙제만 하던 그들이 나에게 묻기도 하더니 이제는 아예 가르쳐 달라고 했다. 나는 숙제를 도와주기도 하고 옛날이야기도 해 주었는데 아이들이 하나둘씩 늘어났다. 우리 반 아이들뿐 아니라 다른 학년 아이들까지 왔다. 나중에는 학교와 멀리 떨어진 청골에 사는 영수까지 합세했다. 학교는 저녁에도 때아닌 아이들 소리로 떠들썩했다. 나는 시간표를 짜서 그들에게 나누어 주었다. 쉬는 시간에는 운동장에서 달리기도 하고 술래잡기도 했다. 먼 곳에서 온 아이들은 학부형까지 합세했다.

난로의 땔나무를 하기 위해, 잔디 씨를 채집하기 위해 아이들을 산으로 내몰 때마다 나는 책을 한 권 옆에 끼고 가는 버릇이 있었다. 아이들이 나무를 하는 동안 나는 책이나 보자는 심산이었다. 그것은 내가 하기 싫은 일, 교육 과정에도 없는 일을 교장이 시키는 데 대한 반발이기도 했다. 실지로 산에 가서 책을 볼 수 있느냐 하면 그렇지는 못했다. 아이들이 다칠까 염려가 되어 책을 본 일은 한 번도 없었다. 또 너희들 선생님은 책을 좋아하니 너희들도 그렇게 해야 한다는 교육적 효과도 노리며 책을 보는 교사로 비치기 위한 내 얄팍한 꾀이기도 했다. 산에 가서 책을 볼 수 없는 것은 몇 년 전 이 학교에 있었던 사건도 한몫했다.

아이들만 산에 올려 보냈는데 한 아이가 뱀을 잡아 꼬리를 들고 옆에 있는 아이에게 "물어라! 물어라!" 하고 흔들었는데 뱀이 진짜로 옆에 아이를 물었다는 것이다.

교장은 내가 산에 갈 때마다 책을 옆에 끼고 있으면 기를 쓰고 빼앗았다. 아마 내가 양지바른 곳에서 책을 보다 아이들이 사고라도 나면 어쩌나 하는 것과, 나무를 많이 하지 못한다든가 잔디 씨

를 많이 채집하지 못한다든가가 걱정이 되었기 때문이었다. 그것은
교장의 평소 행동으로 보아 충분히 그러했다.

여름에 시작한 야학은 늦은 가을까지 계속되었다. 학부형들은 호
박전도 부쳐 오고 감도 따 왔다. 내가 그들의 성의에 보답하는 길
은 오직 아이들을 가르치는 일뿐이었다. 영하네 누나는 내가 구멍
가게에 무엇을 사기 위해 갈 때마다 학부형들이 고마워한다는 말
을 전해 주었다.

이곳의 가을은 빨리 찾아왔다. 저 높은 학가산에서부터 단풍이
들기 시작한다 싶으면 어느새 학교까지 내려왔고, 아이들 손에 보
리포도(보리둥이라고도 하는 열매)와 사과, 감 등이 쥐여 있었다.

코스모스가 흐드러지게 피고 들국화가 서리를 맞아 생기를 잃어
갈 때, 우리는 추위 때문에 교실에서 더 이상 불을 밝힐 수가 없게
되었다.

11 건방진 교사와 수줍은 학부형

시골에서 회갑이나 결혼 등의 잔치가 있으면 교사들은 일등 손님이 된다. 보통 하루 전에 연락이 오면 오후 시간을 이용하여 학부형 집을 방문하게 되고 학부형은 큰 사랑방에 음식상을 차려 놓고 기다린다. 산골이라 공공 기관이라고는 학교뿐이어서 선생님이 자기 집에 왔다는 것이 자랑이었다. 어려운 일이 닥쳐도 학교에 와서 상의하는 경우가 더러 있었다.

내가 근무하는 이곳 학산초등학교는 교사 6명에 교장, 교감 그리고 학교 아저씨 모두 9명이 근무하고 있었는데 그중에 여선생이 한 명 있다.

회갑 잔치에 가는 날이면 학교 아저씨가 가게에 가서 소주 큰 병 하나를 사서 들고 뒤따라오고 우리는 교장을 앞세우고 그 뒤를 옷장에 넣어 두었던 넥타이를 매고 따랐다. 잔치에 모인 사람들은 거의가 학부형이라 골목에서부터 인사를 나누느라 방까지 들어가는 데는 한참이 걸렸다. 학교 육성회에 관계되는 임원들이 한두 명 있어 그들의 안내를 받는다.

북절골은 학교에서 4킬로미터 떨어진 아주 외진 동네이다. 학가산 밑이라 비탈진 오솔길을 걸어서 재를 넘어가면 스무 집 정도가 사는 음지 진 마을이다. 마당 한가운데 큰 바위가 있는 집도 있고 부엌과 방 사이에 큰 바위가 있는 집도 있다. 모두가 가난하게 사는 마을이라 신사복 입고 그것도 여러 명이 다니는 것은 그들에게 큰 구경거리가 되었다.

북절골에 회갑 초대가 있어 전과 같이 학교 아저씨는 소주병을 들고 저만치 뒤떨어져 오고, 우리는 신사복을 입고 마을 어귀에 들어서려는데 마을에서는 일대 소동이 벌어졌다. 회갑 잔치에 온 사람들이 뿔뿔이 흩어져 산으로 들로 지게를 지고 가느라 야단이었다. 그들은 우리를 산간수(나무 베는 것을 감시하며 집집마다 돌아다니다 벌금을 매기는 산림청 직원) 내지는 세무서 직원(밀주를 감시하기 위해 세무서에서 왔다는 말만으로도 벌벌 떨었다)으로 알았다. 회갑 집에 모였던 사람들이 모두 자기 집에 있는 나무와 술을 감추느라 그렇게 흩어져 버렸던 것이다. 한바탕 소동을 일으키게 했던 우리들이 회갑 집에 들어서자 선생님인 것을 알고 모두들 다시 모이기 시작했다. 안면이 있는 사람(그 동네 내지 이웃동네의 유지로 학교에 자주 오는 사람)은 뛰어나와 인사를 했고 그렇지 못한 사람들은 머리만 긁적이다가 허리를 90도 굽혀 인사를 했다. 여자들은 고개를 숙였다가 자기 아이 선생님이 누구인지 연신 살피기 바빴다.

회갑 노인이 있는 큰 사랑방에 들어간 우리들은 인사를 나누고 음식을 먹게 되는데 부형들이 권하는 술을 한 잔씩 받다가 보면 인사불성이 되는 게 보통이다. 그때 내 나이 20대 중반, 회갑 노인과는 까마득한 연령 차이가 났다. 그런데 교사들의 나이는 아무리 어려도 그저 선생님으로만 대했다. 군수가 아무리 어려도 군수영감이 되듯이 우리 교원들도 그러했다. 회갑 노인은 담배를 연신 권했고 나이 많은 교장부터 담배를 피우면 그다음은 모두 담배를 피우게 된다. 그러다 보면 나까지 담배를 피우게 되어 고향에 계신 아버님이 아신다면 호로 자식이라 하겠지만 분위기가 그러니 어쩔 수가 없었다.

오전에 도착한 회갑 집 대접은 온종일도 모자라 저녁까지 이어지는 것이 보통이었다. 낮에는 남자들과 놀았다면 저녁에는 여자들과 놀아야 했다. 온종일 부엌일하던 여자들이 저녁이 되자 우리들을 다른 방으로 안내했다. 남자들은 한두 명 시중을 들 뿐 거의 자리를 피했다. 새로 마련한 반찬에 술이 들어오고 노래가 계속되고 춤으로 이어질 때면 회갑 집 음식이 모자라 저마다 가져온 씨암탉이 안주가 되어 들어왔다.

북절골은 저녁이 빨리 왔다. 그리고 아침은 늦게 온다. 학가산 북쪽에 위치하여 절간이 있던 곳이라 북절골이라 했다. 그때는 호롱불이었는데 이제는 전기와 전화가 들어오고 길도 포장이 되었다는 소식을 접하고 보니 호랑이 담배 피우던 때 일이었다.

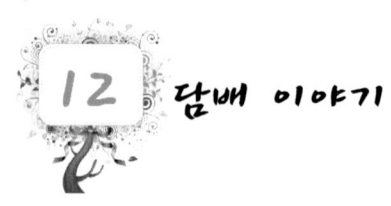

12 담배 이야기

선물이라는 말 속에는 분명 손익 계산이 들어 있다. 내가 은혜를 입었으니 보답으로 준다든지, 은혜를 입기 위해 미리 준 뒤에 보답을 바란다든지. 선물은 물건이 될 수도 있지만 도움을 주고받는 것도 선물이라 할 수 있다. 내가 도움을 받았으니 도움을 주어야 한다는 생각은 분명 손익 계산이 숨어 있다.

교육대학을 졸업하고 발령이 나지 않아 애를 태우며 하루해를 넘기기가 어려운 때가 있었다. 두메산골 농부의 아들로 태어나 지금까지 학교를 다닌답시고 초등학교 6학년 때부터 하숙을 했으니 집에 있어도 남의 집 같았다. 그렇다고 배우지 못한 농사이니 농사는 지을 줄도 모르지만 일을 하고 싶은 마음도 내키지 않았다. 마음이 다른 데 있으니 하루가 지루할 뿐이었다. 그렇다고 돈이 있어야 어디를 가든지 취미 생활을 하든지 할 일인데 지금까지 학비 얻어 쓴 것만 해도 죄송스러워 몸 둘 바를 모르는데, 졸업을 하고 난 뒤이니 더욱 돈 달라는 소리를 할 수 없는 불쌍한 처지가 되어버렸다. 어렵게 돈을 장만하여 공부만 시키면 바로 높은 벼슬이라도 얻을 줄 알았던 아들이 아무 일도 하지 않고 빈둥빈둥 놀고만 있으니 보는 부모님도 겪는 나도 하루가 지루할 수밖에 없었다.

3월 1일자로 발령이 난 친구들도 있는데 나는 성적이 모자라는

지 아니면 임지를 잘못 선택했는지 9월 1일이 되어도 기다리는 발령장은 오지 않았다. 생각다 못한 나는 경기도 교육청에 무작정 찾아갔다. 지도를 보고 처음 가는 길이라 안동에서 제천으로, 원주로, 아니면 충주로 갈 수 있는 길은 다 찾았다. 그러나 막상 도교육청에 가서 어떻게 하면 되는지 알 길이 없었다. 친구 집에 가도 빈손으로 가는 것은 민망한 일인데, 어릴 때 소풍 갔다 집에 오면서 어머니께 백양담배 한 갑 사 드리는 것이 나의 버릇이 되었던 시절이 있었다. 사탕 사 먹으라고 주는 돈을 온종일 주머니에 넣고 이것 사 먹을까 저것 사 먹을까 하다가 집에 돌아올 때는 파랑새나 백양담배를 한 갑 사 들고 왔다. 반가워하고, 기뻐하고, 기특하게 여기는 어머니의 얼굴이 자꾸만 떠올라 나는 초등학교를 졸업할 때까지 꼭 담배 한 갑을 소풍 갔다 올 때면 어머니께 선물을 했다. 처녀 때 할아버지 담뱃불 심부름 하다 쉽게 배운 담배를 어머니는 내가 중학교에 입학하자 기침을 시작하면서 끊으셨다.

교육청은 너무 넓었다. 누가 누군지 알 수가 없었다. 어떤 사람이 발령을 내주는 사람인지 묻고 싶지도 않았다. 인사 청탁을 하러 온 것이 들통이 날까 봐 겁도 났다. 무조건 책상이 큰 사람을 찾아 넙죽 절을 하고, 금년에 교육대학을 졸업하고 발령이 나지 않아 왔다며 신탄진 두 갑을 종이에 싸지도 않고 두 손으로 내밀었다. 그는 이런 것은 뭣 하러 사왔느냐며 무척 반가워하더니 무슨 서류인가 꺼내었다. 아직 앞 차례가 많이 남아 있어 금년 안으로는 어렵겠다며 웃었다. 내 성적이 좋지 않아 뒤로 밀린 것인지 발령을 내지 않아 그런지 알 수 없었다.

경기도는 다른 도에서도 많이 오기 때문에 언뜻 본 서류에도 점수가 A, B, C, D로 표시된 사람도 있었고 그냥 78, 80의 숫자로 된 사람도 있었다. 78점과 C는 많은 차이가 있을 수밖에 없었다. C학점은 70점에서 79점까지라지만 이 사람들이 볼 때는 70점으로 보기 쉬웠다. 바로 우리 안동교육대학은 A, B, C, D로 매겨져 있었다.

고개를 깊숙이 숙여 절을 하고는 교육청을 나와 버렸다. 그런데 한 달 남짓 지나니 생각지도 않았던 발령이 났다. 내 앞으로 그렇게 많이 밀려 있었는데 어쩌면 담배 두 갑의 덕을 본 것이라고 지금도 믿고 있다.

하늘만 보이는 산골에서 근무하기는 무척 싫었다. 남들같이 구두 신고 시내 교육청 회의에 가고 싶었다. 구두 신고 교육청 회의에 갈 수 없는 이유는 이곳이 너무 해발이 높은 학가산 중턱이라 시도 때도 없이 비가 왔다. 우산을 들고 장화를 신고 시내로 걸어서 가면 그곳에는 가뭄이 들어 난리를 피우고 있었다. 겨울에도 마찬가지였다. 두꺼운 옷에 가죽 장갑을 끼고 내의를 껴입고 가면 더워서 걸을 수가 없었다.

12월이 되자 지난해 많은 교사가 바뀌었기 때문에 금년에는 내가 내신을 낸다면 일번이라는 것을 알고 교장에게 미리 언질을 주었다. 시내가 아니라도 좋으니 큰 학교에 구두 신고 출근하게 해 달라고 했다. 이번에는 인사 장학사 집을 교장이 그려 준 약도를 들고 찾아갔다. 고급 담배 세 보루를 과자 상자같이 싸 들고 어느 학교 누구라고만 하고 차도 먹지 못하고 그 집을 나와 버렸다. 그런데 정말로 시내는 아니지만 큰 학교로 전근을 시켜 주었다.

아직도 얼마나 많은 담배를 선물로 주어야 할지 모르겠다. 아마도 담배 속에 수표가 들어갈 수도 있을 것이다.

13 손가락이 없어요

교육학에 보면 상찬의 원리라는 것이 있다. 칭찬할 때는 칭찬하고 벌을 줄 때는 벌을 주어야 한다는 이론이다.

성공한 사람들의 수기를 읽다 보면 초등학교 때 선생님의 칭찬한 마디가 평생을 좌우했다는 이야기들이 많다. 너는 노래를 잘하니 성악가가 될 거야, 너는 손재주가 있으니 기술자가, 너는 운동선수가, 국회의원이, 판검사가 등 교사가 어설프게 던지는 한 마디가 그 사람의 일생을 좌우했다는 이야기다. 어린아이들을 잘 관찰하여 보면 웬만한 교직 경험자도 쉽게 판단할 수가 있다. 모두가 좋은 쪽으로 긍정적인 면으로 되도록 이야기하려고 한다. "너는 도둑놈이 될 거야"라고 제자에게 말하는 교사는 이 세상에 없다.

어머니께 들은 이야기이다. 어릴 때부터 아들이 물건을 잘 가져왔다. 칭찬이 듣고 싶어 처음에는 주워 오다가 나중에는 남의 물건을 훔치기 시작했고 결국은 형무소에 들어가게 되었다. 하루는 어머니가 면회를 와서 울었다. 아들은 어머니에게 손가락을 내밀라고 했다. 그리고는 입으로 가져가 물어뜯었다. "어머니가 저에게 가르친 결과입니다"라는 웃지 못할 이야기이다.

학기가 바뀌고 교실에 들어가니 유독 두 눈이 반짝이는 아이가 있었다. 이 아이는 왼손을 좀처럼 내놓지 않았다. 오른손도 자주 숨겼다. 생활기록부를 보니 성적은 상위였으나 수업 시간에 활기가 없고 발표력이 부족하다고 쓰여 있었다. 용의 검사를 하면서 손톱 검사를 했는데 그 아이의 왼손은 엄지만 있고 다른 손가락은 형체만 있을 뿐이었다. 오른손도 새끼손가락이 그랬다. 활기가 없고 발표력이 부족한 이유는 손가락 때문이라고 판단했다.

산골 수십 리를 걸어서 학교에 다니는 그 아이의 집은 방 한 칸, 부엌 한 칸의 오막살이 집이었다. 할머니 같은 어머니와 동생들이 집을 지키고 있었다. 공부하는 책상도 없었다. 이 학교에 이런 아이들은 한둘이 아니었지만 유독 이 아이를 돕고 싶었다. 등교하면 그 아이를 먼저 찾았고 머리도 쓰다듬어 주며 관심을 보였다. 그와 친해지는 것이 급선무였다. 수업 시간에는 억지로 발표를 시켰다. 다른 아이들이 보는 앞에서 칭찬도 아끼지 않았다. 다른 아이들에게 피해를 주지 않는 범위 내에서 그 아이를 도울 수 있는 방법은 그런 것들뿐이었다. 몇 개월이 지나자 그 아이의 생활에 조금씩 변화가 오기 시작했다. 체육 시간에도 전에 없이 자신을 갖고 운동을 했으며 다른 아이들에게 자신의 생각을 주장할 줄도 알았다. 용의도 하루가 다르게 깨끗해지기 시작했다. 학교에 가장 먼저 와서 교실 커튼을 걷고 창문도 열었다.

운동회 때 그 아이의 어머니가 싸 온 고구마가 제일 맛이 있었다. 물론 다른 아이들도 소홀히 하지는 않았다. 편애가 지나치면 다른 아이들에게 영향을 주기 때문이다. 그의 성적은 하루가 다르게 향상되었다. 숙제를 열심히 하고 교내 글짓기, 그리기 대회에서 자주 이름이 나타나더니 학년 말에는 2등을 했다. 졸업식에 참석한 그의 어머니는 내 평생 이런 일이 있을 줄은 몰랐다며 몇 번이나 절을 하고 돌아갔다. 지금쯤 그도 훌륭한 어른이 되었을 것이라 믿고 싶다.

주숙이라는 어지아이가 있었다. 아주 남루한 치림으로 고를 흘리며 담임만 보면 고개를 숙여 버리는 아이였다. 1년이 다가도록 나는 그 아이에게 관심을 쏟지 못했다. 졸업식 날짜가 정해지고 송·답사 지도를 해야 했다. 5학년이 송사를 하면 6학년은 답사를 해야 했다. 답사가 잘 되어야 빛나는 졸업식이 되는 것이다. 당시는 송·답사로 졸업식장을 눈물바다로 만들어야 교육 성과가 있는 것처럼 되어 있었다.

답사 지도는 내가 해야 하는데 원고를 작성하고 나니 읽을 아이가 마땅치 않았다. 몇 명 안 되는 졸업생 중 여자아이를 선택하기란 쉬운 일이 아니었다. 다른 교사들도 졸업생을 잘 아는지라 서로 추천을 했다. 부실장을 시켜야 한다느니 서기를 시켜야 한다느니 또 누구누구 하며 그중에 공부 잘하고 예쁜 아이만 추천했다. 수업 시간 책 읽는 것을 유심히 관찰했던 나는 주숙이를 불렀다. 성적은 하위였지만 목소리가 맑으며 억양이 좋았다. 주숙이가 답사를 읽는다고 하자 아이들도 선생들도 눈이 휘둥그레졌다. 그 코흘리개가 답사를 읽어, 금년 졸업식은 아마 개교 이래 가장 형편이 없을 거라고 추측을 했다. 주숙이에게 연습을 시킨 지 며칠이 안 되어 교장은 송사와 답사 읽는 아이를 데리고 오라고 했다. 5학년은 공부를 제일 잘하고 씩씩한 남자아이였지만 6학년은 세수도 잘하지 않고 형편이 없는 여자아이라 교장은 고개를 갸우뚱했다. 아이들에게 송·답사를 읽힌 교장은 저렇게 맑고 고운 목소리가 우리 학교에 있었느냐며 또 한번 놀라는 눈치였다. 드디어 졸업식 날이 왔다.

국민의례가 있고 표창장 수여, 졸업장 수여, 학교장 인사, 내빈축사, 송사 그리고 답사의 순서가 되었다. 주숙이는 어디서 빌려 왔는지 한복을 곱게 입고 답사를 읽으려고 앞으로 나왔다. 모두들 주숙이에게 시선이 집중되었다. 답사를 시작하며 곱게 인사를 한 주숙이는 처음에는 내빈들을 향해 읽었다. 다음으로 학부형, 그다음은 재학생, 그다음은 선생님을 향해서 읽었는데, 선생님을 향해 읽던 중 염소 당번일 때 염소가 동네 개에게 물려 죽은 일을 쓴 곳에 와서 목소리가 울컥하더니 그때부터 지도하지도 않았던 사태가 발생했다. 염소가 피를 흘리며 죽어 가는 부분에서 자기 목소리를 찾지 못하고 울음 반 글 반으로 읽어 내려갔다. 갑자기 식장은 숙연해지며 모두들 수건을 꺼내기 시작했다.

졸업식이 끝나자 답사를 지도한 선생님이 누구냐며 찾기 시작했다. 다른 교사들이 학부형과 회식을 하는 동안 나는 주숙이의 어깨를 두드려 주며 운동장에서 사진을 찍었다. 그 후 주숙이는 중학교, 고등학교를 다니면서 웅변대회, 동화구연대회에서 자주 이름이 오르내렸다. 지금쯤 아이 엄마가 되었을 주숙이의 행복을 빌어 본다.

타고난 소질을 개발하지 못해 한평생 빛을 못 보는 사람들이 얼마나 많은가? 어릴 때부터 타고난 소질을 발견하여 좋은 쪽으로 발전하도록 지도 조언을 하는 것은 어른들의 책임이며 교사의 의무라는 것을 새삼 말하고 싶을 뿐이다.

Ⅲ
길안초등학교

14 선생님! 저는 이 상(賞) 몰라요

　여름방학 종업식을 마치고 교실 문단속을 살펴보려고 교실에 막 들어가는데 교내 스피커에서 나를 찾는 교감의 목소리가 들렸다. 교무실에 들어가니 공문이 책상 위에 놓여 있었다. 조금 후 교감이 다가오더니 공문을 보면 알겠지만 아이들 글짓기 작품을 오늘까지 보내야 하는데 어떻게 하면 좋으냐고 했다. 전에도 이런 일이 몇 번 있었다. 그러나 오늘은 방학을 했는지라 글짓기를 잘하는 아이들도 하교하고 없었다.

　"교감 선생님! 지금 아이들은 집에 가고 없는데요."

　"나도 알아요."

　책상 앞에 한참 서 있던 나는 공문을 들고 교실로 다시 올라갔다. 교무실에서는 종업식이라 출장 가는 교사는 출장 명령부를 들고 돌아다니고, 출석부를 정리하는 사람은 출석부를 들고 돌아다니고, 어떤 사람은 밀린 결재 서류를 들고 분주히 다니고, 고향 간다고 인사하고, 너무나 소란스러워 도저히 글이 될 것 같지 않았다. 전에도 글짓기, 표어, 포스터, 그리기 등 갑자기 제출하라는 공문이 있어 교사가 직접 쓰는 일이 있었다.

　원고지 다섯 장 정도이니 아무리 글재주가 없는 사람이라도 금방 끝낼 수 있었다. 그래도 학교에서는 문예 담당이니 억지로라도 써야 했다. 만약 이 공문을 오늘 내로 보내지 않으면 독촉장이 오고 그렇게 되면 교장실에 불려가 죄인 취급을 받는다. 공문은 보통 학교 아저씨가 출장을 내어 교육청에 공문을 가지고 가면 접수되었다고 수첩에 사인을 받아 온다. 그리고 독촉장이 오면 수첩에 사인 받은 것을 보였다. 그렇지 못하고 공문이 늦으면 독촉장이라고 빨간 종이가 날아왔다. 월말에는 학교별 통계를 내어 어느 학교가 제일 실적이 좋다느니 나쁘다느니 하며 교장회의에서 공개를 하였다. 그렇게 되면 교장은 학교에 와서 담당자를 불러 수십 분씩 훈화와 협박을 했다.

원고지에 작성된 작품은 우리 반 반장 이름을 써서 버젓이 제출되었다.

개학을 하자 뜻하지 않던 상장과 상품이 왔다. 이번 글짓기 응모자 중 1등을 했단다. 이런 일은 흔하지 않다. 거의가 교사가 쓰거나 아니면 교사의 수정을 거쳐 교감 교장까지 수정이 되므로 교사가 쓴다고 1등이 되라는 법은 없었다.

학교장은 싱글벙글하였다. 즉시 운동장 조회가 시작되었고 글짓기 1등상 시상식을 열었다. 그런데 난감한 일이 벌어졌다. 갑자기 당한 일이라 나는 미처 우리 반 실장에게 상을 받는다는 말을 하지 못했다. 교무주임이 수상자 이름을 불렀다.

"6학년 2반 김치상 앞으로 나오세요."

실장은 학급의 가장 앞에 서 있다가 옆만 두리번거릴 뿐 시상대 앞에 나올 생각을 하지 않았다. 그러자 교무주임은 실장을 보고 손가락질을 하며 빨리 나오라고 소리를 질렀다. 마지못해 어슬렁거리며 나와 상장과 상품을 받아 들고 절을 했다. 거기까지는 그래도

괜찮았다. 그놈이 상장과 상품을 들고 내 앞으로 달려와 불쑥 내밀며,

"선생님! 저는 이 상 몰라요."

하는 게 아닌가. 그다음은 내가 당황했다. 교장은 시상을 마치고 우리 학교에 인재가 났다고 일장 훈시를 시작하고 있었다. 실장은 내가 얼굴을 붉히며 빨리 들어가라고 손짓을 하자 머뭇거리더니 힘없이 제자리로 들어가 상장과 상품을 옆구리에 끼고 있었다.

조회를 마치자 아무 말 없이 교무실로 들어왔다. 실장도 교실로 들어갔다. 그리고 그 상에 대해 실장에게 아무런 설명도 하지 않았다.

다음 날 아침 김치상의 어머니가 학교에 찾아왔다. 그의 아버지는 뻥튀기 장사를 하기 때문에 바빠서 못 왔다며 미안하다고 했다. 우리 치상이에게 상을 받게 하여 고맙다는 말을 하며 담배 두 갑을 종이에 싸 주었다. 나는 치상이는 우리 반 실장으로 평소에 글짓기를 잘해서 받은 것이라고 했더니 학부모는 이번 상은 너무 큰 책을 주어 고맙다며 몇 번이고 고개를 숙여 인사를 했다.

복도에서 담배를 두 갑 받아 들고 교무실에 들어오니 교무주임이 달려오면서 무엇인지 보자고 했다. 그리고는 내가 어제 오후에 김치상이 어머니를 만나 담임의 덕택으로 큰 상을 받았으니 담배를 사 드리라고 했다며 넌지시 자랑을 했다.

담배 가게에 가서 담배 세 갑을 더 샀다. 교장, 교감, 교무주임, 연구주임, 새마을 주임에게 한 갑씩 주면서 김치상이가 상을 타서 고맙다고 준 것이라며 주었다. 그리고 교실에 가서 아이들에게 이번에 치상이가 상을 받은 것은 평소에 글짓기를 열심히 하니까 선생님이 특별히 부탁하여 준 상이라고 설명을 했다. 아이들은 이해를 못 하는지 고개를 갸우뚱할 뿐 말이 없었다.

15 학력경시대회

    지금도 초등학교에서 시험을 칠 때마다 성적을 다른 반과 비교하여 경쟁시키고 학반과 학생을 시상하는지 모른다. 1970년대에는 모의고사뿐 아니라 고전 읽기도 경쟁을 시켰었다. 고등학교에 근무할 때는, 학교를 비교하고 잘하는 학생이 몇 명인가를 모의고사 때마다 컴퓨터로 처리되어 알아보는 일은 있었다. 중학교에 근무해 보니 학교별로 교육청에서 학력고사를 쳐서 비교하여 교사를 곤경에 빠지게 하는 것도 보았다. 학생의 학력을 서로 경쟁시키는 것은 경쟁 사회이니 어쩔 수 없으리라 본다. 학교 평가와 교사 평가, 학생 개인의 평가를 학력으로 하고 있는 학력 중시는 우리나라의 현실로 볼 때 어쩔 수 없는 일이다. 모양은 다르지만 초등학교, 중학교, 고등학교 그리고 대학교까지 학생을 교과 점수로 우열을 가리는 것이 우리 교육의 현실이다. 이런 제도가 고쳐져야 한다고 수십 년 전부터 말은 했지만 지금까지 고쳐지지 않고 있다는 것은 누구도 어쩔 수 없는 모양이다.

    1970년대 초등학교는 한 달에 한 번씩 정기 고사를 실시했다. 방학을 제외하고, 3월 기초 학력 평가를 제외한다 해도 교내에서 치는 시험은 1년에 열 번이 넘었다. 거기다 군학력고사와 도학력고사가 겹쳐 있고 수시로 치는 시험도 있다. 학교장이 시험지를 들고 시도 때도 없이 반마다 돌아다니며 받아쓰기, 계산하기 시험도 쳤다.

한 달에 한 번 치는 교내 학력고사를 우리들은 학력경시대회라고 했다 1학년부터 6학년까지 한 학년이 3·4개 반, 20여 개 반이 동시에 시험을 친다. 시험지도 외부에서 가져오기 때문에 보안유지가 철저하다. 그러나 보안이 잘되는지 어떤지는 모른다. 철저하다고 믿는 것이 가장 편하다.

내가 길안초등학교에 부임하자 교장은 시골학교에서 왔다는 이유로 고개를 갸우뚱 하더니 4학년 3반 담임을 맡겼다. 4학년 담임을 할 수 있는 것도 보통 백은 아니다. 이종사촌 형님이 길안면에서 유지라 그 형님의 덕을 본 것이 분명했다. 4월 말 교내 학력고사가 실시되었다. 시골에서 근무하던 나는 몇 반만 경쟁하는 줄 알았는데 20여 개 반을 경쟁시키는 학력고사가 있는 줄 몰랐다. 아무것도 몰랐으니 준비도 없었다. 온종일 시험을 치고 학생들이 집으로 간 뒤 교사들은 교무실에서 모든 잡무를 뒤로 하고 학반을 바꾸어 채점에 들어갔다. 숨소리 하나 없이 ○, ×를 열심히 하다보면 퇴근 시간이 지나고도 얼마간 계속되었다. 맡은 반별 채점이 끝나면 통계처리까지 깨끗이 해서 교장에게 보고하고 교문을 나오면 퇴근 시간 한두 시간 지나는 것은 보통이었다.

우리 4학년 교사들은 채점이 끝나고 모두 뿔뿔이 헤어졌는데 다른 학년은 저희들 끼리 혹은 무겁게 혹은 가볍게 술집으로 향했다. 그런데 다음 날 아침 직원회의 시간이 나를 기다리고 있다는 것을 몰랐다. 교장은 종이를 들고 학반별 등수를 부르기 시작했고 우리 반은 가장 마지막에 불렀다. 모두들 나를 보며 킥킥 웃었다. 곧이어 운동장 조회가 열리고 전교 1, 2, 3등 하며 반별 상장을 주었다. 성적이 우수한 어린이들에게도 상을 주었다. 우리 반 아이들은 한 명도 없었다. 조회를 마치고 교장에게 불려가 호되게 꾸중을 들었다. 교장은 내 교사 자격증 자체를 의심하는 모욕도 주었다. 그것은 다음 달도 마찬가지였다. 그렇다고 내가 다른 교사들보다 덜 가르치는 것은 절대 아니었다. 오히려 그들보다 더 열심히 가르쳤다. 아침이고 오후고 시간만 있으면 가르치는데 번번이 꼴찌였다. 정말 죽고만 싶었다. 아이들에게 미안해서 그들을 대하기 싫었다. 그런데 문제를 발견하게 된 것은 석주 어머니를 만나고부터였다. 지난해는 숙제가 많았는데 금년에는 적다는 말과 지난해는 매일 시험을 쳐서 점수를 보이고 했는데 금년에는 없다는 것이었다.

내가 깨달은 것은 첫째, 숙제를 많이 내되 문제 만들기와 문제지를 보고 문제 써 오기를 낼 것. 둘째, 아침 자습, 오후 자습, 또 수업 시간에도 문제 풀이를 많이 시키고 형성 평가도 반드시 점수화할 것, 아이들을 철저히 학력경시대회 선수로 만들 것을 작정하는 것이다. 우선 일등이 문제였다. 아니, 중간 정도라도 하는 것이 문제였다. 아이들의 인성 교육과 기본 습관 지도 등은 이론이고, 실제는 그것이 아니라고 자문자답했다. 아이들도 웃어 가면서 공부하고 같이 놀아 주던 담임이 갑자기 바뀐 것을 눈치챈 것인지 수업 시간에 떠들지도 않았다. 함부로 지껄이지도 않았다. 재미있는 수업이 아니라 아주 살벌한 수업으로 바뀌어 가고 있었다. 손바닥도 때리지 않던 내가 다리도 때리고 엉덩이도 때리고 심지어 뺨까지 서슴없이 후려쳤다. 이제 아이들에게 더 이상 인자한 선생님이 아니었다. 무서운 호랑이가 되었다. 그것은 나도 현실에 순응하는 교사가 되어 가고 있다는 증거였다. 페스탈로치를 숭상하며 아이들

손이나 잡고 한가롭게 인성 교육을 앞세우다가는 언제 쫓겨날지 모르는 급박한 상황에서 교육대학에서 배운 어설픈 이론이 무슨 소용이 있겠는가?

시험 날짜는 자꾸만 다가왔고 나는 하루하루 아이들과 전쟁을 하며 보냈다. 실로 가르치는 것이 아니었다.

그러기를 1개월 후 시험 친 결과는 전교에서 3등이었다. 교장실에 불려가니 교장은 입이 마르게 칭찬을 했다. 처음에는 아이들 지도가 형편이 없더니 이제는 정신을 차렸다는 칭찬인지 꾸중인지도 들었다. 그러나 전교 3등상은 반갑지 않았다. 아이들도 귀엽지 않았다. 학부형의 고맙다는 전화도 반갑지 않았다. 자꾸만 현실과 타협하는 내가 부끄러웠다. 아이들을 사랑으로 지도하고 바르게 크도록 해야 된다는 지금까지의 생각과 반대로 가는 것이 어떻게 칭찬받는 길이 되며 훌륭한 교사가 되어 가는지 도대체 이해가 되지 않았다. 아이들에게 위엄을 세우려고 일부러 험악한 인상을 해야 하고, 때려야 하고, 이것은 결국 아이들을 위하는 것이 아니다. 나를 위하는 것이었다.

나는 부끄럽게 생각한다. 겉으로 아이들을 위하고 실제로는 처자식을 먹여 살리는 방편이 되어 버린 교육, 직업인이 되어 가는 것이 부끄러웠다. 교육자적 사명감으로 학교에 간다고 말하는 것은 있을 수 없는 일이 되어 버렸다. 이제는 가면을 눌러 쓴 교사일 수밖에 없는 내가 부끄럽다 못해 불쌍해지기 시작했다.

16 웅변대회 그 후

1년에 몇 번씩 웅변대회가 열린다.

반공 웅변대회, 효행 웅변대회, 통일 웅변대회, 보건위생 웅변대회 등, 교내 대회에서 선수를 선발하여 군 대회에 보내고, 군 대회에서 우승하면 도 대회로 가게 되는데, 교내 대회에서 제일 잘하는 아이를 뽑는 경우는 드물다. 문예 담당자에게 공문이 넘어 오면 문예 담당자는 원고부터 군 교육청으로 보내야 한다. 원고 심사에서 통과되어야 군 대회에 나갈 수 있기 때문이다. 그런데 이번에는 교감이 새로 부임하자 정식으로 교내 대회를 열기로 했다.

어느 학교에 가더라도 내게 맡겨지는 사무는 정해져 있었다. 도서 아니면 문예, 그리고 몇 가지가 더 붙어 온다. 아마 교장들이 모이면 교사들의 특성을 담임들이 학생을 인수인계하듯이 하는 것 같았다. 나는 어느 학교에 가도 문예와 도서였으니 웅변대회도 내가 내부 결재를 올리고 대회 준비를 해야 했다.

그날도 교내 웅변대회가 계획된 시간은 5교시와 6교시였는데 웅변에 열의를 보이던 교감이 갑자기 교육청에 출장을 가게 되었다. 출장은 오전에 끝나는 것이 아닌지 오후 웅변대회가 시작되어도 교감은 나타나지 않았다. 교장은 집이 대구이기 때문에 화요일 오후에 출근하면 수요일은 무사히 넘기고 목요일 종회 때 화를 벌컥

벌컥 내고는 대구로 사라져 버리는 것이 보통이어서 그날도 교장
은 없었다.

책상을 옮기고, 앰프를 실지하고, 신수들이 모이고, 관중들이 모
여 줄을 서서 기다리는데 교사들은 운동장에 나올 기미를 보이지
않았다. 점심을 급하게 먹고 준비를 마친 나는 땀을 흘리며 각 학
년 선수들을 불러 주의 사항을 말하고 심사하는 교사들이 나오기
만 기다렸다. 시간은 흐르고 더위는 계속되고, 하는 수 없이 나 혼
자 시작해 버렸다. 지금 같으면 교무실에 들어가 사정이라도 알아
보았을 텐데 그때는 그럴 마음의 여유가 없었다. 웅변대회가 끝나
갈 무렵 교감이 출장에서 돌아와 운동장에서 벌어지는 광경을 지
켜보게 되었다. 나중에야 알았지만 나는 이 일로 궁지에 몰려 있었
다. 이유는 새로 교감이 오자 모든 교육력을 웅변과 문예에만 쏟아
서 교사들이 반발하고 있었다는 사실이다. 그뿐만 아니라 내가 가
르치는 반만 두둔한다는 것이었다. 직원회의 때도 일상 학교생활에
서도 그렇다는 것이다. 그것은 직원들의 공통된 의견이어서 웅변대
회를 해도 교감이 없으니 너 혼자 잘해 보라는 비웃음이 있었던
것이다.

특별히 새로 온 교감에게 어느 부부교사처럼 저녁에 찾아가 과
자 한 봉지 상납한 일도 없었는데, 눈치 없는 나로서는 무슨 영문
인지 알 수가 없었다. 다만 병아리 교사에게 흔한 자존심뿐이었다.
어리지만 나도 교사이고 나이 많은 사람도 교사인데 하는 어처구
니없는 건방만 있었다.

출장에서 교감이 돌아오고 교무실에 있던 교사들이 부랴부랴 운
동장에 나오자 웅변대회는 처음부터 다시 시작되어 저녁때까지 계

속되었다. 그런데 심사 결과는 나를 너무 놀라게 했다. 우리 반 학생이 1등을 할 것이라고 생각했는데 표를 집계해 보니 우리 반 아이에게 후한 점수를 준 사람은 교감과 나뿐이었다. 그리고 점수 차가 너무 컸다. 나와 교감이 우리 반 아이에게 90점을 주었다면 다른 심사위원들은 30점도 안 되는 최하 점수를 주었다.

다음 날 아침 직원회의가 열리고 갑론을박이 시작되었다. 요즘 웅변은 큰 소리를 지르는 것이 아니고 나지막하게 이야기를 전개하다가 클라이맥스에서 큰 소리를 외쳐야 한다는 이론과, 처음부터 성량을 충분히 하여 외쳐야 한다는 두 가지 이론이 대립되었다. 교감과 나는 전자였고 다른 사람들은 후자였다. 그러니 심사 결과도 그렇게 나올 수밖에 없었다.

후자에 속했던 한 교사는 어디서 구해 왔는지 한참 오래된 웅변 테이프를 가져와 교정이 떠나가라고 시위하듯 앰프의 볼륨을 올려 틀었다. 교감이 나를 불렀다. 이번 대회 심사 결과에 승복하고 다른 반 아이를 군 대회에 보내자고 했다. 그리고 다른 사람 심사 표와 비교하면서 유독 점수가 높은 아이에게 원고 내용 점수를 적게 준 이유를 물었다. 이때가 기회다 싶어 교감에게 정색을 하며 따지기 시작했다. 다른 반 아이의 원고는 순수 창작이 하나도 없으며 지금까지 우승했던 원고를 하나도 교정하지 않고 그대로 가져온 것이며, 우리 반의 원고는 아이들이 써 온 것을 수정한 순수 창작이라고 했다. 그래서 순수 창작이 아니면 교육청에 가면 원고 심사에서 탈락한다고 덧붙였다. 교감은 고개를 끄덕였다. 기세등등하던 다른 교사들도 엿듣고는 고개를 숙여 내 말을 인정했다. 교내 웅변도 새로 심사를 했다. 1등, 2등은 다른 반이 하고 우리 반은 3등을 했다. 교육청에 제출하는 원고는 3편 모두 보냈다. 원고 심사 결과는 뻔했다. 우리 반 아이 원고만 통과되었다. 교사들은 오해가 풀렸는지 그 뒤 아무 말노 없있다.

우리 반 아이를 대리고 군 대회에 출전했다. 웅변대회 경험이 많지 않았던 관계로 수정에 수정을 거듭하면서 연습을 시켰다. 교사와의 갈등이 아직 가시지 않았던 나는 보란 듯이 우승을 하리라 다짐을 했다. 그러나 결과는 등수에 들지도 못했다. 그 흔한 장려상도 받지 못했다.

그때 나에게 웅변 지도를 받던 여학생은 내 영향을 받았는지 사범대학 국어과를 졸업하고 서울 어디에선가 교편을 잡고 있다는 소식을 인편으로 들었다.

17 시범학교

　교장회의에 갔던 교장은 비상 직원회의를 열어 길고 긴 회의에 들어갔다. 영문도 모르고 교무실로 우르르 몰려든 교사들은 저마다 책상 속에서 수첩을 꺼내 받아쓰기를 시작했다. 경영록 검사가 한 달에 한두 번 있는데 직원회의 시 교장의 훈시를 잘 받아 적었는 지에 대한 항목도 있다.

　체중이 가벼운 교장은 오늘따라 더욱 약하게 보였다. 엉덩이가 들썩들썩하기를 수십 번 하며 회의 서류를 들었다 놓았다. 때로는 크게 때로는 작게 회의 내용을 전달했다. 금년에 우리 학교가 군 지정 시범 학교를 하기로 했습니다. 모두 숨소리 하나 없다가 한숨 이 섞여 나왔다. '이제 죽었구나!' 시범 학교가 아니라도 장학사 오 기만 기다리는 교장 교감인데 시범 학교를 한다니 교사와 학생은 죽어도 한참 죽은 것이다.

　"장학사가 오니 대청소하고 환경 정리하고 수업 목표를 꼭 쓰고 아이들 인사 지도를 철저히 시키세요." 교사들의 자세가 조금 풀릴 만하면 하는 소리다. 그놈의 장학사는 한 달 전부터 온다온다 하 는 한 달이 지나서야 오는 일도 있지만 안 오는 것이 보통이다.

　장학사가 오면 교장실에서 몇 마디 하고, 복도나 한 바퀴 돌고는 점심식사 하고 교사들을 모아 놓고 미주알고주알 수업과 장부를 이야기하는데, 점심이 시원치 않으면 나쁜 말이 많이 나오고, 교장 교감이 정치를 잘하면 아주 기분 좋게 잘했다는 말만 반복하다 간다. 그나마 오는 날은 겁날 것 없으나 온나고 하여 준비할 때가 더욱 힘든 일이다.

이제 시범 학교를 한다니 장학사가 오는 것보다, 손님들이 오는 것보다, 오는 준비를 1년이나(군 지정 시범 학교 연구 학교는 1년 단위로 했다. 지금은 거의 2년이다) 해야 한다. 과학 시범 학교를 한다고 했다. 아직 주제도 정하지 못했는데 환경 정리부터 걱정을 했다. 교실 환경을 과학 일색으로 하시오, 그래야 손님들이 오면 금방 알지요. 매일 직원 조회와 종회가 열리고 교장의 훈시는 계속 되는데 뭐 하나 진척되는 게 없었다. 교사가 보아도 뭐를 해야 할지 방향 제시가 없었다. 매일 하는 말은 교실 환경과 청소뿐이다. 한 달에 한 번 오후에 하는 직원 친목 배구 대회도 완전히 몰수당하고 교내 스피커는 매시간 교사를 부르는 말로 떠들었다. 학생도 교사도 바쁘기는 한데 아무것도 한 일이 없었다. 이번 달이 끝나면 다음 달 환경 정리하기가 바쁘고 아이들은 시간마다 계단을 쓸고 닦아도 먼지는 계속 쌓여만 갔다.

여름방학이 다가와도 온다는 장학사는 한 번도 오지 않고 교실 복도 환경은 변한 것이 없었다. 입간판도 페인트가 벗겨진 채 그대로 매달려 있었다. 운동 기구에 칠했던 페인트가 벗겨지고 녹이 슬어도 페인트칠 한 번 할 줄을 몰랐다.

9월이 오고 교감이 새로 바뀌었다.

변화가 있겠지! 새로운 사람이 오면 교사들이 기대하는 것도 변한다. 어떤 식의 변화든 죽어 있는 분위기를 쇄신하자는 바람뿐이었다. 변화는 왔다. 1학기 때는 가설 실험 학습으로 시범 학교 주제를 선정해서 추진했는데, 교감이 바뀌면서 탐구 학습으로 갑자기 바뀌자 교실 환경과 장부에 쓰였던 가설 실험 학습을 지우느라 야단법석을 떨었다.

새로 온 권 교감은 대단히 부지런한 사람이었다. 일에 욕심이 많은 사람이다. 그는 지금 장학사를 거쳐 교장을 거쳐 장학관으로 있다가 정년퇴직을 했지만 이름을 밝힐 수 없음이 아쉽다. 스티로폼(환경 정리를 하는 재료)을 차로 싣고 오고, 색종이를 수십 통 사고, 칼과 풀 등 물품을 무더기로 사 왔다. 몇 년 동안 때가 묻은 복도의 게시물을 모두 철거했다. 교장은 학교 살림이 거덜 난다고 배를 앓았다.

권 교감은 팔을 걷어붙이고 앞장을 섰다. 그는 교사들을 소질대로 일을 시킬 줄 알았다. 교사들은 퇴근 시간이 없었다. 밤을 낮으로 알고 복도 환경에 매달린 지 한 달이 지나자 학교는 새로운 모습으로 변했다. 학교 건물과 운동 기구도 깨끗이 페인트 도색이 되고 교실도 새롭게 단장되었다.

이제 시범 학교 공개 일을 보름 남기고 탐구 학습지 쓰는 연습에 각 반 교실마다 정신이 없었다. 아이들은 비뚤어진 글씨로 교사가 시키는 대로 학습지를 정리했다. 수업 때 대답할 것들을 앵무새처럼 외우고 또 외웠다.

손님이 도착하면 한 번 벨을 가볍게 울리겠습니다. 교실에서는 한 번 더 둘러보시고 뒷문을 열어 놓으세요. 장학사가 몇 번 올 때마다 하는 교감의 주문이었다. 장학사가 오면 아이들이 먼저 알고 행동을 했다. "선생님 벨이 울렸어요." 눈치 빠른 한 아이가 말하자 모든 아이들이 책상 밑에 휴지를 줍고 뒷문을 열고 신발장 정리를 하고 책상 줄을 맞추었다. 그러고는 시침이 뚝 떼고 열중쉬어 하여 의자에 바로 앉았다. 칠판에는 수업목표가 쓰여 지고 점잖은 교사는 넥타이를 고쳐 맸다.

시범 학교를 한다면서 향상된 것은 아이들 눈치 훈련과 보이기 위한 장부를 만드는 것이 전부였다.

시범 학교 공개를 무사히 마치고 교장 교감은 입맛을 다셨다. 이제 바라는 것은 그들의 영전뿐이었다.

다음 해 3월이 되어도 아이들은 변한 게 없었다. 그러나 교장 교감은 영전과 승진을 하고 교사들은 뿔뿔이 흩어졌다.

18 편지봉투 값

　교통이 불편하던 1970년대 말, 교사들은 먼 거리 통근은 생각할 수 없었다. 가까운 거리를 자전거로 통근하거나 형편이 좋은 교사는 오토바이를 타기도 했다. 오토바이는 통근을 위한 것이 아니라 부의 상징이었다. 오토바이로 통근한다는 것은 경제적 낭비로 알았다. 교사 5년 경력 월급이 5만 원 정도인데 오토바이 90cc는 35만 원을 넘었다. 기름 값까지 따지면 지금 자동차 출퇴근보다 더 돈이 많이 들던 시절이었다.

　학교마다 교원 사택이 있었다. 교장 관사 옆에 방 하나 부엌 하나로 지어진 사택은 한옥이 보통이며 다섯 가구 정도 살도록 되어 있었다. 사택에 들어가는 것도 행운을 잡아야 했다. 학교마다 내규로 정하고 있지만 교장에게 잘 보이는 것이 최고이다. 보통 먼저 부임한 순서대로 사택이 비면 들어간다. 사택에 들어갈 순서가 안 되는 교사들은 학교 가까이 셋방을 얻어 살림을 했는데, 일요일이면 갈 곳이 마땅찮아 온 가족들이 학교에 모여 교무실, 교실, 나무 그늘 등에서 하루를 보냈다. 놀이 기구와 운동 기구는 사택 아이들이 차지하고 있어 다른 아이들은 얼씬도 못했다. 수업 중이라도 사택에 사는 교사 아이들이 운동 기구에서 놀고 있으면 학생들은 아무도 건드리지 않았다. 선생님 아이니까 그저 구경만 했다.

따뜻한 일요일, 그날도 보통 때와 같이 교사 아이들이 학교를 난장판으로 만들었다. 교무실에 들어가 책상 위까지 올라가 놀았다. 겨우 한글을 깨우친 아이들은 괴발개발 낙서를 했다. 그것도 안 되는 아이들은 분필과 볼펜으로 그림을 그렸다. 나도 1년을 기다린 끝에 운이 좋아 사택에 살게 되었는데 다섯 가구가 옹기종기 모여 살았다. 옆집에 별식을 하면 금방 다른 집에서도 했다. 사정이 좋은 부부교사 집 아이가 옷을 한 벌 사 입으면 다른 집도 따라서 옷을 사 주어야 했다. 모두 비슷한 나이의 아이들이라 시샘을 하느라 그렇게 할 수밖에 없었다.

일은 월요일 아침에 벌어졌다. 김ㅊ주라는 애송이 여선생이 항공우편 봉투를 들고 내게 와서 봉투 값 내라며 화를 냈다. "이 봉투가 얼마인데 여기에 낙서를 하게 했느냐?"며 얼굴을 붉히고 정색으로 대들었다. 봉투를 보니 '이상'이라는 비뚤어진 글씨가 쓰여 있었다. 우리 아이의 이름은 '이상ㄹ'이었다. 사택에는 우리 아이 말고 신 선생의 여자아이 이름이 '이상ㅇ'이라고 있었다. 우리 아이는 네 살이었고 신 선생네 아이는 여섯 살이었다. 김ㅊ주 선생이 내게 가져온 것은 우리 아이가 그 집 아이보다 훨씬 똑똑하다는 것을 암시하기도 했다. 나는 얼떨결에 웃으면서 얼마냐고 했다. 그때 돈으로 70원(지금 돈으로 2천 원 정도) 주었다. 어린 여교사가 얼마나 돈이 궁했으면 아이들이 장난한 것을 변상하라고 할까 하고 딱하기도 했다.

내 마음 한구석에는 내 아들이 벌써 글자를 안다고 생각하니 그정도 돈은 아깝지 않았다. 그 봉투를 변상함으로써 '내 아들은 네 살인데 글자를 압니다' 하고 선전하는 것과 같은 이치였다.

퇴근을 하고 사택에 와서 내 아들에게 이름을 쓰여 봤더니 '이'
자만 겨우 쓰고 '상'자는 아직 쓸 줄을 몰랐다. 그 봉투의 낙서는
신 선생의 여자아이가 쓴 것이 분명했다. 그러나 지금 와서 어쩌겠
는가? 신 선생의 딸이 쓴 것이라고 하면 내 아들은 글자도 모르는
숙맥이가 되어 버리고 가만히 있자니 돈이 아깝고 너무 억울했다.

김츠주 교사도 지금은 대구 어디선가 시집가서 열심히 잘 살고
있을 것이다. 신 선생의 딸은 서울대에 들어갔으나 내 아들은 들어
가지 못했다. 지금도 자주 생각나는 것은 무슨 까닭일까?

19 교장의 멱살을 잡고

　운이 없었다기보다 졸업 성적이 별로 좋지 못해 큰 학교에 발령을 받지 못했다. 적어도 첫 발령과 두 번째 근무한 학교는 그랬다. 경기도가 첫 발령이고, 안동학산이 두 번째로, 6학급뿐이었다. 아직은 병아리 교사라 큰 학교에 가고 싶었다. 학산에서 1년 6개월을 근무하고 옮긴 학교가 길안초등학교였으니 21학급으로 한 학년이 3개 반 이상이었다.

　교장은 내 인사 기록 카드를 보고 처음부터 얕보기로 작정을 했는지 사사건건 붙잡고 늘어졌다. 하기야 경력도 몇 년 안 되고 아는 것도 없는 나를 그렇게 보는 것이 당연했는지 모른다. 4학년에 담당 사무는 생활 지도와 도서였는데 직원회의 때마다 내 이름이 들먹거렸다. 생활 지도가 잘못되어 좌측통행이 잘 안 되며 차가 지나가도 아이들이 손 흔들기를 하지 않는다는 것 등이었다. 교장은 지겹지도 않은지 며칠을 두고 나를 볶았고 선배 교사들은 묵묵부답이었다. 선배들은 내가 처음 와서 4학년을 맡게 된 내력이 아니꼬운 눈치였다. 한두 해 선배들이 더 무서웠다. 자기들은 남이 제일 싫어하는 5학년에 강당 교실인데 나는 좋은 교실에 4학년이니 그럴 만도 했다. 그것은 9월에 전근 간 교감의 배려였다. 이종사촌 형이 길안농협의 상무였는데 그 형님이 내가 부임할 때 교감에게 부탁을 한 것이었다.

오늘 아침에도 지겨운 직원회의는 시작되었고 교장의 잔소리는 변함없었다. "생활 지도계는 뭐를 하기에 오늘 아침에도 좌측통행을 하지 않는 어린이가 있어요." 정말 참을 수 없는 분노가 치밀어 감당할 수 없게 되었다. 아침 일찍 일어나 길안 장터를 돌며 좌측통행 지도를 하다가 아침도 먹는 둥 마는 둥 하고 손을 불며 출근을 했는데 가장 늦게 출근한 교장이 정말 야속했다. 직원 조회 마치기를 기다렸다. 교사들은 하나 둘 교실로 들어가기 시작했고, 교장은 난롯가에 와서 다른 교사들과 잡담을 하며 낯이 벌게지도록 난롯불을 쬐고 있었다. 나는 교실로 들어가다 말고 울분을 참지 못해 교장 앞에 가서 정색을 했다.

"생활 지도는 어떻게 하는 겁니까?"

"20학급 학생을 혼자 지도하는 것이 생활 지도계입니까?"

키가 큰 교장은 나를 내려다보며 아니꼬운 듯이 한 마디 뱉었다.

"지금까지 작은 학교만 근무하더니 교장에게 대드는 것부터 배웠어?"

교장을 쳐다보니 꾀죄죄한 넥타이가 먼저 보였다. 키 차이 때문에 나는 쳐다볼 수밖에 없었는데 그는 얼굴을 다른 곳에 주시하고 있어서 표정은 잘 살필 수가 없었으나 나에게 비웃고 있는 것은 분명했다. 교장의 옆얼굴을 보자 뺨을 때리고 싶다는 충동이 일었으나 그러지 못하고 넥타이를 잡아당기며 매달렸다. 그러고는 한 마디 했다. "듣기 좋은 꽃노래도 한두 번이지 직원회의마다 지껄이는 이유가 뭐요? 내 기를 죽여 다른 교사를 감독하는 데 도움이 된다 해도 이건 해도 너무하는 거 아닙니까?" 나는 그의 넥타이를 쥐고 당겼다. 이때까지 보고만 있던 교감과 교무가 달려와서 말렸다.

교감에게 밀리어 도서실로 가면서 '그래, 마음대로 해라. 전번에 받아쓰기 시험에서 우리 반 성적이 어떻나켓노?' 중얼기렸다.

교장은 심심하면 교실로 돌아다니며 불쑥 받아쓰기 시험을 쳤다. 빈 종이를 들고 다니며 아이들에게 직접 나누어 주고 미리 준비한 문제를 불러 주었다. 한 학년이 3개 내지 4개 반이나 되니 비교를 해서 직원회의 때 등수를 불러 주고 평균을 불러 주며 어느 반이 꼴찌라며 다그쳤다. 우리 4학년은 1반은 늙은 교사였고, 2반은 부부교사로 교장과 잘 통하는 사람이었으며, 3반이 내 반이었다. 시험 결과는 3반이 1등, 2반이 2등, 1반이 3등이었다. 우리 반 성적은 2반보다 아주 우수했다. 그런데 직원회의 때 교장은 등수와 평균 점수를 발표하는데 어처구니없게도 2반이 일등, 1반이 2등, 우리 반이 3등이라고 발표했다. 의도적으로 그렇게 발표한 것이 분명했다. 그렇지 않다면 3반은 아예 3등으로 점을 찍어 두어서 보나 마나 3등일 거라고 판단하고 무의식중에 그렇게 불렀는지 모른다. 4학년 담임들은 다 알지만 다른 교사들은 교장의 발표를 그대로 믿었다. 나는 변명하지 않았다. 평소 내가 못했기 때문에, 또 교장이 그런 선입견으로 보고 있는데 내가 무어라 변명을 해서 될 일이 아니었다. 만약 내가 바로잡는다 해도 다른 교사들은 교장의 말을 믿을 것이 뻔했다.

받아쓰기 성적의 내막을 이야기하자 다른 교사들은 눈만 동그래 졌고 교장은 씩씩거리며 난롯가에서 자기 자리로 가서 앉았다. 교감은 도서실에 가서 나를 한참 달랬다. 새로 온 교감은 내 초등학교 선배였다. 그는 "지금 교실로 가서 수업을 해라. 그리고 교장에게 아무 말도 하지 마라. 오후 퇴근 시간에 정식으로 사과해라"라고 당부했다. 교감의 말대로 하느라 온종일 교무실에 들어가지 않았다.

점심시간에는 뒤뜰 나무 밑에 가서 하늘만 쳐다봤다. 이 길로 교육청에 가서 내 억울함을 말하고 사표를 던지고 싶었다. 그러나 사택에서 나만 기다리고 있을 아내와 아들이 아른거렸다.

퇴근 시간이 되었다. 내일 처리해도 될 기안 공문을 작성하여 교장에게 들이밀었다. 교장과 대화하기에 어색하지 않게 하고자 하는 내 얄팍한 계산이었다. 교장은 서류를 보지도 않고 도장을 꽝 찍어서 나에게 밀었다. 나는 이때다 싶어 "교장 선생님, 아침에는 제가 잘못했습니다"라고 억지로 교감이 시키는 대로 했다. 교장은 "앞으로 두고 보겠어, 처음부터 내 생각이 틀리지 않았어."라고 했다.

그는 처음부터 나를 얕보았던 것이 분명했다. 직원들은 근심 어린 눈으로 혹은 이제 죽어 봐라 하는 눈치로 나를 쳐다보았다. 그때만 해도 초등학교는 교장 천국으로 교장의 말이 곧 법이었다. 교장이 말하면 그저 '예! 예!' 하고 허리를 굽혀야 했다. 감히 교장에게 대드는 것은 있을 수 없었다. 그러나 안심이 되었다. 시선 중에 교감의 미소를 발견했기에……

글을 쫄쫄 읽어요

초등학교 교사의 3월은 환경 정리 때문에 눈코 뜰 새가 없다. 중·고등학교 같으면 학생들이 교사의 지시에 따라 하지만 초등학교는 교사가 직접 환경 정리를 하고 교실을 꾸민다.

아침 자습부터 오후까지 수업하고 서류 정리하다 보면 하루가 언제 지나갔는지 모른다. 한 교실에서만 수업을 하니 중·고등학교처럼 교실을 옮겨 다니지 않아도 되는 것은 좋다. 적어도 쉬는 시간 10분은 고스란히 남을 테니까 말이다. 쉬는 시간에 환경 정리를 한다. 자르고 부치고 그러다 보면 수업 시간 몇 분 까먹는 것은 보통이다. 교사의 솜씨가 곧 그 교실의 환경 정리가 되고 그것은 환경 심사가 되며 교사 심사가 되는 것이다.

길안초등학교에 부임하고 보니 벽지에서 근무하던 나로서는 상상도 못 할 정도로 환경 심사에 뛰어난 교사가 많았다. 한 달을 주물럭거려 환경 정리를 끝내고 나니 우리 교실에 환경 심사하러 온 교장 왈, "문학가의 냄새가 물씬 풍기는구만." 교감 왈, "이 환경은 저 신라 시대 환경이야!" 맥이 빠졌다. 교장의 말은 한편으로는 반가운 면도 있었다. 글 쓰는 사람 대접을 받는 기분이 들게 했기 때문이다. 실제로 못쓰니까 좋을 수밖에, 교감 말은 완전히 나를 미개인으로 만들어 버렸다. 글 쓰는 사람으로 인정된 이상 국어만은 확실히 가르쳐야 한다는 인식이 박혀 버렸다. 뭐 하나 특기도 없는 나이고 보면 남 앞에 드러낼 만한 것이 없었다.

요즘도 그러하다. 글을 못 읽는 고등학생이 실업계 시골학교 같으면 몇 명이 있다. 초등학교 들어가기 전에 한글을 깨우치는 아이가 있는가 하면 고등학생이 되어도 한글을 모르는 아이도 있다. 그것은 기초 교육을 담당하는 초등학교 교사에게도 책임이 없는 것은 아니다.

준홍이라는 여자아이가 있었다. 외모로 보면 삐쩍 마른 체구에 키만 커다란 것이 항상 푸른 코를 달고 다니는 아이다. 옷도 겨울옷 한 벌, 여름옷 한 벌로 전형적인 시골 아이였다. 물론 지금은 그렇게 남루한 차림의 아이들이 없다. 국민 소득이 낮던 그 시절 초등학생들은 그런 모습이 흔했다. 준홍이는 한글을 모르는 아이 중에 한 사람이다. 수업 시간만 되면 옆 아이와 장난을 치거나 먼 산을 보며 지루한 하루를 보냈다. 4학년이 되도록 교사의 손길은 그 아이에게까지 미치지 못했는지 그는 교사만 보면 고개를 숙이거나 피해 버린다. 60명 한 반이니까 교사도 어쩔 수 없기는 마찬가지이다. 칭찬보다 꾸중이 많고 상보다 벌이 많은 것은 사실이다. 칭찬만 하고 상만 줄 수 있다면 얼마나 좋겠냐마는 교장의 질책은 아이들을 칭찬만 하도록 내버려 두지 않았다. 그러다 보면 매일 교장실에 불려 가 꾸중을 듣고 고가 점수도 형편이 없을 테니까. 눈치 빠르고 교장의 마음에 든 교사일수록 아이들에게는 엄했다. 그래야 일시적인 효과가 나기 때문이다. 내일이야 어떠하든 아이들의 심성이야 어떠하든 그것은 알 바가 아니었다.

청소를 시켜서 하지 않았으면 왜 안 했는지 이유도 묻기 전에 벌이 가해진다. 그 아이의 이유를 들어 주고 청소를 해야 한다는 인식도 들기 전에 그 아이는 청소를 안 하면 벌을 받으니 한다는 것으로 어릴 때부터 교육이 되어 버리니 어떻게 하든 벌만 피하면 되었다. 한국 교육의 앞날을 빈정대는 것이 아니라 현실이 그러했다. 교사는 교장 눈에 들어야 교감이 되고 영전도 하는 것으로 짜인 것이 교사 집단의 구조이니 앞날의 교육을 걱정하는 배부른 소리는 할 수가 없다. 이야기가 다른 데로 가 버렸다. 하여튼 준홍이는 그런 아이였다.

교장의 지시 사항 중 내 마음에 드는 것은 일기쓰기였다. 일기쓰기 지도로 지도 교사상도 받은 적이 있다. 글씨를 몰라 일기를 못 쓰는 아이가 4명이었다. 그러나 그 4명을 제외시키지 않았다. 안 써 오면 같이 벌주고 그다음도 그다음도 그렇게 했다. 그 아이들은 아마 내가 지옥의 사자로 보였을 것이고 학교 오는 것이 싫었을 것이다. 그러나 20일 정도 일기장 검사를 강행하던 어느 날 준홍이가 드디어 글자를 써 왔다.

"기 가 아 라 다"

이것을 해석하는 데는 며칠이 걸렸지만 무엇인가 쓰기 시작했다는 데 큰 의미를 두고 싶었다. 준홍이를 불렀다. 휴지로 코를 닦아 주며 입이 떨어지도록 달랬다. 어깨도 두드려 주었다. 수업 시간이면 떠들어도 칭찬을 했다. 그러나 그에게 개인 지도를 할 시간은 없었다. 그저 옆 아이에게 부탁하여 지도하도록 하는 방법을 썼다. 교사가 할 일이 너무 많다 보니 솔직히 준홍이까지 개인 지도할 여유가 없었다. 준홍이는 백치가 아니었다. 글을 못 읽는 아이들을 보면 머리가 둔해서 못 읽는 아이가 있고 환경이 여의치 않아 못 읽는 아이가 있다. 준홍이는 후자에 속했다.

국어 시간에 아이들에게 글짓기를 시켰다. 작품을 받아서 읽던 나는 내 눈을 의심 했다.

"개가 아으라다 소무니 나다. 아무이 새가 개도 아이다. 우리지 개는 새기 나으느데."

향가를 해석하는 것보다 어려웠지만 대강의 뜻을 파악하면,

"개가 알을 낳았다는 소문이 있다. 아무리 생각해도 거짓말이다. 우리 집 개도 새끼를 낳는데 알을 낳다니."

이렇게 해석해서 아이들 앞에 칭찬을 했다. 준홍이같이 솔직하고 정직한 글은 처음 보았노라고.

자기의 생각을 문자로 바꾼다는 자체가 준홍이에게는 큰 변화였다. 그는 하나둘 글눈을 떠 가고 내 칭찬은 계속되었다.

한 달여가 지나자 준홍이는 드디어 국어 책을 읽기 시작했다. 이제는 코도 흘리지 않았다. 그러던 어느 날 수업이 한참 진행되는데 노크도 없이 앞문이 스르르 열리더니 "선상님요!" 하며 시골 아주머니 한 사람이 들어왔다. 그는 준홍이 어머니였다. 아이들은 어설픈 학모의 모습에 까르르 웃었지만 나는 무슨 일인가 싶어 눈만 동그랗게 뜨고 아무 말도 하지 않았다. 그 학모는,

"우리 아가 글을 쫄쫄 읽니더 왜! 아이구 선상님 덕이씨더."

알고 보니 5남매를 두었는데 모두가 하나같이 초등학교를 졸업해도 집에 오는 세금 고지서 한 장 읽지 못한다고 했다. 그런데 준홍이가 어제 고지서를 쫄쫄 읽었단다. 하도 신기하여 누가 가르쳐 주더냐고 물으니 자꾸 웃더란다. 학교에서 글을 가르치는 것이 뭐 그리 놀랄 일인지 그는 밤새워 궁리하다 아침을 다투어 10리 길을

쉬지도 않고 왔다고 했다.

"선상님요, 우리 집에는 아무것도 없니더. 저작년에 심은 대추나무가 몇 개 있는데 처음 열린 대추가 하도 뻘가서 선상님께 드리면 앞으로 많이 열리지 싶어 따 왔니더."

한 되는 될 듯한 대추를 보자기에 싸 가지고 와서는 억지로 맡기고 교문을 나갔다.

가르치는 것이 임무인 교사가 승진과 영전에 눈이 어두워 본업을 팽개치고 부업에 더 열을 올리던 내게 준홍이 어머니는 너무나 큰 교훈을 주었다.

21 볼 것도 없어

　출세를 위해서는 수단과 방법을 가리지 않는 사람들이 너무 많다. 교직 사회에서 승진이라는 것은 정해져 있는 것이고 그 정해진 것을 빨리 하지 못해 안달을 한다. 안달을 하지 않는 사람들도 있다. 안달하지 않는 사람을 무능하다는 이름을 붙여 주지만 어떻게 보면 무능하다는 그 교사들이 더 교직을 천직으로 여기고 있다. 교직에서 승진이란 교감, 교장이 되고 교감에서 장학사를 해서 교장이 빨리 되면 장학관으로 도교육청에도 가고 그리고 큰 학교 교장으로, 교육장으로 가는 것이 고작인데 교직 본연의 일은 버리고 승진을 위해 모든 것을 허비하는 사람들이 많다. 교감으로 승진되면 장학사가 되고 싶고 또 큰 학교 교감이 되고 싶어 한다.

　이번에 새로 부임한 교감은 조금 별난 데가 있다. 드러내 놓고 속을 보이는 사람이다. 시간마다 앰프를 켜서 교실에 지시한다. "청소를 하시오, ○○ 선생 본부(교무실을 본부라 했다)로 오시오." 운동회 때 본부석도 있는데 교무실을 본부로 부르는 것이 맞다고 우기는 사람이다.

　이런 사람이 하루는 직원 조회 때 중대한 실수를 했다. "교직 경력 3년 이하인 사람의 교실에는 수시로 수업 참관을 하겠습니다." 교직 경력 3년 이하가 만만했던지, 아니면 자기의 지도가 더 필요하다고 생각했는지는 알 수 없으나 느닷없는 발언은 교사들을 어리둥절하게 했다. 교직 경력 3년이라 하면 남녀 합쳐 6명 정도 되었는데 나는 3년 2개월이었다. 조회를 마치자 3년 이히 교사들은 이곳저곳에서 숙덕공론이 일었다. 6교시가 끝나자 곧 행동으로 옮겨졌다.

안동교육대학 출신이 10여 명 되었는데 3년 이상 되는 사람들은 그들의 선배로 자기들의 계획을 선배 교실을 찾아다니면서 뜻을 설명했다. 선배들은 그냥 보고만 있으라고 했다. 그들이 가져온 것을 보니 종이에 수업 참관의 부당함을 쓰고 가부를 묻고는 동참하면 사인을 하게 되어 있었다. 퇴근 시간이 되자 경력 3년 이하가 되는 사람의 대표가 되는 왕○○ 선생이 회람된 종이를 교감에게 내밀었다. 교감은 노발대발(그는 고혈압이다) 교무실이 떠나가라 소리를 질렀다. 왕○○ 선생은 아무소리 없이 교무실 가운데 서서 침묵 시위를 하고 있었다.

어두운 교무실을 한 시간 정도 버티던 그들이 퇴근한 것은 교감이 내일 다시 보자는 말을 하고 먼저 교무실 문을 나와 버렸기 때문이었다. 그날 저녁 숙직부터 비상이 걸렸다. 정시에 순찰을 했는지, 숙직실에서 화투 놀이는 하지 않는지 교감은 잠을 설치며 숙직실을 들락거렸다. 시골 초등학교에 순찰이 어디 있는가? 순찰 시계가 있기는 하지만 며칠 지나지 않아 시계는 고장이 나기 보통이다. 누가 고장을 내는지 뻔한 일이 아닌가? 숙직실에서 커피도 시켜먹고 화투 놀이도 하는 것이 보통인데 이날은 사정이 달랐다.

다음 날 직원 조회는 교감 차지였다. 온통 어제 사건으로 시간이 지나가는 줄도 모르고 소리소리 질렀다. 그는 "권○○ 선생을 보시오. 아무것도 쓰지 않고 ×표를 했어요. 나는 권○○ 선생을 칭찬합니다"라고 했다. 권○○ 선생은 교감과 별다른 사이였다. 그는 이 학교가 초임지였는데 하루도 그의 이름이 교감의 입에서 오르내리지 않는 날이 없었다. 그의 교실은 교무실에서 가장 멀리 떨어진 곳이다. 그래서 그런지 그는 졸기를 잘한다. 교감은 그런 상황을 알고 그의 교실에 가는 일이 가끔 있었는데 가던 날이 장날이라고 그날은 잠을 자다가 교감에게 들켜 버렸다.

아이들은 떠드는데 권 선생은 책상에 엎드려 코를 골며 자고 있었다. 성질이 급한 교감이 교실에 노크도 없이 들어갔다. 아이들은 눈이 동그래서 쥐 죽은 듯 교감과 자기 담임을 주시하고 있었다. 권 선생은 교감이 들어오는지도 모르고 자고 있었고 교감은 고혈압이라 앞뒤 생각도 없이 권 선생의 등을 손바닥으로 세게 치고 말았다. 그것은 친다기보다 때렸다는 말이 맞다. 권 선생은 맞았다고 했다. 그 후 권 선생은 폭력 교감을 고발하려고 했는데 선배들이 억지로 말렸기에 그만두었다. 그러나 그 감정은 쉽게 풀리지 않았다.

직원 조회를 마치고 권 선생은 복도를 걸어 나오며 "내가 ×표를 한 것은 볼 것도 없이 찬성한다는 뜻인데 아무것도 모르고 자기 식으로 해석해 등신 같은 교감"이라며 투덜거렸다.

하여튼 그 교감은 사범고등학교도 졸업 못 한 학력으로 장학사가 되고 교장이 되었다.

22 포도밭 데이트

초등학교에 서무과 직원이 오게 되었다. 작은 초등학교는 소사라고 하여 청부 혹은 아저씨라 부르는 사람이 20학급이 되어도 한 사람뿐이다. 보통 이런 사람들은 학교의 궂은일을 다 한다. 책상을 고치고, 교장 심부름을 하고, 숙직을 보조한다. 국가 유공자 가족인 경우가 대부분이다. 이들은 같은 학교에 오래 근무하는 것이 보통이어서 초임 교사들은 심부름을 시키기는커녕 도리어 이용당하기가 쉽다. 그런데 서무과 직원 한 명이 새로 왔다. 정확히 1978년도이다. 그는 고등학교를 졸업한 앳된 소녀였다. 그가 오자 교장 교감은 무엇을 시켜야 될지 몰라 교무실 청소와 잔심부름, 공문서 접수와 발송 등을 시켰는데 학교 경리는 맡기지 않았다. 경리는 교사 중에 신임을 받는 사람이 아니면 안 되었다. 금전 관계이니 교장과 손뼉이 맞아야 하고, 경리를 맡게 되면 근무평정 때 좋은 점수를 받았다.

서무과에 남 양이 새로 오자 학교의 분위기는 바뀌었다. 남 양은 내 책상과 떨어진 곳에 있었으나 나와는 무척 친했다. 마침 내 친구가 농협에 근무했는데 오토바이를 타고 다녔다. 그때 오토바이는 흔하지 않았다. 비포장도로에 먼지를 일으키며 달리는 모습은 선망의 대상이었다. 오토바이가 지나가면 손을 드는 사람이 많았다. 교통수단이 별다른 것이 없던 시절이라 그랬다. 농협친구는 오토바이 타는 법을 내게 가르쳐 주었다.

남 양의 친구가 왔다. 농협친구는 오토바이를 어디서 빌렸는지 내게도 한 대 주었다. 우리는 요즘 폭주족처럼 각자 여자 한 사람씩 태우고 가까운 현하동 포도밭에 갔다. 남 양은 생글생글 웃으며 내 뒤에 타고 나를 꼭 껴안았다. 농협친구는 남 양 친구를 태우고 먼지를 내며 앞서 갔다. 길안을 벗어나 현하로 가는 길에는 개울이 있었다. 개울에 이르자 급경사 오르막이 있었고 돌멩이가 울퉁불퉁 여기저기 흩어져 있었다. 농협친구는 거뜬히 오르막을 올랐으나 나는 그만 오르막을 다 올라가지 못하고 비스듬히 넘어지고 말았다.

짧은 치마를 입고 옆으로 앉았던 남 양이 뒤로 넘어지자 나는 오토바이보다 남 양의 등을 손으로 받치기에 바빴다. 남 양이 다리를 하늘로 하고 뒤로 발랑 누워 버리는 것은 한순간의 일이었다. 앞서 가던 친구는 태연히 가다가 내가 따라오지 않자 되돌아왔다. 남 양을 일으켜 세우고 등에 묻은 먼지를 털고 오토바이를 세웠는데 다행히 내 무릎만 조금 까졌을 뿐 남 양은 아무런 이상이 없었다. 고갯길이라 속도가 없었기 때문이다.

그 일이 있은 후 남 양과 나는 더욱 가까워졌다. 오후가 되면 우리 교실에 와서 발 밟기 장난도 하고 교무실에서도 눈만 맞으면 서로 웃었다. 퇴근 시간이 되면 사택에 사는 나는 교문을 나올 필요가 없는데도 남 양 때문에 교문을 나왔다. 내가 퇴근을 하여 세 살짜리 아들과 놀고 있으면 그도 와서 같이 놀아 주는 일이 많았다.

농협친구는 죽마고우로 우연히 직장이 한동네였다. 그와는 무척 친한 사이였기에 거의 매일 만났다. 농협과 초등학교가 하는 일이 달라 시간은 맞지 않았지만 무척 자주 만났다. 남 양이 퇴근을 하면 우리는 자연스럽게 친구와 같이 어울렸다. 하루는 내가 남 양 자취방에서 남 양과 놀고 있는데 농협친구가 왔다. 우리는 또 오토바이를 타고 어디를 갈 모의를 했다. 그런데 갑자기 농협친구 부인이 문을 화들짝 열었다. 무슨 나쁜 짓이라도 하다가 들킨 사람처럼 얼굴을 붉혔다. 사실은 나쁜 짓이었다. 유부남이 처녀와 놀다니, 농협친구는 부인 손에 이끌려 가고 나도 슬그머니 집으로 와 버렸다. 그런데 일은 그 다음 날 저녁에 벌어졌다. 아무것도 모르고 있던 우리 집사람이 농협친구 부인의 과장된 말을 듣고 펄펄 뛰었다. 우리는 농협친구 집으로 불려 갔다. 거기에는 남 양이 불려 와 있었다. 그리고 남 양은 불리하다고 판단했던지 병아리 처녀 선생 김 ㅊ주와 같이 와 있었다. 포도밭 사건과 남 양 자취방 사건이 모두 심판의 대상이 되었다. 농협친구와 나는 코너에 몰린 쥐가 되었고 남 양도 얼굴이 붉어져 몇 마디 변명을 하다가 고개를 숙이고 말았다. 무슨 불륜이나 저지른 사람같이 되어 버렸다. 그러나 진실은 언제나 밝혀지기 마련이다. 포도밭 사건 후 가까워진 것은 사실이지만 그 외 아무런 일도 없었다는 것이 밝혀졌다. 남 양은 아직 어리고 우리 집사람과 친하게 되면서부터 남 양의 본심을 알게 되었기 때문이었다.

남 양의 본집은 길안에서 재를 하나 넘어 있었다. 그는 6남매의 맏딸로, 상냥하고 예뻤다. 키가 작고 몸이 약했으나 건강해 보였다. 농협친구가 출장을 가면 나도 따라가는 일이 있었다. 나는 일과 시간 외에는 자유였으나 농협은 그렇지 않아 일과 시간이 별도로 없었다. 남 양의 집 근처에서 고기를 잡는 천렵도 했으나 남 양과 같이 간 적은 없었다.

10월도 막바지에 이르는 어느 날 오후 농협친구가 오토바이를 타고 와서는 물고기 잡으러 가자고 했다. 손에는 약봉지 하나가 들려 있었는데 무엇이냐고 했더니 고기 잡는 약(청산가리)이라고 했다. 해가 저물어 가는 가을 저녁답은 선선한 기운이 완연했다. 농협친구는 양말을 벗더니 그 약을 양말 속에 넣고 물웅덩이로 이리저리 끌고 다녔다. 약으로 고기를 잡는다는 것은 알았지만 직접 해보는 것은 처음이었다. 순경이라도 보는 날에는 당장 불법 어획으로 붙잡혀 가야 했다. 지금 같으면 생각도 못 할 일이었지만 그때는 알게 모르게 허용되었다.

친구가 양말을 끌고 다닌 지 몇 분이 지나자 물 위로 고기떼들이 고개만 내밀고 하얗게 나왔다. 물 위로 소나기가 내리는 것처럼 고기가 뛰었다. 큰 웅덩이는 일시에 반란이 일고 있었다. 나는 겁이 났다. 친구도 겁이 났는지 굵은 고기만 몇 마리 줍더니 집으로 가자며 오토바이에 시동을 걸었다.

그 약이 그렇게 무서운지 우리는 몰랐다. 우리가 그 물웅덩이를 떠나자 언제 모였는지 마을 사람들이 고기를 줍는 모습이 보이기 시작했다. 순경이 알고 찾을지 모르는 일이라 우리들은 남 양 자취방으로 고기를 들고 갔다. 남 양은 매운탕을 잘 끓였다. 막걸리와 매운탕으로 질펀한 하루를 보냈다.

그 후 우리는 그곳을 떠났고 남 양과도 멀어졌다. 몇 번 만난 일은 있어도 그때와 같이 시간을 보내지 못했다. 그가 시집간다는 소식은 인편으로 들었으나 언제 시집을 갔는지, 어디에 사는지 모른다. 오는 세월 저쪽이라 그저 궁금할 뿐이다.

23 재주는 곰이 넘고 돈은 떼놈이 챙기고

해마다 3월이 되면 교사들은 인사이동을 한다. 전 직원의 3분의 1이 내신을 낼 수 있고 한 학교에 5년이 만기이므로 많은 직원이 바뀐다.

새로운 출발은 학생들뿐만 아니라 교사들도 가슴 부푼 일이다. 친목회를 조직하고, 한 달에 몇 번 친목회 행사를 할 수 있느냐에 관심이 쏠리기도 한다. 친목회의 가장 큰 행사는 직원 여행을 어디로 가서 며칠 밤을 자느냐이다. 친목회 여행은 봄에 가는 경우도 있지만 가을에 좋은 날을 잡아 가는 것이 보통이다. 교사들이 제일 좋아하는 여행일은 가정 실습 때이다. 연휴가 많은 10월도 싫어하고 일요일, 공휴일도 싫어한다. 그것은 남이 놀 때 다 놀고 남이 놀지 않는 가정 실습 때 놀아 보자는 아주 약아빠진 영리한 계산이다. 직원 여행은 보통 1박 2일이 많지만 자금 사정이 좋지 않거나 날짜가 맞지 않으면 당일치기를 하는 수도 있다.

3월, 친목회 임원을 선출하다 보니 동 학년인 6학년 주임이 회장이 되고 내가 총무가 되었다. 여자 총무는 말발이 잘 서는 부부 교사 중 여교사가 되었다. 총무는 고추장만 많이 담그라는 주문과 함께 임원 개선은 끝이 났다.

여름도 막바지에 이르자 운동회가 열렸다. 운동회가 열리면 학부형의 찬조금이 들어오는데 찬조를 하면 본부석에서는 접수를 하여 누구누구 얼마를 내었다고 본부석 천막에 주렁주렁 써 붙인다. 교사들은 그 돈에서 얼마를 얻어 친목회 여행을 갈 것인가에 관심이 쏠리고, 교장은 학교 운영비를 핑계로 주머니에 들어갈 돈을 계산한다. 이번 운동회는 그래도 친목회에 들어온 돈이 예년보다는 많았다.

벼이삭 줍기도 시킨다. 벼이삭을 주워 오면 학반별 양을 비교하여 독촉을 하는데 이삭을 주워 오는 아이들은 거의 없다. 이삭줍기는 논에 낙곡이 된 것을 주워서 학교 도서관에 책을 사도록 하는 제도인데 낙곡을 주울 시간이 아이들에게는 없다. 그 시간이면 집안일을 거들어야 하는 것이 농촌 아이들이다. 그런데도 벼이삭 줍기는 해마다 실시되고 학교에서는 해마다 학반별 수집량 통계를 낸다. 금년에도 이삭줍기로 모인 벼를 달아서 팔았다. 교장이 며칠간 서울로 출장 가서 책 몇 꾸러미를 사 왔으나 출장비가 많은지 책값이 많은지는 아무도 모른다.

금년에는 벼이삭 줍기에서도 조금의 돈이 친목회로 들어왔다. 정기 회비와 운동회 찬조금과 이것저것 합치면 전 직원이 1박 2일은 여행을 갈 수 있는 경비가 충분히 되었다. 돈이 모아지자 회장은 자기 딸 시집보내는 데 돈이 필요하니 여행 갈 때까지만 빌려 달라고 했다. 이자야 어떻게 되든 총무인 나만 눈감으면 그만인 일이었다.

가을도 저물어 가는지 찬 서리가 내리고 국화꽃이 만발할 때 우리는 직원 여행에 대한 구체적인 회의를 하기로 했다. 1박 2일과 당일치기가 대두되고 여행지가 대두되었다. 수요일은 직원 친목회 날이다. 이때는 또 직원 연수일이기도 하다. 수요일은 자율 학습의 날이라고 했지만 말 그대로 자율 학습은 되지 않았다. 교과 진도는 못 나가고, 자율 학습을 하려고 해도 여건이 맞지 않아 교사들은 귀찮아했다. 그러다 보니 오전 수업하는 날이 되어 버렸다. 직원 친목회 날 또는 연수일이라고 이름은 붙이지만 보통 연수일로 하여 교장의 잔소리 듣는 날이다. 수요일은 이래저래 본래의 목적이 빗나가고 말았다.

친목회 회의를 하기 하루 전부터 직원들은 삼삼오오 모여 친목회 여행으로 수군거렸다. 수요일 오전이 되자 이상한 기운이 교내를 휩싸고 돌았다. 여자 총무가 주축이 되어 당일치기를 하자는 의견이 지배적인 분위기가 되어 버렸다.

여자 총무는 부부교사로 당장 아이들을 맡길 곳이 없었다. 사택에 사니 쉬는 시간마다 달려가서 젖을 먹이고, 심지어 교실에까지 아이를 데리고 오는데 직원 여행에서 하룻밤 잔다는 것은 그에게 큰일이 아닐 수 없었다. 또 부부교사가 두 명이 더 있었는데 그들은 여자 총무와 같이 아기 때문에 절박하지는 않았다. 아이를 보는 사람이 있는 사람도 있었고 시댁과 친정에 맡기면 되는 사람도 있었다.

여자 총무는 여행은 가고 싶고 아이 때문에 1박은 할 수 없으니 어떻게 하든 당일치기로 밀고 나가고 있었다. 나와 대다수 직원들은 1박 2일을 고집하고 있었다. 점심시간이 되자 여자 총무는 요구르트와 우유를 나누며 당일치기에 손을 들어 주도록 사전 공세를 했다. 나는 남자 총무로 "자기만 안 가면 될 것을 직원 여행을 망치는 이유가 뭐냐?"며 투덜거렸다. 그러나 구체적으로 1박 2일을 하자는 사전 운동은 하기 싫었다. 대다수 직원들이 원안인 1박 2일을 원하고 있기 때문이었다.

오후가 되자 친목 회의가 열렸다. 당일치기냐, 1박 2일이냐로 토론을 하다가 투표로 결정하기로 했다. 1박 2일은 남교사들이 대부분이었고 당일치기는 여교사와 요구르트에 넘어간 총각 교사들이 대부분이었다. 결과는 10:13으로 당일치기로 결정되었다.

내가 일어서서 한 마디 했다. "3월 초에 1박 2일을 하기로 하고 시작한 여행인데 이제 와서 당일치기로 번복하는 이유가 뭐냐"고 따졌다. 그러자 고혈압인 교감이 일어나더니 당일치기에 손을 든 총각 교사를 지명하면서(총각교사는 강○○였다. 지금은 경기도 어디에서 교편을 잡고 있다) 왜 1박 2일을 못하는지에 대해 물었다. 그는 갑작스런 질문이라 당황하더니 아버님께서 1박 2일을 못 하게 한다는 기상천외한 답을 하고 말았다. 모두들 웃다가 나이 많은 교사 한 분이 작은 소리로 "'요구르트가 못 가게 했겠지"라고 하자 또 한번 웃었다.

당일치기로 합천 해인사 가는 날이 되었다. 교감을 중심으로 결혼한 남교사의 불만은 여행을 가면서도 가라앉지 않았다. 버스 안 이곳저곳에서 요구르트 이야기가 나오니 즐겁지 못한 여행이 되어 버렸다. 의성 가서 아침을 먹기 위해 차를 세웠는데 당일치기 주동자인 여자 총무가 갑자기 복통이라며 잔디밭에 누워서 데굴데굴 굴렀다. 그의 남편은 태연했다. 왜 구르는지 알고 있었기 때문이다. 그리고 남편은 직원들에게 사과를 했다. "우리 집사람이 워낙 못돼서 저렇습니다. 선생님들 이해하십시오." 여교사의 복통은 요구르트 이야기가 나올 때마다 심했다.

직원 여행을 마치고 돌아오면서 친목회장인 권 선생과 내가 경비 계산을 해 보니 그가 빌려 간 돈만큼은 돈이 남았다. 그가 빌려 간 돈이 전체 회비외 반 정도였는데 그것은 1박 2일을 계획하고 당일치기를 했으니 그럴 수밖에 없었다.

친목회장은 빌려 간 돈을 내놓지 않았다. 여행 다음 날은 일요일이었는데 온종일 계산을 맞추었는지 월요일 가져온 계산에는 10원 한 장 남는 돈 없이 수입과 지출이 딱 맞아떨어졌다. 물건 구입도 친목회장이 직접 했으며 총무들은 그저 심부름만 했기 때문에 돈에 대해서는 몰랐다. 그의 계산을 보니 도매로 산 물건 값이 소매 값에서 구멍가게 값으로 둔갑이 되어 있었다.

친목회장의 계산을 본 나는 "결산은 회장이 직접 하든지 말든지 하시오. 나는 못 합니다"라고 하며, 친목회 장부 일체를 회장에게 던져 주었다.

여행 결산은 회장이 했다. 그는 웃으면서 능수능란하게 보고를 했고 교사들은 손뼉을 치면서 도둑맞은 금액을 아는지 모르는지 넘어가 버렸다. 재주는 곰이 넘고 돈은 떼놈이 챙긴다더니 재주는 여교사가 넘고 돈은 친목회장이 챙긴 것이다.

24 한 번 스승은 영원한 스승

지금은 학생들의 성적 처리를 컴퓨터로 하지만 몇 년 전만 해도 채점에서 성적일람표, 생활기록부, 보조부, 통지표까지 손으로 직접 썼다. 까다롭기로 소문난 교감 김○○은 성적 일람표에 점이라도 잘못 찍으면 새로 써야 했다. 교직 생활을 오래해서 단련된 사람이나 침착한 사람은 한 번에 끝을 내지만 그렇지 못한 사람은 몇 번이고 불합격을 당해 교감의 도장을 받지 못하여 다시 써야 했다. 성적 일람표 용지는 한 장 받으면 신주 모시듯이 신문지 속에 끼워 넣고 혹시 볼펜 자국이라도 날까 노심초사했다.

초임 발령을 받은 권○○ 교사는 다섯 번이나 다시 써야 했다. 용지도 몇 번이고 주는 것이 아니었다. 여분이 없다는 핑계로 두 장 정도는 허용되었으나 그 외에는 본인이 알아서 구해야 했다. 복사기도 없던 시절이라 사무용품을 파는 곳을 물어 물어서 한두 장 구하면 불합격을 당해 금방 없어졌다.

권○○ 교사는 네 번째 불합격을 하자 "씨팔" 하고 출입문을 닫으며 나가 버렸다. 그는 초등학교 2학년 때 담임과 함께 근무하는 처지이다. 교육대학을 졸업하고 발령이 나지 않자 서울의 모 대학 3학년에 편입하여 졸업을 하고 중등학교 교사 자격증도 취득한 사람이었는데 교육대학을 다니면서 RNTC(하사로 임관하되 7년을 의무적으로 초등학교에 근무해야 하는 제도)를 하였다. 권○○ 교사는 교무실 문을 닫으며 교감에게 욕설을 퍼붓고 어디로 갔는지 찾을 길이 없었다. 그의 스승인 오○○ 교사가 숙직 근무인 제자가 없자 대신 숙직을 하며 숙직실을 지키고 있었는데, 저녁 늦게 술에 취해서 그래도 숙직이라고 숙직실로 왔다. 그의 스승은 그를 앉혀 놓고 타일렀다. 교사의 길을 다시 일깨워 주고는 밤이 깊어서 퇴근을 했다. 그런데 일은 다음 날 아침에 벌어졌다.

권○○ 교사는 화도 나고 술에 취한 나머지 화장실에 가지 않고 숙직실 앞에다 몇 무더기로 볼일을 보고 말았다. 아침에 일어나 자기가 처리했으면 아무 일도 없었던 것으로 되었을 것을 그는 그것을 그대로 둔 채 하숙집에 가 버렸다. 교감이 발견하고 노발대발하자 다른 교사들은 이 구석 저 구석에서 웃었으며 아이들마저 보게 되었다. 그의 스승인 오○○ 교사가 이 사실을 알자 달려가 얼굴 하나 찌푸리지 않고 치웠다. "내가 못 가르친 제자이니 내가 치워야지." 권○○ 교사는 늦게야 출근을 하여 그 사실을 눈치채고 스승 앞에 꿇어 앉아 사죄를 했다. 교감을 욕보이려 했다고 변명을 했다.

한번 해병은 영원한 해병이라고 했던가? 교직 사회에 첫발을 디딘 권○○ 교사의 어설픈 해프닝은 그의 스승이 있었기에 빠른 시간에 치유될 수 있었다.

25 수세미 넝쿨과 순희

순희는 부반장이고 성희는 서기이다. 예쁜 여자아이들을 보면 딸을 낳고 싶었다. 다 같은 여자아이들이라도 순희와 성희가 더 귀여웠다. 교사는 편애를 해서는 안 된다고 교육학에 나와 있지만 교사도 사람이다 보니 어쩔 수 없다. 순희는 붙임성도 있는 아이여서 세 살짜리 내 아들을 무척 귀여워해 주었다. 우리 집에도 가끔 와서 놀다가 가는데 아들은 순희를 보고 누나라며 따랐다. 순희는 웅변도 잘했고 글짓기도 잘했다. 군내 웅변대회에 학교 대표로 나가기도 했는데 내 지도 부족으로 수상은 하지 못했다.

교실 화분에 심어 놓은 수세미가 한 발은 자랐을 때 나는 원인 모를 열병에 시달려야 했다. 이 병원 저 병원을 헤매며 병의 원인을 찾다가 마침내 안동성소병원에 입원을 하고 말았다. 내 반 아이들은 다른 반으로 나누어 흩어지고 교실에는 수세미만 남았다. 6학년은 네 개 반이 있었는데 2반인 우리 반은 다른 반으로 정확히 3등분되어 흩어져 공부를 하게 되었다.

성희는 아침마다 우리 집 대문에 붙어 서서 나의 안부를 묻고는 울다가 학교로 갔다. 성희는 착한 아이였다. 집이 가난해서 중학교 진학이 불투명하기는 했지만 티 없이 맑은 아이였다.

텅 빈 교실에 쉬는 시간이면 순희와 성희는 수세미에 물을 주고 울다가 다른 교실로 갔다. 물론 다른 아이들 몇 명도 그랬다지만 기억나는 것은 두 아이들뿐이다.

한 달여 병원에 입원했다가 퇴원을 한 나는 우리 반 아이들이 궁금하여 성하지 못한 몸으로 학교로 갔다. 아직 음식을 먹지 못해 피골이 상접했지만 아이들이 보고 싶어 미칠 것만 같았다. 교실에 들어서자 수세미가 자라 주렁주렁 달린 것을 보고 그만 눈물이 핑 돌았다. 내가 없는 사이 아이들은 다른 반에서 당한 서러운 일을 우리 교실에 와서 털어놓으면서 나를 보듯이 수세미에 물을 주고 갔구나!

예전같이 활발한 수업 전개는 안 되었지만 앉아서 수업을 해도 마음은 편했다. 병원에 가기 전에 하던 학급 신문도 계속 발간을 했다. 교감은 학급 신문을 들고 교육청까지 가서 자랑을 했다. 순희와 성희는 학급 신문 기자이기도 했다. 교내 기사와 문예면을 주로 맡았다. 그때는 복사기가 없던 시절이라 철필로 원지에 글씨를 써서 등사기에 넣고 밀면 글씨가 되어 나오는 원시적인 방법밖에 없었다.

낙엽이 지는 가을이 되자 성희에게 문제가 생겼다. 가난한 집안이고 또 그에게는 고등학교에 다니는 오빠가 있어 부득이 중학교에 진학을 할 수 없다고 했다. 대부분 아이들이 중학교에 간다며 들떠 있는데 성희는 교실 구석에 쪼그리고 앉아 먼 하늘만 보고 있었다. 무척 딱했다. 다른 아이들 원서를 쓰면서도 성희 생각이 사라지지 않았다. 무슨 좋은 수가 없을까? 학부형을 한 번 더 만나보자고 생각한 나는 그의 집을 방문했다. 그의 부모는 뜻밖에도 남존여비 사상이 강하게 남아 있을 뿐 집안이 그렇게 가난한 것은 아니었다. 여러 가지로 설득한 끝에 원서에 도장을 받아올 수 있었다. 48명 중 부득이 가난하여 진학을 못하는 2명을 제외하고 46명의 원서를 접수시켰다.

눈 내리는 겨울이 되자 난로를 피워 놓고 졸업 문집 만들기에 학반 전원은 분주했다. 개인 문집도 만들었다. 시도 쓰고 그림도 그리고 편지도 쓰고 다른 아이들 글도 받고 모두 재미있어 했다. 개인 문집을 만들던 순희가 내 앞에 오더니 나에게 불쑥 문집을 내밀었다. 선생님의 글도 받고 싶다고 했다. 이제 졸업을 하면 볼 수 없을 텐데 몇 자라도 써 달라고 졸랐다. '예쁜 순희야, 꽃사슴처럼 살아라!' 꽃사슴은 학급신문 이름이었다. 그렇게 쓰고는 내 사인까지 해 주었다. 다른 아이들도 몰려들었다.

순희는 무남독녀였다. 전후 사정은 알 수 없지만 순희 어머니도 넉넉한 살림은 아니었으나 순희 교육에는 너무 열성적이었다. 학교 행사가 있으면 꼭 학교에 왔다. 그리고 인정이 많았다.

이제 졸업식 날이 되었다. 순희는 졸업생 대표로 답사를 읽었다. 교실에 외로이 자라는 수세미 이야기가 나오자 우리 반 아이들은 눈시울을 붉히며 나를 쳐다봤다.

졸업식을 마치고 텅 빈 교실에서 허전한 마음을 달래며 수세미 덩굴을 걷었다.

그 후 성희는 중학교에 진학하여 장학생이 되었다. 고등학교를 졸업하고 진로 문제로 그들이 내 집에 왔을 때 내가 보관하고 있던 그들의 문집을 돌려주었다. 두 아이의 문집은 표본으로 교육청에 전시되었다가 돌려주지 못하고 내가 보관했었는데 그들이 초등학교를 졸업하고 6년이 지나서 돌려주게 되었다.

Ⅳ
임하초등학교

26 병아리 모교에 오다

세 번째 옮긴 학교는 임하초등학교로 나의 모교이다.

이 학교를 졸업한 지 16년 만에 교사가 되어 부임했다. 모든 것이 새롭지 않은 곳이 없었다. 지금 임하중학교 자리에 있던 학교를 이곳으로 옮긴 지 두어 달 만에 우리는 졸업을 했었다. 아직 정지 작업이 되지 않은 채 황량한 논 구석에 덩그마니 교실 몇 칸만 지어 놓았다. 졸업 사진은 그래서 졸업반 한 반만 달랑 있는 학교에서 촬영되어 더욱 서글퍼 보인다. 치마저고리 입은 여학생 뒤에 다섯 개 단추 달린 중학교 교복식으로 된 옷을 입은 내가 빡빡머리로 구석을 메우고 있는 것이 졸업 사진 전부이다.

모교에 와서 6학년 담임을 하게 된 나는 출석부를 보며 감회에 젖었다. 내 고향 추목동. 두메산골이라는 말이 너무나 어울리는 곳, 이 동네에서 대학 졸업 1번이 된 나는 동네 사람들의 기대를 한 몸에 받으며 교육대학을 졸업했었다. 그리고 세 번째 옮긴 학교가 모교이다. 출석부의 이(李)씨는 모두 고향 마을 아이들이었고 그들 중에는 나보다 항렬이 높은 아이들도 있었다. 누구 집 누구 아들딸 하면 모두가 알 만한 아이들이었다.

입학식에 이어 학부형 회의가 열렸다. 회의 순서에 새로 오신 선생님을 소개하는 차례가 있었다. 5명 중 세 번째로 소개된 나는 그날따라 고향 마을에서 많은 학부형들이 왔었다. 아마도 나에게 자기 아이들을 더욱 잘 부탁하려는 의도인 것 같았다. 내 소개가 거창하게 이어지고 고개를 숙여 절을 하는데 때아닌 박수가 쏟아져 나왔다.

창밖에서 고무줄하는 아이들을 보며 내 어린 시절을 떠올렸다. 두메산골 내 고향 추목에는 임하초등학교 추목분교가 있다. 그곳에서 4학년까지 마치고 본교인 이곳에 오게 되어 있었다. 지금은 분교가 양옥으로 앙증맞게 지어져 있다. 앙증맞다는 표현을 쓰는 것은 교실 두 칸과 손바닥만 한 운동장이 전부이기 때문이다. 지금은 한 교실에 2개 학년씩 복식 수업을 하고 있지만 그때는 초가집 교실 한 칸에 교사 사택이 달려 있었고 교사 한 사람이 4개 학년 4단 복식 수업을 했다. 흙먼지가 나는 교실 바닥에 가마니를 깔고 앉아서 공부를 했었다.

도시를 동경하던 나와 친구는 며칠을 모의하다가 3월 중순이 되어 행동으로 옮겼다. 도시락을 싸 들고 말만 듣던 본교로 갔었다. 4학년 교실 복도에 서 있는 나를 모든 학생들이 쳐다봤다. 얼마나 지났을까, 4학년 담임선생님이 내게로 다가와,

"너는 어디서 왔노?"

"지는 추목서 왔어요."

"그러면 교실로 들어가자."

이렇게 해서 나는 여학생 분단 뒷좌석 비어 있던 자리를 차지하게 되었다. 분교에서 본교로 서류 처리를 어떻게 했는지 알 수는 없다. 지금 같으면 5학년 때 오라고 당장 분교로 쫓기어 갔겠지만 그때는 그런 게 통했다.

내가 모교에 부임했다는 소식이 고향에도 알려지고 학생들도 내가 자기 마을 사람이라는 것을 알게 되자 이상한 일들이 일어났다.

"아들아, 우리 선생님이 내게 할베라케아 된다던데."

"나는 형이라 부르면 된대."

"외삼촌, 우리 삼촌, 조카, 손자라고 불러야 된단다."

자기 집에서 어른들의 말을 들은 그들은 내 말을 따르려 하지 않았다. 실과 시간 실습지에서 묘목을 정리하고 있는데 종욱이라는 아이는 일을 할 생각을 하지 않았다. 선생님이 내 조카인데 그 일은 조카가 해야 된단다.

고향에 가끔 가면 아이들은 비실비실 피하다 인사를 겨우 했지만 영 떫은 인사를 했다. 집안 조카에게 먼저 절을 한다는 것은 그들의 상식으로 이해가 되지 않는 혼란이 온 것 같았다. 마을 사람들은 '어이 ○○' 하고 이름을 부르는가 하면 '이 선생' 하고 점잖게 부르는 사람도 있었다. 그러나 대다수는 이름을 부르기 때문에 아이들 앞에 영 체면이 서지 않았다.

명절이 되면 자기 담임이 자기 집에 와서 어른들께 고개를 숙여 세배하는 것을 자랑으로 떠들고 다니며 어깨에 힘을 주는 아이도 있었다.

내 조카도 질녀도 내 반이었다. 그들이 청소를 한다든지 지각을 한다든지 숙제를 해 오지 않으면 정신없이 꾸중을 했다. 다른 아이들이 보기에도 너무한다 싶을 정도로 다그쳤다. 그 후 아이들은 슬슬 피하며 겁을 내기 시작했다. 떠도는 소문은 모두 거짓이라고도 했다. "어쩌면 자기 질녀 조카라는데 저럴 수 있나, 아마 삼촌이 아닐 거야, 선생님은 선생님일 뿐이야!" 이런 분위기가 되자 아이들은 다른 반보다 더욱 열심히 공부했다.

지금은 성숙한 어른이 된 그들이다. 학교에서는 형이고 조카이기 전에 선생님으로 그들을 가르쳤고 또다시 그들의 아들과 딸을 가르치고 있다.

27 수업 중 생긴 일

6학년 자연 수업 시간이었다. 쉬는 시간 10분 동안 다음 시간에 가르칠 준비물을 챙겨야 한다. 보통 수업은 교실에서 하지만 자연은 과학실에서 수업하는 일이 많다. 실험 기구가 과학실에 있어서 꺼내고 넣기가 좋지만 책상이 분단 학습을 하는 데 알맞도록 되어 있어 불편했다. 책상은 6명이 한 조로 앉도록 되어 있고 함석으로 만들어져 있다. 이런 책상이 만들어진 것도 몇 년 되지 않았다. 전에는 실험 도구도 지금같이 많지 않았고 그림을 칠판에 그려서 설명했었다. 지금도 과학실에 실험 기구가 있지만 준비하는 것이 귀찮아 교실에서 대강 넘어가는 일도 있다. 과학실에서 실험을 하려면 그 전날 책을 보고 한 번 실험을 해 봐야 다음 날 바로 수업을 할 수 있는데 같은 학년을 많이 하다 보면 쉬는 시간 10분만 해도 아이들과 같이 준비하면 시간이 조금 모자랄 뿐이다.

학년 초 분단 조직이 되어 있기에 과학실로 간다고 하면 아이들은 조잘대고 떠들어도 제자리를 찾아 앉아서 자연스럽게 준비를 했다.

"이번 시간은 산소 만들기를 합니다. 산소 만들기는 수상 치환이라는 방법으로 하는데 비커에 호스를 넣고 유리로 덮어서 물에 넣고……."

하고 열심히 설명을 마치고 돌아서는데 과학실 출입문이 드르륵 열렸다. 과학실은 큰 교실이어야 하므로 복도가 없는 끝 교실이 보통인데 내 모교인 이 학교도 그러했다. 출입문은 칠판 왼쪽에 하나뿐인데 그 출입문이 갑자기 열린 것이다. 아이들의 시선을 한 몸에 받은 그 사람은 고향 사람으로 우리 반 동식이의 아버지였다. 동식이 아버지는 나보다 10년 정도 나이가 많았으며 형과 친구였다. 고향에 가면 내 이름을 부르는 것은 물론 나를 어린아이 취급을 했다. 그는 문을 열며,

"○○ 있는가? 니가 우리 동식이 선생이라기에 와 봤다."

내가 대꾸를 할 사이도 없이 동식이 아버지는 아이들도 의식하지 않고 동네에서처럼 마구 지껄였다. 아이들은 산소 만들기고 뭐고 까르륵 웃고 떠들었다. 나는 어쩔 줄 몰라 그냥 잠시만 기다리라고 하고는 그를 문 밖으로 몰아내며 교무실에 가자고 했다.

교무실 콤플렉스라 했던가? 교무실은 아이들이나 학부형들이나 무척 꺼려지는 장소인 것 같았다. 교무실에 들어가려면 옷과 모자를 바로 하고 문을 열자마자 경례를 부치던 내 중학교 때가 생각날 때도 있다. 동식이 아버지도 교무실에는 안 들어가려고 했다.

"내가 교무실에 뭐하로 들어가노, 거기는 교장 선상도 있는데, 내사 안 들어갈란다."

그의 손에는 2홉 소주 한 병과 50원짜리 과자 한 봉지가 들려 있었다.

"야야 ○○야, 우리 여기서 소주나 한 잔 하자."

그는 교무실 현관에 주저앉아 버렸다. 벌써 입으로 소주병을 따고 있었다. 과학실에서는 아이들이 떠들어 난리가 나고 나는 이러

지도 저러지도 못하고 안절부절 못하였다. 만약 동식이 아버지를 박대하면 그날부터 고얀 놈이라고 고향에 소문이 날 터이니 정말 난감했다

지금 동식이 아버지는 고인이 되었다. 동식이는 대학을 졸업하고 은행에 취직하여 행복한 가정을 꾸미고 있다.

28 선생이 자부리도 못하나

　학교 교문을 조금만 나서면 구멍가게와 음식집이 있다. 잘 포장된 도로를 가운데 두고 집들이 옹기종기 줄을 서 있다. 면사무소, 양조장, 정미소, 지서, 농협, 우체국 등이 머리를 맞대고 황소처럼 으르렁거리며 붙어 있다. 가운데를 달리는 도로는 산을 넘고 강을 건너 꼬리를 감추고, 사라진 길을 멍청히 바라보는 집들이 앞을 다투어 동쪽으로 서쪽으로 엎드려 있는 곳이 임하면 소재지이다. 이곳은 내가 초등학교에 다닐 때는 시장이 선다고 며칠을 두고 잔치를 했었다. 전국의 장사꾼들이 모여 옷이며 과자며 엿을 팔았다. 가로수 사이에는 장이 선다는 축하의 현수막들이 바람에 나부끼며 씨름꾼들의 한판 승부를 내려다보고 있었다. 이제는 흉물스런 나무 기둥과 양철 지붕만 있을 뿐이다. 간혹 아주 정착해 버린 몇몇 집에만 양철 지붕 밑으로 옹기종기 흙칠로 분장을 하고 있다.

　퇴근 시간이 되면 앞서거니 뒤서거니 주린 배를 채우려 교문을 다투어 나선다. 모두 도시락 가방을 들고 걸어서 혹은 자전거로 교문을 나선다. 아이들이 떠나 버린 텅 빈 교사(校舍)를 뒤로한 채 우리들은 숙직만 남겨 놓고 바삐 걸어 나온다. 머리가 반백이 된 김 선생은 오늘도 집으로 가려는 교사들을 심리적으로 유도하고 있었다.

"자! 그러면 바로 집에 가지 뭐."

"자! 가세."

정직 집으로 가려고 발길을 돌리면 그때를 놓칠세라,

"자부리 한 판 할까? 어제 진 빚도 있고 갈 사람은 가부라."

그러고는 자전거를 끌고 앞장을 서서 저만치 가고 있다. 김 선생은 교무주임이기도 한데 사람 끄는 힘이 대단하여 지금까지 그 수단에 안 넘어간 사람이 없었다. 화투도 치고, 팔씨름도 하고, 윷놀이 하고 그러다 할 것이 없으면 돌 들어 올리기 내기라도 했다. 그래서 막걸리 몇 잔과 명태 새끼 안주로 허기진 배를 채웠다. 술이 거나해지면 구멍가게로 가서 맥주 몇 병에 땅콩 안주로 입가심을 하고 먼저 자전거를 끌고 나와 버린다. 술이 취한 우리들은 서로 자기가 술값을 내겠다고 다투는 일도 있었으나 김 선생은 내기에 져서 내는 것 말고는 술값 내는 것을 본 일이 없다.

여기서 자부리가 무엇인지 설명할 필요가 있을 것 같다. 김 선생이 교문을 나서면 심리 작전 1호가 '자부리 한 번 할까?'이다. 자부리는 윷놀이의 일종이다. 윷의 종류는 윷가지의 크기에 따라 구분된다. 아주 작게 다듬어 종지에 넣어 흔들어 던지는 것을 종지윷이라 한다. 그것보다 조금 크게 만들어 일정한 규격에 맞추어 던지는 것을 자부리 윷이라 한다. 자부리 윷은 연필 굵기 정도인데 길이는 연필의 반 정도 된다. 윷가지를 손으로 휘어지게 들고 가마니 반 장 정도 자리에 간격이 일정하게 던지되 가마니 밖으로 나가서는 안 된다. 또 가마니 길이보다 아주 작은 나뭇가지 자를 만들어 그 자 길이 속에 윷가지가 포개지지 않고 가지런히 놓여야 일단 합격이다. 윷가지가 가마니 밖으로 나가거나 간격이 고르지 않거나자 길이보다 길면 불합격이 되는 아주 까다로운 윷놀이이다.

이 윷놀이로 내기를 했다. 비가 오는 날이면 식당 구석방에서 마을 사람들이 진을 치고 있었다. 한쪽에는 막걸리를, 한쪽에서는 자부리를 하는 것이 보통이다. 처음 이곳에 와서 이들과 어울려 자부리를 할 때는 도대체 되지를 않았다. 편을 갈라서 던지는 윷이라 같은 편 모두가 잘해야 이기는데 내 편은 나 때문에 이긴 적이 없었다. 승부욕이 별로 없던 나는 아무런 연습도 없이 이 놀이를 하니 할 때마다 지는 것은 당연했다. 나와 한편이 되는 사람은 모두 인상이 찌푸려졌다.

오늘도 비가 왔고 우리는 교문을 나오다 김 선생의 보이지 않는 힘에 이끌려 자부리 하는 집으로 가게 되었다. 학부형과 한편이 된 나는 이번에도 실패에 실패를 거듭했다. 간혹 한두 번은 성공을 했다 할지라도 그것은 모나 윷이 아니라 도나 개였다. 우락부락하게 생긴 학부형 한 사람이 나를 한참 노려보더니 볼 부는 목소리로,

"선생이 자부리도 못하나? 그래 가주고 아-들 어에 가르치노?"

웃는 사람은 아무도 없었다. 모두 당연한 말로 받아들였다.

29 한 선생과 수학 강의

새 학기가 시작되었다. 교사들에게는 3월이 잔인한 달이다. 새 학기가 시작되면 신입생이 들어오기 전에 인사이동이 있고 학급 담임을 비롯한 사무분장이 짜인다. 사무에 따른 일 년 계획을 3월에 세운다. 새로 만나는 교사와 학생들의 어색한 분위기 속에서 모든 것이 이루어지기 때문에 더 부담이 된다. 담임들의 학급 사무 중 비중이 큰 새 학년 환경 정리까지 끝내면 3월 말이 된다.

한 선생은 3월도 지난 4월의 중반에 중간 이동으로 오게 되었다. 학급 감축에 따른 TO감으로 임하초등학교에 오게 된 그는 무척 불운한 사람으로 보였다. 인사 시기가 아닌 중간 이동을 모두가 싫어한다. 교장 교감도 중간 이동된 교사를 달갑지 않게 생각한다. 무슨 문제가 있어 중간 이동이 된 것이 아닌가 하고 색안경을 끼고 본다.

한 선생은 미남이다. 그리고 부지런했다. 모든 일을 솔선수범했으며 남이 하기 싫은 일이라도 쉽게 처리하는 능력도 있었다. 항상 웃음을 잃지 않는 그는 모든 동료에게 신임을 얻었다. 그런데 그가 부임하자 나는 큰 충격을 받았다.

한 선생도 우리와 같이 퇴근하면 바로 집에 가는 일은 없었다. 막걸리 집으로 양조장으로 식당으로 휩싸여 다녔다. 주량도 나보다 더 많았으며 술이 취해도 허튼 소리 하는 법이 없었다. 그날도 남자 선생 몇 명은 지금까지 그랬던 것처럼 막걸리 잔을 기울이며 온종일 마신 분필 가루를 씻어 내렸다. 한 선생은 막걸리 잔을 반쯤 비우더니 안경 너머로 나를 씩 보며 어려운 부탁을 하나 하자고 했다. 이번 토요일이 숙직인데 다른 날과 바꾸자고 했다. 토요일 숙직은 모두가 싫어했다. 토요일 저녁이니 안동 시내까지 10여 킬로를 갔다 올 수도 없고 그렇다고 마땅한 오락도 할 수 없는 곳이니 오후 1시부터 저녁까지 시간이 지루했다. 그리고 일요일 아침에도 가정에서처럼 편안하게 잠자리에서 뒹구는 자유도 누릴 수 없는 것이 토요일 숙직이다.

나는 한 선생에게 가타부타 말도 못 하고 멍하니 쳐다보고 있었다. 그는 또 한번 씩 웃고는 차차 이유를 말할 테니 이번 주 토요일 숙직을 바꾸자고 졸랐다. 술에 취한 나는 고개를 끄덕여 주었다. 그날도 늦도록 술을 마셨다. 한 선생은 나와 같은 동네에 살고 있었다. 그는 내 오토바이 뒤에 타겠다며 또 웃었다. 오토바이 뒤에 매달린 그는 토요일 숙직을 못 하는 이유를 자세하게 설명해 주었다.

전라도까지 수학 공부하러 토요일 오후에 가서 일요일 저녁에 오는데 벌써 몇 달째 계속하고 있다고 했다. 중등학교 준교사 시험 준비를 하기 위해 안동에서 몇 사람이 함께 간다고 했다. 그리고 방학 때는 아예 전라도 어디에서 하숙을 하며 공부를 한다고 했다.

처음 한 선생을 대하고 이상한 것을 느꼈다. 겉으로는 웃고 흐트러진 것처럼 보이지만 안으로는 무척 강한 면이 느껴졌다. 외유내강이라는 말이 그에게 어울렸다. 다른 직원들과 어울려 놀 때는 아무런 티도 내지 않던 그가 전라도까지 가서 공부를 하는 강한 면이 있다는 것은 나에게 충격이었다. 갑자기 한 선생이 존경스러웠다. 직원들과 밤새워 술을 머어도 집에 가서는 한두 시간 수첩 준비를 하는 그의 이중생활이 얄밉기도 했다.

중등학교 준교사 공부라면 나도 한때는 청춘을 불사른 적이 있었다. 교실에 불을 켜고 밤을 새워 준비했고 신혼 시절 사글셋방에 살면서 나일론 장판과 벽지를 온통 낙서로 메우며 중등학교 준교사 자격증을 따겠다고 발버둥을 쳤다. 이제 모든 것을 잊고 초등학교 교사로 만족하며 동료들과 어울려 마작, 화투, 윷놀이, 술 그리고 ……, 겨우 초등학교 선생이 되어 가고 있었는데 한 선생의 향학열로 나는 또다시 꺼졌던 불이 살아나고 있었다. 그래! 다시 시작하자. 전라도까지 가서도 공부한다는데, 지금까지 하던 공부를 다시 시작하는 것이 뭐 그리 어려울까. 다음 날 아침부터 영어 사전과 국문학 관계 책을 한 권씩 도시락 가방에 넣었다. 학교에서 보든지 안 보든지 책을 들고 다니기 시작했다.

그 후 한 선생과 나는 술을 마시다가도 서로 씩 웃었다. 언젠가 우리는 이들과 헤어져야 한다는 묵시를 가슴에 깔고 그렇게 씩 웃었다. 술에 취해 몸을 가누지 못해도 찬물에 세수를 하고 자정이 넘도록 책장을 넘겼다. 다시 시작하는 공부라 진도가 잘 나갔다. 학교에서 생활은 전과 다를 바 없었다. 직원들과 어울려 술도 마시고 화투도 쳤다. 그러나 집에 오면 아내와 싸워 말을 하지 않는 사람처럼 내 방에 틀어박혀 버렸다.

가을이 가고 겨울도 막바지에 이를 무렵 나는 아무도 모르게 야간 대학 3학년 편입시험을 쳤다. 그때의 교육대학은 지금처럼 4년

제가 아니라 2년제였다. 나는 방향을 바꾼 것이다. 중등학교 준교사 시험 준비에서 대학 편입 시험으로 바꾼 것이다. 그것이 빠를 듯싶었다. 사범대학 야간부에 편입한다면 중등학교 자격증도 나오고 4년제 대학 졸업도 되니 일석이조가 아닌가? 아내에게는 교직을 그만두고 회사에 들어갈까 한다고만 했다. 사실 편입 시험만 되면 학교를 그만둘 생각이었다. 처자식이 있으니 막노동이라도 하여 학비를 벌어 보리라 작심을 했었다. 그러자니 편입한 대학이 있는 곳에 직장을 얻고 싶었다. 그러나 그것은 대학에 편입한 후에 생각할 일이었다.

편입시험을 치러 가는 날, 아내는 미역국을 끓여 주었다. 나의 철저한 비밀 작전을 아내가 몰랐는지, 아니면 알면서도 시험에 떨어지라고 그랬는지 그것은 지금도 모른다. 미역국을 먹으면 시험에 떨어진다던데……, 께름한 기분으로 고사장에 들어갔다. 2명 결원이 있다는 국어교육과 3학년 야간부는 큰 운동장에 꼬리가 보이지 않을 정도로 응시생들이 줄을 섰다. 이번 편입 시험이 마지막이라는 소문이 현실로 되자 너도나도 모여들었다. 동사무소 서기, 은행 직원, 초등학교 교사, 전문대학 졸업생 등 각계각층의 사람들이 모였다.

1교시 영어와 2교시 전공 시험을 치고 교문을 나오면서 마음속으로 빌었다. '신이시여, 이 교문을 내가 드나들 수 있게만 해 주시면 직장을 그만두고 열심히 공부하겠습니다.'

겨울방학이 끝나자 우리들은 다시 술집으로 다니면서 밤이 새도록 술을 퍼마시고 화투를 쳤다. 한 선생은 방학 내내 전라도에서 공부한 이야기를 해 주었다. 나는 편입 시험 친 이야기를 한 선생에게만 해 주었다. 한 선생은 내가 한 일이 잘못되었다고 했다. 사표를 내면 당장 가정은 어떻게 할 것인지 걱정을 했다. 나는 한 선생과 달랐다. 처자식이고 뭐고 중등학교 교사 지격증에 눈이 멀어 있었으므로 앞뒤를 계산할 여유가 없었다.

합격자를 발표하는 날, 기도를 하면서 버스에 올랐다. '합격만 된다면 무엇이든 하겠습니다.' 영어는 몇 개 틀려도 국어는 틀린 것이 없었으나 너무 높은 비율에(아마 50 대 1은 되었다) 그저 기도하는 수밖에 별 도리가 없었다. 가슴 졸이며 벽보를 들여다보던 나는 나도 모르게 소리를 질렀다. '합격이야 드디어 합격!' 합격생 3명에 첫 번째로 내 수험번호와 이름이 있었다. 대구대학교 사범대학 국어교육과 3학년 야간부 학생(대구대학은 그때 한사대였다. 내가 졸업할 때 교명이 대구대학교로 바뀌었다).

집에 돌아와 아무리 머리를 싸매고 궁리를 해도 뾰족한 수가 없었다. 교직 경력이 5년 남짓이니 퇴직금이 많을 리 없고, 당장 사표를 내자니 처자식 우는 소리가 들릴 것 같고, 시골에 계시는 부모님께 새롭게 손을 벌릴 자신은 더욱 없었다. 밤새워 고민을 하다 날이 새기를 며칠, 나는 눈이 들어가도록 야위어지기 시작했다. 그렇게 가고 싶어 했는데 인제 와서 포기하다니 될 대로 되라지.

적금을 해약하여 등록을 했다. 할 수 있는 데까지 해 보자.

3월은 어김없이 다가왔다.

새로운 각오를 했다. 안동에서 통학을 할 수 있는 데까지 해 보자. 낮에는 초등학교 교사로 밤에는 야간 대학생으로 그것도 250리나 떨어진 대구까지 다녀 보는 수밖에 뾰족한 수가 없었다. 교장 선생님께 상세히 말씀드렸다. 다른 교사들이 하기 싫어하는 사무와 학년을 모두 주되 오후 3시면 보내 달라고 애원했다.

금년 3월에 부임한 전국진 교장은 정년이 2년 남았다. 이 학교에서 정년 퇴임을 할 요량으로 부임한 것 같았다. 교장 사모님은 내 향학열을 듣고 자기 아들도 직장에 다니며 야간 대학을 힘들게 했노라며 교장에게 허락해 주기를 간청했다. 이런 선생님을 도와주지 않고 아이들 교육을 했다고 말할 수 있느냐는 말도 했다. 급기야 교장은 허락을 했다. 그러나 직원회 때 이야기하여 선생님들의 동의를 구할 것과 5학년 담임, 교무실 옆 교실, 자료, 연구 등 다섯 가지 사무를 맡을 것을 조건으로 세웠다. 나는 하겠다고 했다.

내 새로운 인생은 한 선생의 용기와 전 교장의 허락으로 시작되었다.

30 고학일기

×월 ×일 많은 비.

어제부터 내리던 비는 심한 바람을 동반한 폭우로 변했다. 수업을 하다가 창밖을 자꾸만 보게 되고, 마음속으로 걱정이 된다. 하루의 일과는 오후부터 시작된다는 나의 복잡한 생활이 그렇게 생각하도록 했는지 모른다. 이렇게 계속 내린다면 강이 범람할 것 같은 느낌이 든다. 우리 학교는 지난해의 그 비에도 교문 앞까지 강물이 들어온 일이 있고 보니 더욱 그러했다. 5교시 후 직원 비상 회의를 하여 전교생을 하교시켰다. 비는 계속 쏟아졌다. 오늘 같은 날은 그 먼 길을 떠나기 싫었다. 그러나 매일 가는 길이라 누구도 느끼지 못하는 책임감 내지는 습관적으로 교문 밖으로 나가고 있었다. 동료 직원들이 말렸다.

"아무리 배움의 길도 좋지만 오늘은 호우주의보까지 내려져 있고 태풍으로 인하여 아직 얼마나 더 올지 모르는데 쉬는 것이 어떠냐?"

그러나 가야 한다는 나의 신념을 꺾을 수는 없었다. 가지 말고 직원들과 대포라도 한 잔 했으면 하는 마음이 없는 것은 아니나 가기로 마음을 굳혔다.

안동 버스 터미널은 별로 붐비지 않았다. 웅성웅성하는 사람들의 틈바구니를 바쁘게 헤쳤다. 내가 타야 하는 버스의 시간이 1분도 남지 않았기 때문이다. 물론 바쁜 것은 아니었다. 재수 좋은 날은 5분 전에 이곳에 도착하니까. 표 파는 아가씨의 얼굴이 근심에 싸여 있었다. 버스가 의성으로 갈 수 없다는 것이다. 단촌 다리가 잠수되었다는 것이다. 오전에 잠수되었기 때문에 점촌으로 돌아서 갈 수는 있는데 아직 출발한 차량은 없다는 것이다. 점촌으로 돌면 아마 4시간은 걸린다는 것이었다. 4시간이 걸린다면 2시간이 더 걸리는데 그것은 2교시를 마칠 시간에 도착할 수 있으리라는 계산이 나와 잠시 망설이지 않을 수 없었다. 그러나 표를 달라는 내 말을 듣더니 손님이 없던 터라 웃으면서 표를 파는 아가씨의 밝아진 표정이 귀엽게 보였다.

버스 안의 승객은 모두 근심에 싸였다.

여러 곳의 수해 상황이 차내의 라디오를 크게 소리 지르도록 만들었다. 운전기사도 몇 번인가 고개를 좌우로 돌리다가 차를 출발시켰다. 차창 밖에는 소나기가 계속 퍼붓기 때문에 안개 낀 날이 되어 버렸다. 의성 방향에서 90도 바꾸어 떠나는 차를 시민들은 잘못 가는 것이 아니냐는 듯 의아한 표정으로 쳐다보았다. 버스가 시내를 벗어났다. 그때서야 나는 후회했다. 내려 버릴까, '하루쯤 결석이야 어떨라고.' 2시간 공부를 하기 위해 먼 길을 택했던 자신을 원망했다. 그러나 이젠 하는 수 없었다. 차는 빗속을 미끄러지듯 전속력으로 달렸다. 차 안은 조용했다. 전같이 잠을 청하는 사람도 없었다. 조용하기만 했다. 향토색의 개울물이 범람하는 곳을 지날 때마다 모두들 그쪽을 향해 외마디 소리를 질렀다.

풍산을 지나자 타지 말 것을 하던 후회감이 무사히 대구까지 도착하여 주었으면 하는 바람으로 변하기 시작했다. 예천을 지나 점촌에 도착했다. 벌써 1시간 이상이 소요되었다. 대구서 출발하여 돌아오는 버스를 만나게 되었다. 기사끼리 손을 흔들었다. 기사들도 전보다 아주 반가워하는 눈치들이다. 의성으로 가는 길에서 만났다면 서로 손을 드는 정도의 무표정이었으나 여기서 만난 그들은 아주 반가운 인사를 했다. 서로 어려운 길을 가고 보니 정이 더 생기는 모양이었다. 버스는 상주읍에 도착했다. 그러나 내 마음은 조급해졌다. 1분이라도 빨리 갔으면 하는 바람이었다. 이왕 출발한 것 1분이라도 빨리 가면 2교시 때 마지막에라도 들어간다면 결석은 아닐 것인데 그러나 지금 시간으로 보아 첫째 시간도 시작하지 않았을 시각이었다. 앞으로 차가 가야 할 시간은 얼마가 남았는지 예측하기조차 어려웠다. 아스팔트 위에 빗방울이 맺히고 지나가는 차들이 물을 가른다. 강이 범람하여 도로 위로 육박하는 곳도 있었다. 미지의 세계를 모험하는 사람들의 기분을 조금은 알 것 같다. 조용히 눈을 감았다. 다른 사람들이 나의 행동을 안다면 적어도 오늘 일을 안다면 바보라고 하겠지……. 나의 집은 안동 시내에 위치하고 있었다.

아침 8시에 30리 길을 오토바이로 출근, 퇴근하여 대구를 향하는 3백리 길을 달려 저녁 10시 반 정도 수업이 끝나면 내일을 위해 북부 주차장까지 와서 식사를 해야 한다. 식사가 끝나면 여인숙에서 12시에 잠을 자고 새벽 4시 30분에 안동으로 출발해야 한다. 안동 도착이 7시 정도, 1시간 동안 세수와 식사, 출근 준비를 하는, 이것은 월요일부터 금요일까지 계속 이어지고 있었다. 이런 생활이 몸에 배어 이젠 고단한 줄도 모른다. 이런 나의 일과를 두고 모두들 사람으로 할 수 있느냐고 하지만 지난 학기 동안 직장이고 학교고 결석 한 번 한 일이 없었다.

얼마를 돌았는지 1교시 수업이 시작한 지 30분이 지났을 시각에 천평에 도착했다. 모든 승객들은 반가워하는 기색이다. 왜냐하면 안동서 출발하여 의성으로 와도 천평을 거치기 때문에 천평에 도착하니 이제야 살았구나 하는 안도에서였다.

날이 어두워졌다. 차내의 실내등에 불이 들어오고 비도 이제는 보슬비로 변했다.

대구 팔당교 부근은 완전히 범람했다. 집들이 지붕만 보이도록 침수되어 버렸다. 팔달교는 위험 수위를 넘었는지 교량 위에서 떠내려가는 사과며 나무를 건지는 사람들과 구경 나온 사람들이 자동차의 라이트에 비치었다.

강의실에 도착하니 2교시가 끝나 가고 있었고 나는 땀에 젖어 물에 빠진 생쥐 꼴이 되어 있었다. 이런 꼴을 보시던 소설론 이 박사님께서는,

"어이! 이 군."

하시면서 강의를 중단하셨다.

"오늘은 등교하지 않아도 괜찮아, 교무과에서도 결석으로 하지 말라는 통보를 받았는데, 지금 돌아가도 좋으네!"

그는 한참 동안 내 눈치를 살피셨다.

나는 단호히,

"아닙니다. 수업을 받고 가렵니다."

교수님이 작게 쓴 칠판 글씨를 보며 나직하게 대답했다.

교내 질서경연대회

오후 3시 30분이면 어김없이 가야 했다.

학교에서 집까지는 오토바이로 간다. 집에서 가방을 바꾸어 들고 안동 시내버스, 무정차, 대구 시내버스, 그리고 학교에 간다.

교내 질서 경연 대회는 불과 일주일밖에 남지 않았다. 체육 시간에 하지 않으면 오후에 연습을 해야 하는데 장마철이라 체육 시간에 할 수가 없었다. 내가 대구에 가야 하는 오후에만 잠깐씩 비가 개어 운동장 모퉁이 마른땅에서 연습을 해야 하나 했는데 그것도 시간이 없어 하지 못했다. 그리고 연습을 할 기회가 없었다. 전임교에서 질서경연대회를 주관한 경험이 있어서 시간만 있으면 1등은 따 놓은 당상이었으나 오후 3시 30분이면 대구로 가야 하니 시간이 없었다.

교실에서 이론적으로 강의하고 외우라고 할 수밖에 없었다. 조를 편성하고 좌향좌에서 돌고, 우로 4열은 바로 가면서 돌고 좌로가 우로가를 하고는 앞으로 간다. 조회대를 통과할 때는 우측 줄은 바로 보고 갈 것이며 그 외 3열은 우로봐로 간다. 미리 예령으로 작게 이야기하고 크게 구령을 부를 테니 내 목소리에 귀를 기울여야 한다. 그리고 뛰어가 구령에는 제 위치로 뛰어 들어가면 된다.

이렇게 칠판에 그림을 그려 가면서 설명을 하고 순서를 외우게 했으나 실제 연습 시간이 문제였다. 비는 오고, 나는 대구로 가야 하고, 그러다 토요일 오후가 왔다. 선생님들은 모두 퇴근하고 없는데 다행히 날씨가 개었다. 이제 실제로 실행을 해 볼 기회가 왔다. 아이들은 그동안 칠판을 보고 외웠으니 실제로 한두 번 하면 되었다.

드디어 질서경연대회를 하는 날이 왔다. 다른 반은 며칠을 연습한 것 같았다. 내가 없는 사이 그들은 경쟁적으로 연습을 한 것 같았다. 담임이 없으니 우리 반은 꼴찌로 제쳐 두고 그들은 열심히 연습을 했다. 우리 반이 연습하는 것을 본 사람은 아무도 없었다.

질서경연대회는 시작되었다. 전교생이 모여 준비 체조를 했다. 조회대 앞에는 천막이 설치되고 심사 위원들은 눈을 부릅뜨고 있었다. 서로 다른 반만 견제를 했지 우리 반은 견제도 하지 않았다. 1학년부터 했는데 우리 반은 5학년이니 다섯 번째로 했다. 그런데 문제가 생겼다.

질서경연대회의 참모습을 우리 반에서 그들은 찾았다. 어떻게 하는지도 몰랐는데, 누가 보아도 가장 질서 있고 절도 있게 잘한 것은 우리 반이었다. 모두 눈이 동그래졌다. 연습하는 것을 본 일도 없었는데, 담임은 매일 야간 대학 다닌다며 대구로 가고 없는 반이 일등을 하다니 말이 되지 않았다. 꼴찌로 제쳐 둔 반이 제일 잘하다니 질서경연대회가 끝나고 교무실에 모인 교사들은 모두 한 마디씩 했다. 5학년은 질서경연대회에 참석하지 않을 것으로 보고 대회를 시작했는데 결과가 이상하게 되었다는 것이다. 막걸리 집에서 미리 등수도 정해 두었는데 5학년이 다른 반보다 월등하니까 어쩔수 없다고 했다. 술좌석에서 나이 많으신 선생님 왈,

"담임이 많이 알고 있으면 학생의 실력은 저절로 향상된다. 그것

은 시간이 문제가 되는 것이 아니다. 알고 가르치는 것과 모르고 가르치는 것의 차이이다."

32 수업 심사하던 날

모교에 부임한 지 2월이면 3년이 된다. 그동안 나에게는 너무나 큰 변화가 있었다. 그중에 낮에는 아이들을 가르치고 밤에는 야간 대학을 하는 이중생활이 가장 큰 변화였다. 사범대학 3학년에 편입했으니 이제 4학년 졸업반이다. 졸업 시험도 무사히 치렀고 논문도 통과되었다. 또 다른 꿈을 이루기 위해 대학원 입시를 준비하고 있었다.

지난 2년 동안 얼마나 기다리던 졸업인가? 여기서 멈출 수는 없다. 하루 3~4시간 잠으로 버티어 온 내가 여기서 멈춘다면 안 될 것이라는 생각이 들었다. 내 반 아이들도 훈련이 되어 담임이 없어도 스스로 공부할 줄 알았다. 수업 시간을 쪼개는 것이 내 생활이다. 40분 수업 중 30분은 설명하고 10분은 아이들이 문제를 풀고 노트를 정리하는 시간인데 나는 이 10분을 황금같이 활용했다. 내 공부를 하는 것이다. 내가 정신없이 공부를 하는 것을 아이들도 눈치를 챘는지 떠들지 않고 열심히 따라 주었다. 그들에게 무척 미안하고 죄송한 고백이지만 시험 기간이 되면 그 10분이 20분이 되기도 했다. 그래서 쉬는 시간을 그대로 보내 버리기 때문에 우리 반은 쉬는 시간이 없었다. 화장실에 갔다 오면 다음 시간이 또 이어지곤 했다.

그런데 어느 날 갑자기 장학 지도를 왔다. 후반기 마지막 장학 지도라 학교가 야단법석이었다. 도시락 가방 속에 책을 가득 챙겨 넣은 나는 어제와 같이 교실로 들어가 아이들에게 이침 지습으로 낸 산수 문제를 풀어 주고, 햇볕이 잘 드는 쪽으로 내 책상을 옮겨 대학원 입시 준비를 하고 있었다. 초등학교는 담임 책상이 교실에 있어 사무도 보고 상담도 한다. 전 과목을 가르쳐야 하기 때문에 또 언제 어떤 일이 일어날지 모르는 아이들의 생활 지도 때문에 교실을 떠날 수가 없다. 공문서 처리와 학교장의 지시가 있을 때는 어쩔 수 없지만 대개 교실에서 시간을 보낸다. 12월 초순의 따스한 아침 햇살은 나를 충분히 잠으로 유혹하고 있었다. 비몽사몽간에 교감 선생님이 교실에 들어왔다. "오늘 장학 지도 하는 날인데 청소도 하지 않고 뭐 하지요?" 하고 꾸짖었다. 우리 반 청소구역으로 아이들을 내몰고 인사를 잘할 것을 당부하고는 1교시 수업을 시작했다.

장학사는 두 분이 왔다. 그들은 장부는 보는 둥 마는 둥 하고 교실로 들어왔다. 교사들의 수업을 봐야겠다는 것이다. 나는 마침 산수 시간이라 그래프 그리는 것을 지도하고 있었다. X축과 Y축을 지도하고 칠판에 그래프를 그렸다. 아이들도 준비한 그래프용지에 열심히 그렸다. 그때 장학사와 교감이 교실에 들어와서 수업을 오랫동안 지켜보고 밖으로 나갔다. 나는 한숨을 쉬었다. 누가 시켜 준비한 것도 아닌데 그래프 칠판을 사용했고 아이들도 그래프용지를 모두 준비했다. 평소와 다른 것은 칠판에 학습 목표를 쓴 것뿐이었다. 장학사는 옆 교실로 가면서 고개를 끄덕끄덕했으나 그것이 무슨 의미인지 알 수 없었으며 관심도 없었다.

장학사가 나가자 나는 평소의 습관대로 내 책상 앞에 앉아 시험 공부를 하고, 아이들도 평소와 같이 그래프를 열심히 그리고 있었다. 그런데 수업 종료 5분 정도 남았을까 예상하지도 않았던 장학사가 갑자기 교실로 들어왔다. 당황한 나는 내 책상 앞에 있는 아이에게 잽싸게 다가가며 "야 이놈아, 그렇게 그리는 것이 아니라고 몇 번을 말해야 하나'" 하고 내가 그 아이의 연필을 빼앗아 그렸다. 아이는 무슨 영문인지 몰라 내가 하는 대로 보고만 있었다. 그때까지 장학사는 나가지 않았다. 내가 고개를 들어 "이제는 못 그리는 사람 없지요?" 하자 아이들은 또 영문도 모르고 '예'라고 큰 소리로 대답했다.

장학사는 점잖게 교실 문을 빠져 나갔고 수업은 끝났다. 내게 지도 아닌 지도를 받던 아이도 아무 일 없었던 것처럼 밖으로 나가 놀았다.

며칠이 지났다. 내 일상생활은 늘 그대로 이어졌다. 며칠 후면 대학원 입학 시험이 있어서 더 정신이 없었다. 시험 때문에 연가를 내려고 교감 선생님 앞에 갔는데 그는 손을 내밀며 악수를 청했다. "이 선생 축하합니다. 이전 장학 지도 수업 심사에서 상을 받게 되었어요. 우리 학교의 영광입니다." 나는 어리둥절했다. 내가 뭘 잘했다고. 그러고 보니 수업심사 때 장학사가 고개를 끄덕이던 것이 기억났다. 교감 선생님은 덧붙였다. 갑자기 장학 지도를 했는데도 사전 준비가 철저했으며 아이들 개인 지도까지 열심히 하신 것을 높이 평가한 것 같다고 했다.

나는 돌아서서 웃었다. 그리고 미안했다. 야간 대학 다니느라 다른 선생님들보다 아이들에게 열심히 가르친 것도 없는데 상까지 받다니. 저녁에는 전 직원이 회식을 했다. 내가 주선한 것이다. 그리고 동료 선생님에게 사죄를 했다. 아이들에게는 아직도 사과를 하지 못해 늘 미안하다.

33 숙직실 연가

속리산 직원 여행 사건으로 비슷한 연령이던 우리는 더욱 친해졌다.

김 선생은 덜렁대기는 했지만 인간관계는 대담했다. 좌충우돌인 것 같으면서도 교무실에서 일처리는 꼼꼼하게 했다. 체격도 건장하여 대인 관계에서 체격에서부터 위압감이 오는 사람이었다. 유 선생은 키는 크지만 아주 마르고 성질만 남은 사람이었다. 나이는 우리들 중에 제일 많지만 힘보다는 꾀로 일을 처리하는 사람으로 술만 한 잔 했다 하면 경우에 벗어난다고 함부로 날뛰는 일도 있다. 한 선생은 나와 비슷한 체격으로 학교의 궂은일에 앞장서며 항상 실실 웃고 다녔다. 사람 좋기로 소문이 났다.

퇴근 시간이 되자 한 선생이 나에게 와서 속삭였다. 오늘 저녁에 김 선생이 건수를 만든다는데 어떻게 생각하느냐고 했다. 아이들도 하교하고 난 텅 빈 2층 교실에서 퇴근 시간을 기다리던 나는 '웬! 건수!' 하면서 대찬성을 했다. 직원 10여 명에 4명이 의기투합했으니 안 되는 일이 없었다. 뚱뚱한 김 선생이 작은 도시락 가방을 들고 퇴근한다며 교무실 문을 먼저 나갔다. 유 선생은 장부를 거두지 않고 아직도 주물럭거리고 있었다. 한 선생이 "어이 유 선생, 그만 하지 뭐! 내일 하면 돼! 뭐로 보자, 에이 이거 허허 음음, 내일 해 내일." 나는 벌써부터 책상을 잠그고 있었으므로 윗사람 눈치를 보다가 잽싸게 숙직실로 가서 오토바이를 꺼냈다. 시동을 걸고 교문을 나오자 한 선생과 유 선생은 벌써 저만치 앞서 가고 있었다.

면소재지의 작은 식당에는 퇴근하는 면서기 몇 명이 설설 끓는 선짓국 그릇에 소금을 넣고 있있다. 언제나 그러하듯이 이곳 면소재지의 퇴근 풍경이다. 면서기, 우체국 직원, 농협 직원, 학교 교사 등 보던 사람만 매일 본다. 간혹 순경도 끼지만 일반인들은 순경을 슬슬 피해 버린다. 우리 교사들은 달랐다. 차석이가 학부형이라 간혹 사는 술은 맛이 더 있다고 놀리기도 한다. 면서기와 순경과 교사가 한자리에서 술을 먹으면 마을 사람들은 순경에게 먼저 술잔을 건넨다. 나이가 적든 많든 그러했다. 그다음은 면서기, 마지막이 교사이다. 교사는 자기 아이들을 가르치는 사람이니 당장 이해관계가 없고 권력이 없으니 술잔이 마지막으로 오는 것 같았다.

김 선생은 막걸리를 한 잔 들이키고는 전번 속리산 직원 여행 때처럼 무지막지하게 돈만 쓰지 말고 좀 규모 있게 놀자고 했다(속리산 직원 여행 때 다른 직원들은 여관에 있는데 우리 4명은 흥청망청 밤새워 술을 마시고 춤추고 야단법석을 떨었다). 김 선생의 의견에 거의 찬성하는 쪽이었으므로 고개만 끄덕끄덕했다. 술집에 가서 몇 만 원 날리는 것보다, 속리산여행에서와 같이 밴드를 불러 마시는 것보다 이번에는 짭짤하게 노는 방법이 있다고 했다. 한 잔씩 마신 우리는 김 선생의 얼굴만 쳐다봤다. 김 선생은, 오늘 연락을 해 놓는데 처녀 4명이 다방에서 기다리기로 되어 있다고 했다. 한 선생은 그 말을 듣자 안경 속으로 눈웃음을 띠며 코를 킁킁거렸다.

김 선생의 말을 반신반의했는데 진짜로 약속이 되었는지 다방에는 우리 나이보다 5년 이상 적어 보이는 올드미스들이 벌써 와서 기다리고 있었다. 김 선생과는 몇 번을 만났는지 진한 농담을 하며 웃었고 우리는 정중한 인사를 했다. 이것들이 어디 술집에 나가나, 아니면 다방에 나가나 하고 속으로 재어 보았으나 그들의 의상이나 말투로 보아 그런 것 같지는 않았다. 사용하는 낱말의 수준으로 보면 지식도 꽤 들어 있는 듯했으나 정확히 알 수는 없었다.

차를 마시고 멍하니 앉아 있는데 귤 장사가 들어왔다. 심심하기도 하여 내가 귤을 샀다. 이야기를 잘할 수 있었다면 좋겠으나 말솜씨도 없고 대담하지도 못한 성격이라 그저 웃고만 있을 뿐으로 귤 장사는 내게 다른 분위기를 만들어 주는 역할을 했다. 귤을 탁자에 수북이 놓고 보고만 있었다. 귤이 좀 귀하던 시절이라 아주 비쌌다. 나는 얼른 한 개를 쥐고 껍질을 까는 둥 마는 둥 하고 입에 넣었다. 귤이 너무 커서 물이 입 밖으로 나왔다. 아가씨들은 나를 보자 웃기 시작했다. 숫기 없는 나는 얼굴이 빨개졌으나 어쩔 수 없었다. 수업 시간 아이들에게 바지 지퍼 내려간 것을 들킨 기분이었다. 그러나 내 귤 먹는 것을 모두가 흉내를 내었다. 그중에 키 작은 아가씨 한 사람은 남자다움을 볼 수 있었다며 계속 눈길을 주는데 정말 미칠 지경이었다. 얼마나 시간이 흘렀는지 김 선생은 우리들의 보스처럼 지시를 했다. "지금 어느 술집에 간다 해도 방만 춥지, 술 사 가지고 어디 다른 데 가서 먹자"고 했다. 여자들은 어디가 좋으냐고 했다. 우리들은 김 선생 얼굴만 쳐다봤다.

다방을 나와서 슈퍼에서 술과 안주를 푸짐히 샀다. 김 선생은 지나가는 택시를 발로 세웠다. 저만치 뒤에서 우리를 불렀다. 택시에 타라고 했다. 8명이 타는 택시는 없었다. 그러나 김 선생의 수완으로 보면 9명도 탈 수 있었다. 무릎에 앉고 구부리고 하여 8명이 탔다. 택시는 시내를 벗어나고 있었다. 택시가 귀하던 시절이라 그 것도 택시를 탔다고 모두들 기분이 들떠서 입을 다물지 못했다. 비 포장도로를 얼마나 달렸을까? 택시가 서는 곳은 바로 우리 학교 숙직실이었다. 세찬 바람이 부는 겨울, 그것도 12월 초순, 방학할 무렵이었으니 따뜻한 방이 그리웠다. 모두들 택시에서 내리자마자 누가 시키지도 않았는데 방으로 들어갔다.

아무리 찬바람이 분다 해도 조회대나 수목원에 앉아 달이라도 한 번 보고 술을 먹었으면 했으나 모두 방으로 들어가는 통에 말 도 꺼내지 못하고 따라 들어갔다. 숙직실에는 아무도 없었다. 학교 아저씨도 없이 텅 비어 있었다. 교육청에서 전통이라도 오면 어쩌 려고 숙직실을 비우는지 모르겠다며 투덜거렸다. 그러나 잠시 후 그 의문은 사라졌다. 오늘 저녁 숙직은 바로 김 선생이었다. 김 선 생의 치밀한 사전 계획이 있었으나 기분은 나쁘지 않았다. 숙직실 좁은 방에 건장한 사람 8명이 앉아 술을 마셨다. 조그만 이불 속으 로 발을 넣고 마시는 술은 취할 줄을 몰랐다. 여자들도 사양하지 않고 잔을 비웠다. 그들 중 나에게 관심을 갖고 있는 아가씨는 지 난해까지만 해도 모 중학교 임시 교사로 근무하다가 집에 있다고 했고, 그 외 3명은 그의 고등학교 동창들이었다. 이불 속에는 발이 16개, 서로 눈치를 보고 있었다. 누구의 발인지 알 수가 없었다. 술이 취하자 발가락 장난을 하며 작은 말 한 마디에도 쓰러지면서 웃었다. 얼굴에 술기운이 오르고 방이 더워지자 우리들은 밖으로 나왔다. 운동장에서 소리도 질렀다. 숲 속에서 이야기하다 장난도 쳤다. 차가운 시멘트 조회대에 누워 별도 쳐다봤다. 술래잡기도 했다. 정말 동심으로, 아니면 총각 시절로 돌아갔다.

밤이 깊어지자 숙직실로 다시 들어갔다. 여자들은 아랫목으로 눕고 우리는 윗목으로 누웠다. 언제 잠이 들었는지 새벽이었다. 벌써 아이들이 등교하여 재잘거렸다. 허둥지둥 일어났다. 정신을 수습하자 그들을 보내고 우리들은 해장국 집에서 아침을 먹었다.

그렇게 헤어진 처녀들은 그 뒤 만날 수 없었다. 지금은 만나도 모를 사람들이 되어 버렸다. 그때 그렇게 친하던 우리들도 이제는 길에서 스치면 인사나 할 정도이다. 교사들은 같은 학교에 근무할 때는 친형제 이상으로 친하지만 다른 학교로 전근 가면 점점 멀어지는 것이 보통이다.

34 강변의 노래

　임하면과 관련이 있는 사람들이 모인다고 했다. 정확히 말하면 임하면 출신들이 임하면 기관에 근무하는 사람들끼리 만들어 놓은 계모임이다. 그 모임에 나와 유 선생이 초대되었다. 유 선생도 나와 같이 임하면 출신이었다. 그는 고향 선배 중에 나와 나이 차이가 가장 적은 사람이다. 계모임에 온 사람들 10여 명은 거의 10여 년 이상 고향 선배였고, 그중 한두 명은 타지 사람이지만 이곳에서 직장 생활을 수십 년 한 사람도 있었다. 그들이 벌려 놓은 잔치에 유 선생과 나는 잘 먹고 흥겹게 놀아 주면 되었다.

　임하초등학교에서 얼마 떨어지지 않는 용머리 쏘 근처 미루나무 그늘 밑에서 계모임은 벌어지고 있었다. 조금 늦게 도착한 우리는 앉자마자 돌아오는 술잔을 받느라 정신이 없었다. 벌써 몇 사람들은 침을 튀기며 술 취한 열변을 토하고 있었다.

　신록이 짙어 가는 5월의 토요일 오후는 술맛보다 강물과 산에 취한다. 그리고 한 가지 더 첨가된 것은 고향 선배들의 환대였다. 모두들 얼근하게 취했다. 누군가 소리를 질렀다. "어이 이 선생! 사회 한번 하지." 무슨 영문인지 몰라 두리번거리던 내게로 박수 소리가 몰려왔다. 얼떨결에 일어서서 숟가락 마이크로 사회를 시작했다. 비틀거리는 다리를 억지로 주체하면서 강물과 미루나무와 사람들을 한 아름 안고 사회를 시작했다. 손뼉을 치는 사람, 등을 두들기는 사람들이 모두 입을 벌리고 내게로 몰려왔다.

"에, 그러면 주제넘은 제가 선배님들의 명령에 의해 사회를 하도록 하겠습니다."

노래를 시키는 순서를 속으로 정했다. 보통 같으면 회장, 부회장하고 감투들을 시키고 존재도 없는 사람을 마지막에 시킨다. 그러나 그렇게 하면 마지막 하는 사람의 기분이 영 벌레 씹은 상이 되는 일이 많았다. 오늘은 감투와 중요 인사들을 첫 번째 시키고 사이사이에 존재도 없는 사람을 시키기로 마음을 굳혔다. 그래서 고루 흥을 돋우어 보자는 계산을 했다. 그런데 그것이 잘못되었다. 처음에는 모두 흥에 겨워했다. 두 번째 지명이 의외로 되자 그래도 웃었는데, 마지막으로 지명된 권 선생이 자기 기분을 겉으로 드러내고 말았다. "마지막으로 가장 아껴 두었던 분을 소개하겠습니다. 권○○ 선생님" 하자 그는 돌아앉아 버렸다. 그리고 술병을 찾더니 반쯤 마시고 저쪽으로 던져 버렸다. 사태를 직감한 나는 그에게로 달려가서 그것이 아니라고 사과를 했다. 권 선생은 괜찮다고 했다. 그러면서 영 벌레 씹은 얼굴을 계속했다. 오락은 그렇게 시시하게 끝나 버렸다.

이제 2차가 시작되었다. 모두들 헤어지고 권 선생과 유 선생 그리고 나만 남게 되었다. 권 선생의 마음을 풀어 주고자 술시중을 들던 유 선생도 이제는 지쳤는지 이야기를 별로 하지 않았다. 그런데 권 선생이 갑자기 일어서더니 "너들 똑같은 놈들이야" 하며 유 선생의 따귀를 후려쳤다. 권 선생은 유 선생보다도 오륙년 나이가 많았는데, 임관면 출신은 아니었다. 갑자기 당한 유 선생은 뺨을 움켜쥐더니 느닷없이 내 따귀를 쳤다. 유 선생은 고향 선배로 나와 가까웠다. 나는 그냥 순서상 맞았다는 생각과 내가 때릴 사람은 없다는 생각뿐이었다. 정신을 차리고 나니 귄 선생도 유 선생도 지리를 털고 일어나고 있었다. 그제야 나는 복수의 기회를 놓쳤음을 알고 뺨을 쓰다듬으며 일어섰다.

그들과 헤어져 숙직실에 와서 생각하니 유 선생에게 분하기 짝이 없었다. 말이라도 한 마디 하든지, 아니면 숙직하는 데 같이 왔다면 그렇지는 않았을 텐데 생각할수록 분하기 짝이 없었다.

밤은 깊어 자정이 넘었다. 분함을 참지 못한 나는 오토바이에 시동을 걸었다. 생각하니 분해서 견딜 수가 없었다. 재 너머 사는 유 선생의 집에 도착하니 큰방에 불이 있다가 오토바이 소리를 내며 클랙슨을 울리자 불이 꺼져 버렸다. 오토바이가 귀하던 시절이라 그는 내가 왔음을 알고 불을 끈 것이 분명했다. 아무리 불러도 대답이 없었다. 한참을 부르다가 생각하니 분이 풀려 숙직실로 도로 돌아와 버렸다.

다음 날 학교에서 만나 서로 아무 일 없었던 것처럼 또 웃고 지냈으나 지금도 그때 유 선생의 행동은 이해할 수가 없다.

35 해당화는 피고

6학급이 겨우 되는 학교라 숙직하는 날이 많았다. 교장, 교감과 여선생을 빼고 나면 숙직하는 사람은 겨우 5명이다. 한 주일에 한 번 이상을 숙직실에서 잠을 자야 했다. 지금은 중학교도 숙직 전담제가 되어 교사가 숙직하는 일은 시골에는 거의 없다. 대도시에도 세콤을 설치하고 숙직을 안 하는 학교가 많다.

일직과 숙직이 교대하는 시간은 불과 한 시간 정도의 시간이 있다. 집이 학교와 먼 시내에 있는 관계로 집까지 갔다 올 시간이 없어 아침에 저녁을 준비하거나 다음 날 아침과 점심까지 이곳에서 해결해야 한다. 여기는 식당도 변변한 곳이 없어 숙직 때면 식사 해결이 가장 힘들었다. 가정집에서 식당을 하는데 영업을 하기는 하지만 사전에 전화로 주문을 해야 가능하다. 겨울 같으면 저녁과 아침을 그날 점심과 함께 준비해 와도 음식이 상하는 일은 없지만 여름은 불가능했다. 학교에서 조금 떨어진 식당을 이용하는 것이 보통이다.

퇴근 시간이 되고 모두 교문을 나서면 숙직실은 적막에 쌓인다. 텅 빈 교정을 혼자 지켜야 한다. 어두컴컴한 숙직실에 불을 밝히고 준비한 도시락을 들고 앉으면 귀양살이가 이런 것인가 하고 서글 퍼진다. 마음이 허하여 집에 전화도 걸어 보지만 숙직실에서 밤을 새워야 하는 일은 변할 수가 없었다. 어스름이 짙어 가는 운동장은 모두가 그대로 있지만 뛰놀던 아이들도 자기 집을 찾아 가 버리고 환청만 들릴 뿐이다 이럴 때 우리 반 아이들이라도 온다면 얼마나 좋을까?

종혜는 우리 반 부반장이다. 학교 교문에서 얼마 떨어지지 않은 곳에 살고 있는 영리하고 예쁜 여자아이다. 오늘 숙직에는 아이들이 서너 명 찾아왔다. 내가 숙직이라는 것을 알고 온 것은 아니었다. 종혜와 정윤이 미자는 숙제 할 것을 들고 왔다. 다른 선생이 숙직을 해도 그들은 숙제를 하기 위해 숙직실로 종종 오는 모양이었는데 담임인 나와 함께 하기는 처음이었다.

숙제 지도가 끝나자 재미있는 이야기를 해 달라고 졸랐다. 평소 우리 반 아이들에게 학습 진도가 염려되어 옛날이야기 한 번 들려 준 적 없는 나는 늘 아이들에게 미안하게 생각했었다. 오늘은 숙제도 도와주고, 이야기도 들려주고, 그들의 노래도 들어 볼 작정이었다. 이렇게 하여 내 무료를 달래 보려는 속셈도 있었다. 무서운 이야기를 하다 보니 걷잡을 수 없이 귀신 이야기로 비약이 되어 버렸다. 아이들은 집에 못 간다며 아우성이었다.

달이 밝아 왔다. 아이들과 화단에 나와 앉았다. 별들이 반짝이는 모습을 본 지가 오래되었다. 별을 보며 아이들과 이야기할 수 있다는 것이 무척 행복했다. 소년이 되어 버린 나는 마냥 신이 나서 이야기를 계속했다.

이번에는 종혜가 노래를 부르겠다고 했다. 정윤이도 미자도 분위기를 파악했는지 노래를 부르겠다고 했다. 종혜는 '해당화가 곱게 핀 바닷가에서' 하고 조그마한 입을 벌리고 두 손을 꼭 잡고 예쁘게 노래했다. 나는 눈을 슬며시 감고 경청했다. 꼭 나를 두고 부른다는 착각에 빠져 버렸다.

내가 그 학교를 떠나고 그들도 중학교로 진학했다. 그들이 고등학교에 다닐 때였는데, 나도 초등학교를 그만두고 남자 고등학교에 근무할 때였다. 그들은 자기들이 다니는 고등학교에 와 주기를 간곡히 부탁했다. 나는 그 부탁을 들어주지 못했다. 그들이 다니는 학교도 내가 다니는 학교도 사립이었다. 그 후 종혜는 공무원이 되었는데 비 오는 날, 비를 맞고 있는 나와 마주친 적이 있었다. 정윤이와 미자는 아직도 만나지 못했다. 갑자기 그들이 보고 싶어진다.

안동공업고등학교

36 중등학교로

83년 2월 야간 대학을 졸업했다.

기다리던 중등학교 교사 자격증이 나왔다.

안동 시내 사립 중·고등학교에 이력서를 냈다. 대강 길원여고, 성창여고, 경일고, 안동상고, 안동공고, 경안중·고, 경안여상 등이다. 배짱 좋게 소식 오기만 기다렸다. 지금 같으면 상상도 할 수 없는 일이다. 그러다가 한 달 만에 소식이 왔다. 경안중학교. 그것은 고등학교 때 스승이신 권 선생님께서 주선하셨는데 대학원을 다니지 않는 조건이었다. 그렇게는 할 수 없었다. 얼마나 어렵게 들어간 대학원인데 매일 가는 것도 아니고 방학 때만 가는 교육대학원인데 그걸 못 가게 한다니 그 학교도 알 만했다. 권 선생님께는 미안했지만 어쩔 수 없었다. 그로부터 며칠 후 안동공고에서 연락이 왔다. 마침 국어 교사를 구하던 중이라며 반겨 주었다.

근무 조건은 1년 이상을 근무해 달라는 것이었다. 요구한 서류는 열 가지가 넘었다. 서류 준비를 끝내고 안동공고에서 근무하라는 3월 1일을 기다렸다. 그때까지 현재 학교에서는 아무도 몰랐다. 깜짝쇼를 하겠다는 얄팍한 수작이었다. 지금 와서 생각하니 그것은 잘못이었다. 진작 이야기를 해야 학교도 교육청도 준비를 할 것인데 말이다. 2월 28일 저녁, 교장과 교감 집에 배 한 상자를 사 들고 갔다. 그리고 자초지종을 이야기했다. 그들은 나를 원망하지 않았다. 내일이 3월 1일이니 새로 부임하는 교사와 가는 교사가 있을 터인데 내가 갑자기 간다니 낭패였을 것이다. 2월 28일 오전 안동공고에 가서 부임 인사를 했다. 3월 2일부터 근무하기로 약속이 되어 있었다.

3월 2일, 간단히 임하초등학교에서 인사를 하고 바로 안동공고에 가서 근무를 했다. 그런데 교육청에서 난리가 났다. 장학사가 안동공고로 전화를 해서 나를 찾더니 노발대발했다. 나는 태연했다. 아무런 하자가 없다고 생각했기 때문이다. 그런데 교육청에서는 당장 교사를 구해야 하고 상급 교육청에 연락을 해야 하니 나만 생각하고 남은 생각하지 않는 내 좁은 소견 때문에 남이 피해를 보는 결과가 된 것이다.

3월 2일자로 사표를 냈지만 3월 5일로 수리되었다. 3월 17일이 되니 임하초등학교에서 봉급을 가져왔다. 한 달 봉급과 조금의 보너스도 가져왔다. 공고는 25일이 봉급날이었는데 또 봉급을 받았다. 그제야 내가 크게 잘못함을 알았다. 5일 근무하면 한 달이 된다는 사실과 거기에 따라 봉급도 나온다는 것을 알게 된 것이다. 고의는 아니었지만 국가와 학생들에게 손해를 끼쳐 무척 미안했다.

37 무제(無題)

　'조부위독'이라는 전보를 받고 막 출발하려는 버스에 마지막 손
님으로 승차했다.

　구름 한 점 없는 하얀 하늘, 내리 쬐는 열기는 안절부절 못하는
나를 땀으로 흠뻑 젖게 했다. 터미널을 미끄러져 우회전하는 버스
의 차창으로 후덥지근한 바람이 들어왔다. 고희를 넘기시면서 바깥
출입이 뜸해지신 조부님, 어려서 회초리 맞아 가며 한자 배우던 생
각이 뇌리를 스친다. 짜증스럽게 꾀꼬리만 찾던 차내 스피커가 툭
- 하는 둔탁한 음과 함께 조용한가 싶더니 안내양의 안내 방송이
시작되었다. 보통 때 같으면 책을 읽듯 서투른 몇 마디가 고작이련
만 지금 이 안내양은 세련된 목소리로 손님을 보면서 마이크를 잡
고 당당히 서서 말하는 태도는 너무나 자신에 차 있었다.

　너무 짧지 않는 밤색 스커트에 흰 블라우스를 받쳐 입은 그녀의
옷은 가냘픈 선들이 여실히 살아 있었다. 곱게 빗어서 뒤로 넘긴
머리, 눈에 미소를 띤 채 승객들을 뚫어 보는 그는 너무 명랑하며
자신에 넘쳐 있었다. 지금 일이 하고 싶어 못 견디겠는 사람같이
즐거워 보였다. 많아야 열일곱 살을 넘기지 못했으련만 어쩌면 저
렇게 신나게 자기가 맡은 일을 할 수 있을까? 온종일 차를 타고
이리저리 흔들리며 손님들의 시중에 시달려야 하는 사람같이 보이

지 않았다.

까맣게 때 묻은 장갑을 끼고 마지막으로 승차하려는 경로증을 든 할머니를 남겨 둔 채 문을 꽉 닫으며 '오라이!' 하고 돌아서는 안내양들과 너무나 대조적이었다.

멀미하는 손님들의 시중을 들려고 비닐 봉투를 들고 이리저리 다니면서도 얼굴색 하나 변하지 않고 밝게 대하는 그녀, 누가 그에 게 높은 언사를 던질 수 있겠는가?

어떤 아주머니는 자기 남편과 결혼하게 된 이유를 너무나 주어 진 일에 열중하고 있는 모습이 행복하게 보여서라고 했다. 세상에 서 가장 귀한 것은 자기에게 주어진 일에 열중하는 것이라고 어떤 우화에서는 말하고 있다.

이 안내양이야말로 주어진 일에 보람을 느끼며 성실히 이행하는 본보기라고 느껴지자 문득 우리 반 학생들이 생각났다.

오늘은 몇 명이나 결석했을까? 두근거리는 가슴으로 교실 문을 열었다. 눈으로 헤아려 본 빈자리가 여섯 개나 되었다. 아침부터 맥이 풀렸다. 출석부를 넘기려는 손끝에 힘이 없어졌다. 그 많은 전달 사항들이 하나도 생각나지 않았다.

머리에 쉽게 떠오르는 얼굴들, 종식, 윤철, 만식, 주석, 익환, 수 렬, 만득, 희선, 명환, 찬수, 순택, 태식…….

입학식 날 결석을 하여 나를 당황하게 했던 종식이, 그는 무척 똑똑한 학생이다. 검은 테 안경이 유난히 어울리는 그의 모습은 언 제 보아도 공부만 하는 모범생으로 보였다.

어느 날, 하루를 결석한 그가 다음 날 등교하여 아침 조회도 하 기 전에 조모님께서 돌아가셨기에 집에 가야 된다며 눈물을 글썽거렸다. 그의 표정은 너무나 진지했기 때문에 의심의 여지가 없었다. 그러나 아는 길도 물어 가고 튼튼한 다리도 두드려 가면서 가라고 하지 않았던가? 종식이 집에는 전화가 없었으므로 그의 아버지께서 근무하는 직장에 전화를 했다. 그의 아버지도 집에 큰일이 생겨 연가를 내었다는 소리를 듣고 오히려 전화를 걸었던 자신이 부끄러워 견딜 수가 없었다. 그런데 그는 3일이 지나도 4일이 지나도 소식이 없었다. 그가 그려 놓은 약도를 따라 퇴근하면서 가정 방문을 하려고 나서는데 그의 어머니께서 오셨다. 종식이가 며칠 전부터 없어졌다는 것이다. 종식이에게는 조모가 없다고 했다. 나는 심한 배신감 같은 것이 느껴져 손이 떨렸다.

그날 저녁 내가 아는 곳과 그가 다녔을 만한 곳은 모조리 찾아 헤매지 않으면 안 되었다. 밤 11시가 넘어서 어느 만화집에서 그의 행적을 찾을 수 있었다. 그는 만화방을 학교로 착각했는지 등교하고 하교하기를 3일이나 계속했다는 것이다.

그의 진지한 표정에 속은 자신이 원망스러웠다. 그와 같이 간 주석이는 정말 믿음직스러운 학생으로 학생장이기도 했다.

그들의 행적을 찾는 데는 5일이나 걸렸다. 대구에서 차비가 없어 시외버스 터미널 주위를 서성거리는 것을 보았다는 학생이 있었다.

다음 날 그는 집에 돌아오게 되었으나 학교에 다니기가 싫다는 것이었다.

집에서는 기대가 큰 맏아들이었다.

부모님의 설득도, 매도 이제 그에게 통하지 않았다. 눈물로 세월을 보내고 있는 그의 어머니를 볼 때마다 어떻게 해서라도 그를 다시 등교시켜 모범생이 되게 해야겠다는 나의 결심은 점점 굳어만 갔다. 그는 옷도 가방도 없었다. 모두 잃어버리고 팔아 버리고……

그를 설득시키기에는 얼마간의 시간이 필요했다.

종식이는 지금 학교에 잘 다니고 있다. 이유 없이 조퇴를 하려고 몇 번이나 시도 했던가? 결과를 한 그를 얼마나 찾아다녔던가? 자기 잘못을 솔직히 시인하며 용서를 빌려고 교무실에 들어서는 그가 이젠 믿음직스럽기까지 하다.

옆 친구와 사소한 말다툼으로 친구의 코를 수술하게 했던 희선이, 그것이 겁이나 산에서 잠을 잤던 그를 찾아……, 병원에 입원한 정식이를 찾아 얼마나 다녔던가?

성적은 좋으면서 한때 탈선했던 태식이, 공부도 잘하며 학교에도 잘 나오던 그가 어느 날 출근길에서 그의 어머니를 만나 집에 일이 있다며 조퇴를 하고는 며칠이 지나도 소식이 없었다. 학교 근처에서 자취를 하는 그의 집에는 문이 잠긴 채 아무도 없었다. 그의 고향은 울진 어느 두메산골로 전화가 없었기에 편지를 쓸 수밖에 없었다. 며칠이 지나도 소식이 없는 그를 앉아서 기다릴 수만은 없는 노릇이었다. 제자 덕에 여행 한 번 하는 셈 치고 울진으로 갔다. 그의 집은 전형적인 농촌 가옥으로 부유하지는 못했다. 자식이 며칠째 학교에 나오지 않는다는 소식을 듣고도 별로 놀라지 않는 그의 부모님을 뵙고는 수백 리를 달려온 나를 맥없이 주저앉게 만들었다. 며칠 후 태식이가 그의 자취방에 있다는 소식을 들었다. 한편은 반갑기도 하여 자취방에 가 보았다. 친구 3명과 함께 늦은 아침을 먹고 있었다. 나의 기척을 알아차린 그는 뒷문으로 달아났다. 방에는 책상도 없이 쌀자루와 이불뿐이었다. 태식이와 나는 숨바꼭질을 했다. 뒤뜰에서 앞뜰로 이웃집으로…….

그도 지금 모범생이 되었다. 입에 거품이 나오도록 설교를 한 다음 날 그가 지각을 했던 때만큼 절망감을 느낀 일은 드물었다.

이웃 학교 학생과 패싸움을 했던 만득이, 고기를 잡으러 가방을 들고 강으로 나간 그, 찾다가 출근이 늦어 지각은 했지만 그도 서울 바람 쐬고 충실히 다니고 있다.

기차 통학을 하는 찬수, 아버지는 중풍 환자이고 어머니마저 경운기 사고로 입원 하던 날, 울면서 자퇴를 하겠다던 그, 바쁜 농사철에는 조퇴도 지각도 많았지만 이젠 충실히 다니고 있다.

아직도 가출하여 돌아오지 않는 윤철이, 그는 가난과 신병과 권태 속에서 헤매었다. 그를 찾아야겠다. 나를 찾는 근심 어린 학부형의 얼굴들이 자꾸만 떠오른다.

얼마를 달렸을까? 와이셔츠 속으로 찬바람이 들어오고 차창을 지나가는 풍경들이 눈에 익었다. 내 옆에는 안내양이 미소를 지으며 잠자는 손님들을 깨우고 있었다. 벗었던 저고리를 입는 나를 보며 목적지에 다 왔으니 내릴 준비를 하라고 했다.

잠시 잊고 있었던 조부님 생각에 허둥지둥 차에서 내렸다. 잘 가라는 안내양의 인사를 들으며, 학교에 가면 자기가 맡은 일을 즐겁고 성실하게 하는 이 행복한 안내양의 이야기를 우리 반 학생들에게 꼭 들려주어야겠다고 다짐하면서 발길을 옮겼다.

38 사랑도 명예도

　참 생각하기도, 쓰고 싶지도 않은, 다시는 떠올리고 싶지 않은 사건이다. 이제 수십 년이 지난 지금에 와서 쓴다는 것도 기억이 희미하다.

　교원노동조합! 나는 교원노동조합에 가입한 적은 없다. 교원노동조합의 전신인 평교사협의회에서 열심히 활동한 적은 있다.

　1988년 초 새로운 안동공고는 새로운 재단으로 출발하게 되었다. 새로운 재단이 처음으로 내린 명령은 교원들에게 공증 각서를 쓰라는 것이었다. 그것은 '언제든지 재단이 원하면 사표를 쓰겠다'는 내용이었다. 교원들은 분개하기 시작했다. 3회 이상 조퇴해도 안 되는 이런 학교가 어디 있느냐는 것이었다. 재단의 속셈은 다른 데 있었다. 마음에 들지 않는 교원을 갈아 보겠다는 것이 밑에 깔려 있었다. 거기다가 교감은 이미 교체했었다. 옛 재단의 교감은 평교사로 하고 평교사이던 사람을 포섭하여 교감 자리에 새로 앉힌 것이다. 교사들은 재단에 반기를 드는 한편 재단과 결탁한 교감을 몰아내고 선거로 교감을 뽑자는 것으로 발전시켰다. 재단의 비리가 나오고 평교사회 활동을 하느라 겨울 방학도 반납했다.

　그해 12월에 시작한 교사들의 분규는 다음 해 3월 말 교감을 새로 선출할 때까지 줄기차게 진행되었다. 학교 곳곳에 현수막을 붙이고 재단 퇴진을 요구했다. 학생들도 단식 투쟁에 들어간 교사들을 보자 앞장 서서 주먹을 흔들었다.

나는 이때 '임을 위한 행진곡'이나 '늙은 교사의 노래'도 알게 되었다. 임을 위한 행진곡 가사는 이러했다.

"사랑도 명예도 이름도 남김없이 한평생 나가자던 뜨거운 맹세, 세월은 흘러가도 산천은 안다. 깨어나서 외치는 끝없는 함성 앞서서 가나니 산자여 따르라, 앞서서 가나니 산자여 따르라."

늙은 교사의 노래를 부르며 교무실에서 피켓을 흔들며 외쳐도 보고 재단을 향해 항의도 했다. 안동 시내를 돌아다니기도 하고 서울의 여의도에서 머리에 띠를 두르고 외쳐도 보았다. 버스를 대절하여 노동 운동에 참여했던 사람들의 강의도 들으러 다녔다. 평소에는 한솥밥을 먹던 사람들이 새로운 재단 편과 반대편으로 나누어지고, 반목과 질시가 난무하여 배신과 동지애는 날이 새면 반복되었다. 아니, 꿈에서도 그러했다. 나는 이곳을 벗어나고 싶었다.

VI
감천고등학교

39 감천 흐리고 비

감천은 맑은 날보다 흐린 날이 많고, 흐린 날보다는 비 오는 날이 많다. 이것은 내 직장 생활과 흡사하다.

사람들은 저마다 성을 쌓으면서 산다. 감천 사람들은 흩어진 돌조각을 모아 성을 쌓는다. 그것은 1년, 그러다 2년, 그러다 3년, 안 되면 4년까지 성을 쌓는다. 학생들은 허물어지지 않는 성을 쌓는다. 교사들은 살기 위한 성을 쌓는다. 저마다 크고 작은 성을, 모두가 다른 성을 쌓으면서 산다. 남학생은 남학생대로, 여학생은 여학생대로, 남선생은 남선생대로, 여선생은 여선생대로, 젊은 교사는 젊은 대로, 늙은 교사는 늙은 대로, 교사는 주임으로, 주임은 교감으로, 교감은 교장으로, 나이 많으면 승진이 정상인데 정상이 아닌 사람은 아닌 사람 혼자서 성을 쌓는다. 그러다 쉽게 허물어지고 큰소리로 깨어 버린다. 감천의 교무실은 그렇게 산다. 늦은 부임으로 성을 쌓지 못한 사람은 그 성을 허물고 또는 허물지 못하면서 혼자 성을 쌓는다. 어쩌면 살아남기 위한 자존심을 쌓는다. 1년도 가지 못하는 모래성을 그들은 지금도 열심히 쌓고 있다.

1. 안동공고에서 공립인 감천고등학교에 가다

1년만 있다가 가야지! 운동장 모퉁이에 서 있는 낡은 스쿨버스를 보면서 헐떡이며 오른 계단 위에서 아직 녹지 않은 눈의 잔해를 보며 나는 마지막 서류인 경력 증명서를 들고 그렇게 다짐했었다.

"교지만 해 주고 가이소. 1년만이라도 채우고 가세요."

교장과 서무과장의 무게 있는 말이 잘 지켜질지 모른다는 나대로의 다짐이 굳어지고 난 후 나는 그렇게는 못 한다고 몇 번이고 되뇌며 교무실로 들어가 부임 인사를 했다. 야속한 세월은 꽃다운 30대 초반을 40대가 될 때까지 그렇게 보내며 또 기다리며 줄 당기기만 할 뿐이었다. 누구는 교감 발령을 받는다고 좋아하기도 했지만 나는 그 흔한 주임 한 자리 못 하고 만년 졸개에서 나보다 호봉이 낮은 사람이 연구주임이 될 때 연구기획이라도 주니 만족해야 했다.

왜 공립으로 갈려고 합니까? 면접 시험장에서 시험관의 물음에 "내 수업을 기다리는 아이들을 만나고 싶습니다." 그리고 그들을 사랑하며 살렵니다.

또다시 공립으로 발령을 받고 지금까지 담임하던 분은 물러나고 내가 담임이 되었는데 그들은 내 수업을 받고 싶어 하는 아이들인가? 내가 너의 담임이 된 것도 너희들이 나를 담임으로 맞이하게 된 것도 이것은 너와 나의 일이 아니고 숙명이라고 역설을 해도, 강철처럼 부러지지 말고 활처럼 휘어지라고 역설을 해도, 먼저 담임보다 얼굴에 미소를 더 지어도, 그들은 담을 더 높이만 쌓았다.

나는 또 내 수업을 받고 싶어 하는 아이들만 찾았다.

산 넘어 행복이 있다고 고개를 올랐더니 행복은 저만치 멀리 있더라고 누군가 말했지만, 내 수업을 받고 싶어 하는 아이들이 어디에 있다고, 나는 왜 그렇게 찾았을까? 정녕 그들은 어디에라도 있을 수 있고 어디에도 없을 수도 있는데 말이다.

그 어려운 세월 속에 그렇게 찾았는데 아직도 찾지 못함은 모두가 내 탓인 것을 왜 진작 몰랐을까?

2. 감천 흐리고 비

꿈에만 그리던 공립 학교 발령이 현실로 옮겨지려던 두 달 전, 나는 우연한 기회에 행운을 쥐고 말았다. 공립 학교에 근무하다가 사립으로 옮기고 7년, 그 세월은 어쩌면 17년이라 해도 무리가 아니었다. 그 당시 행운을 잡았다고 미련 없이 사표를 쓰고 사립에 갔지만 1년도 덜 되어 학교가 재정난에 허덕이다가 마침내 봉급이 밀리고 재단이 바뀌고 봉급을 받기 위해 교사들이 몰려다니고, 그러다가 교사 모임을 조직하여 학교와 대항하고, 쉬는 시간마다 삼삼오오 모여 '카드라' 방송(누가 무슨 소리를 하더라로 시작되는 이야기를 우리는 그 당시 카드라 방송이라 했다)을 하고 또 청취하고. 재단이 바뀌자 새로운 재단에서는 일차적으로 서무과 사람들을 거의 바꾸었다. 교사들은 함부로 할 수 없으니 공중 각서라는 것을 쓰라고 했다. 그것은 세 번 이상 시말서를 쓰면 이유 없이 그 직을 그만둔다는 내용인데 교사들을 쫓아내기 위한 방법이었다. 교사들은 밤을 새워 가며 회의를 거듭하여 평교사회를 조직하여 교무실에서 철야 투쟁을 했다. 그것은 밥줄이 달린 피눈물 나는 투쟁이었다. 재단 측의 항복으로 며칠 만에 끝은 났지만 그 후유증은 대단하여 주동을 가려내고 징계를 하겠다고 으름장을 놓고 또 실지로 징계 통지서가 날아왔다. 그럴 때마다 교사들은 더욱 단단히 뭉쳐 대처하고 그렇게 그렇게 하루하루를 어렵게 보냈다. 그중에서 명예욕에 불타는 출세주의들이 판을 치고 그들은 재단에 붙어 갖은 수단과 방법을 가리지 않았다. 그중 교사들에게 가장 불신을 받던 한 사람이 가장 우수한 수단과 방법을 동원했는지 어느 날 갑자기 교감이 되었다. 학교를 위해 그야말로 구교이념(求校理念), 헌신을 하기로 했는지 그날부터 교사들은 서로 구석구석에 모여 이래서는 안 된다는 소리가 높아만 갔다. 민주화의 열풍에 때맞추어 교감직 선제의 소리가 나오고 또다시 새 교감의 비리가 나오더니 철야 투쟁에 돌입하였다. 6명의 단식 투쟁자들은 교장실을 점거하고 교사들은 두 패, 세 패로 나누어지고 서로가 헐뜯었다. 교사의 소리가 재단으로 시내로 전국으로 퍼지고 교감 측 10여 명은 재단에 붙어서 다니고 이런 와중에 시장과 군수, 서장이 중재를 하여 합의 사항에 도장이 찍혔지만 그날부터 지켜지지 않는 휴지가 되어 버렸다. 합의 사항 이행의 데모는 밤을 새웠고 합의대로 교감 직선은 했지만 6개월 만에 재단 측 교감이 새로 나오고 말았다. 직원 분위기는 역전되었다. 음지는 양지가 되어 주임교사는 그들이 도맡아 하던 날, 사무분장 발표가 있었다. 봄 방학을 했다. 세월이 바뀌었음을 실감하고 있던 날, 나에게 찾아온 것은 공립 학교로 갈 수 있는 실오라기 같은 희망이었다.

우연한 기회, 아주 우연히 테니스장에서 다른 말을 하다가 공립으로 가는 공문이 왔음을 알고 나는 테니스 라켓도, 공도, 옷도 버리고 그 공문을 찾아 헤매었다. 서류를 제출하고 두 달, 나는 드디어 공립 학교로 발령을 받았다. 얼마나 탈출을 시도했던가? 밤새워서 투쟁하던 날 교지 창간호만 만들고 가라던 그해, 그러나 교지 몇 권을 만들고도 칭찬 한 마디 듣지 못하던 나날들.

감천은 두 달 전이나 지금이나 흐리고 비만 왔다. 감천에 오고 두 달이 지났건만 햇빛을 본 날은 손가락으로 꼽을 수 있을 정도이다. 지금도 감천에는 비가 온다. 남녀 공학 학반을 처음 맡고 몇 번이나 담임이 바뀐 학반에 담임이 되어, 그들의 사고방식대로 굳어져 버려 이제는 어쩔 수 없는 곳까지 가 버린 그들을 마찰 없이 고치기란(고침은 지금까지 내가 하던 방식으로 참으로 어려운 일이었다), 마음대로 집에 가던 그들을 자율 학습이란 이름으로 붙잡기란 어려웠다. 타율 학습으로 고쳐서라도 그들을 잡아 두지 않으면 안 되었다. 다른 반은 모두 공부하는데 우리 반만 집에 간다니 도저히 교장, 교감의 눈총을 피할 재주가 없었다. 그들은 비판 의식이 뛰어나고, 책임과 의무보다 권리를 주장하고, 잘못되고 빗나간 비판 의식은 걷잡을 수 없어, 끝끝내 학교는 학생들을 너무 간섭한다느니 하며 남녀 학생을 쌍쌍으로 앉혀 달라고 요구했다. 전번 담임으로 알게 모르게 바꾸어 달라고 요구하며, 나로 하여금 공립 학교에 온 것을 후회하도록 만들었다. 내가 좋아 마치 파라다이스를 찾듯이 찾아온 곳이지만 산 넘어 산이었다. 하나도 풀리는 것이라고는 없었다.

직원들은 나보다 나이가 젊고, 그러면서 먼저 왔다는 그것 하나로, 사무분장 때 있었다는 것 때문에 주임을 하고, 사무를 맡고 두 달 늦게 온 죄로 사무분장도 주인 없는 사무를 맡고…….

정말 감천은 흐리고 비가 오기를 언제까지 반복해야 할지, 아니 내 인생의 흐림과 비는 언제까지 반복해야 할지 모를 일이다. 감천 흐리고 비, 지금도 비가 내린다.

3. 공립 고등학교에 부임하던 날

안동에서 예천까지는 백 리가 넘는다. 사립 학교에서 공립 학교로 어렵게 특별 채용이 된 나는 그동안 여러 번 부임을 했던 경험을 살려 되도록 시간 여유를 갖기 위해, 며칠 전에 발령장을 받았지만 2일이나 지나서 오후에 임지로 출발했다.

잘 포장된 아스팔트길을 가면서 나는 새로운 감회에 젖어 있었다. 사립 고등학교 7년 세월을 돌이켜 보기도 하고 공립으로 가기 위해 애쓰던 지난 2개월도, 그리고 무엇보다 남녀 공학인 고등학교에 대한 내 기대는 이루 형언할 수 없었다. 사립 학교 재단과 학생과 동료들보다 더 나은 곳이 공립 학교라 판단한 나는 특별 채용 때, 면접시험에서 '나를 기다리는 학생, 나를 필요로 하는 학생을 만나기 위해'라고 자신 있게 말했었다.

5월이라지만 날씨는 너무 더웠다. 남자 학교에 근무하다 보니, 아니 내 성격으로 옷에 신경을 별로 안 쓰다 보니 부임한다고 해도 별다른 옷이 있을 리가 없어 추동복인 검은색 신사복에 2천 원짜리 넥타이를 맸다. 오늘따라 옷에 신경이 쓰임은 새로운 환경에서 새로운 사람들을 만나게 된다는 것 때문이다. 교정은 길보다 훨씬 높은 곳에 위치하여 덩그렇게 높이 보였다. 2층 건물 두 동과 부속 건물이 있었는데 보통 교무실은 앞 건물에 있었기 때문에 교무실을 바로 찾기는 쉬운 일이었다.

앞 건물을 돌아가다가 보니 화단에 어떤 사람 두 명이 서 있었는데 단번에 교장 선생님과 청부임을 알 수 있었다. 그런 것들은 내 17년의 세월 때문이었다.

교장 선생님은 새로 부임하는 선생님이 남자라서 다행이라며 교장실로 안내를 했다. 인사기록카드를 보며 몇 가지 묻더니 교무실로 가자고 했다. 교무실에는 비상 직원회가 준비되어 있었고 나는 정중히 부임 인사를 했다. 잠시 후 학교 이곳저곳을 구경시켜 주었는데, 교장 선생님의 반짝거리는 대머리를 보면서 높으신 나이에 계단을 오르내리며 설명을 해 주는 것이 고맙다는 생각뿐이었다.

정년퇴직이 내년이라는데 숨을 헐떡이며 보잘것없는 나를 위해 걷는 모습을 보니 내 미래를 보는 것 같았다.

4. 담임 발표

보통 인사 발령은 정기 이동이 3월 1일과 9월 1일인데 교사들은 타도를 제외하면 3월 1일이었다. 그런데 나는 사립에서 공립으로 특별 채용이 되다 보니 5월 1일자로 발령을 받았다.

내가 부임하고 2일간은 시험 기간이라 몇 개 반, 그것도 고등학교와 중학교를 합해서 시험 감독만 했지 학생들에게 정식 인사도 없었고 수업도 하지 못했다. 그런데 오늘은 직원 조회가 열렸는데 갑자기 학교장이 일어서더니 교내 인사를 단행하겠다고 했다. 고등학교 2학년 2반은 그동안 정담임께서 병휴직하시고 임시로 부담임께서 정담임 역할을 했는데 오늘 정담임 발표를 하겠다면서 내 이름을 불렀다. 직원들은 모두들 조용했고 나도 갑자기 당한 일이라 좋아해야 할지 싫어해야 할지 학교의 사정을 잘 몰라 어리둥절했다. 왜 부담임인 하 선생은 정담임이 될 수 없는 것인지 두 달이나 늦게 온 나를 정담임을 시켜야 하는지가 매우 궁금했다. 그러나 그것은 곧 알 수가 있었다.

　나보다 나이 어린 교무주임이 나를 데리고 2학년 2반 교실로 갔다. 교실은 2층 마지막 교실이라 교무실에서 가장 멀리 있었다. 복도를 지나가면서 나는 생각에 잠겼다. 아이들에게 무슨 말을 할까? 남녀 공학인 반은 처음인데 여학생들은 어떻게 대해야 하는가? 마흔이 넘기까지 수많은 아이들을 가르쳐 왔어도 떨리기는 마찬가지였다. 인문계 학교라 공업 고등학교보다 학생들도 더 영리할 것이다. 그럼 나는 어떻게 해야 하나. 내 외모와 첫인상을 그들은 어떻게 볼까? 갑자기 추동복의 거무칙칙한 양복이 초라해 보였으며 검은 얼굴이 원망스러워졌다. 그러나 어쩌겠는가? 교실 문 앞까지 왔는데 교실에 들어서면서 나는 고개를 숙여 버렸다. 아이들을 바로 볼 수 있는 자신감을 잠시 잃어버렸다. 나이 어린 교무주임이 이름을 소개하며 칠판에 썼는데 그저 '건방지게 노는구나! 교감은 무얼 하는 사람인가?' 하다가 학생들을 둘러보니 환영의 눈빛은 찾을 수 없었다. 교무주임이 교실 밖으로 나가자 나는 교탁 앞에 섰다. 무슨 말을 했는지 기억에 없지만 반기지 않는 아이들의 얼굴에서 무엇인가 잘못되어도 크게 잘못되었음을 감각으로 느낄 수 있었다. 유난히 검은 얼굴의 남학생 한 명이 눈에 띄었는데, 그는 단번에 보아도 소위 농띠임을 직감할 수 있었다. 내 말 사이에 공교롭게도 그놈이 끼어들자 나도 모르게 "이 짜식!" 하고 거친 말이 튀어나왔다. 여학생들의 안색이 변하는 것과 남학생들의 놀라는 눈동자를 볼 수 있었다. 내 얼굴에는 땀이 흐르고 있었다. 공업 고등학교에서 오래 근무하다 보니, 거친 아이들만 대하다 보니 그렇다고 변명을 하기는 했으나 어쩐지 교실 분위기가 이상했다. 도저히 학생들이 손에 들어오지 않을 것만 같았다. 반장을 불러 잠시 이야기했으나 그도 입을 잘 열지 않았다. 오후가 되어 자율 학습 시간이 되자 나는 쪽지를 돌렸다. 소위 소원 수리라는 것이었다. 학급에서 미운 친구, 고운 친구, 학교에 건의 사항, 학급이 잘되려면 등을 항목으로 하고는 마지막으로 담임에게 하고 싶은 말을 쓰라고 했다. 내가 알고 싶은 것은 마지막 항목이었다.

교무실에서 읽어 보니 3월에 정담임이 허리 디스크로 병휴직하자 총각 선생님이 4월부터 부담임을 했는데, 그는 아주 민주적이어서 아이들이 하자는 대로 했으며 인기가 좋았다. 그런데 5월에 담임이 또 바뀌었다는 것이다. 그것도 마흔이 넘은 데다 얼굴이 험악한 사람으로 바뀌었으니 아이들의 마음이 어떠했겠는가?

교장, 교감은 총각교사에게 담임을 맡기니 뭐 하나 되는 것이 없었다고 한다. 학교에서 요구하는 자율 학습이 되나, 학급에 일이 추진되나, 등록금과 보충 수업비가 거둬지나, 이래저래 고민했는데 경력이 있는 내가 부임하니 얼씨구나 하고 아이들은 생각하지 않고 학교 경영만 내세워 담임을 바꾸어 버렸던 것이었다. 이제 내가 할 일은 그들의 상처를 만져 주고 그들이 꺾어지지 않고 휘어져서 내게로 향하게 하는 것이 급선무였다.

5. 감천의 졸업식

어제 예행연습은 실전과 같았다.

2교시 후 예행연습하고 청소를 했다. 내일은 졸업식이 있기 때문이다. 교무실에서는 교무과장(지금은 교무부장이다) 등이 준비하는 것을 봐야 되는데 그렇지 않았다. 할 것이 없었기 때문이었다. 상품 포장도 하지 않은 채 그냥 두려는 모양이다. 비가 올까 염려하면서 퇴근을 했다. 눈이 오면 그래도 좋은데 비가 오면 정말 큰일이다. 강당이 없기 때문이다. 방송 졸업식을 제의했으나 비만 오지 않으면 그만인데…….

드디어 졸업식 날이다. 정상 등교의 명령이 학생까지 스며들었는지 모두 일찍 등교했다. 재학생들은 졸업생이 앉을 수 있는 의자를 들고 운동장으로 나가고 젊은 선생들은 괜히 들떠서 여기저기 돌아다니고 있었다. 10시에 졸업식이라 했는데 9시 전에 재학생들은 운동장에서 떨고 있었다. 웅성웅성 소리 지르고 서성거리는 아이들로 보아 정말 학교의 규율은 지켜지지 않는 것이 아니라 차라리 없다는 것이 낫다. 이것은 무엇을 의미하는가? 젊은 선생, 초임자, 그리고 나이 많은 선생들이 아이들을 위하는 사랑과 나태, 무사안일의 결과일 뿐이었다. 이 결과는 졸업생 입장이라는 순서에서 더욱 명확해졌다.

10시가 가까워지자 내빈들이 자리를 하고 식이 시작되어야 하는데 나타나야 할 졸업생은 한 명도 보이지 않았다. 마이크로 부르고 담임이 웃으며 돌아다니기를 수십 분 후 중학교 졸업생만 입장하고 재학생들은 나이롱박수(?)로 맞이했다. 그래도 고등학교 졸업생은 나타나지 않았다. 능글맞은 담임은 웃고만 있었다. 기다리기를 몇 분, 드디어 등장했다. 남학생들은 술집 웨이터로, 여학생들은 기생으로 정말 가장행렬이었다. 한복, 양장, 화장, 귀걸이, 구두……. 이런 졸업식, 이런 규율, 정말 본 일이 있는가?

40 아이구! 선생님요

고등학교로 발령받아 부임을 하고 보니, 중·고등학교가 병설되어 있었다. 마침 중학교 국어과에 결원이 생겨 중학교 1학년 수업도 몇 시간 맡게 되었는데 중학교 수업은 처음이다. 거기다가 1학년 여학생 반이니 고등학교 학생들만 상대하던 나로서는 부담이 되지 않을 수 없었다.

6교시 수업 시간인데 교실에 들어가니 어느 때보다 조용히 수업 준비를 하고 과제물을 책상 위에 올려놓고 초롱초롱한 눈망울로 앉아 있었다. 너무나 앙증스럽고 귀여운 모습들이었다. 한참을 설명하는데 모범생인 미자가 손바닥에 무엇인가 열심히 쓰더니 옆에 있는 학생에게 보여 주고 있었다. 둘은 고개를 숙이며 킥킥 웃었다. 전체 수업을 흐릴 정도는 아니었으나 눈에 거슬려 설명을 멈추고 그 학생 곁으로 다가갔다.

내가 다가가는 줄도 모르고 웃고 있다가 나를 보자 놀라는 몸짓을 하는가 싶더니 내 얼굴에 무서움이 없자 다시 태연해졌다. 나는 손을 펴 보라고 했다. 그러나 좀처럼 손을 펴지 않았다. 처음부터 주의를 주고자 한다기보다 장난기로 다가간 내가 잘못이었는지 손을 주머니에 넣고 내놓지 않았다. 나는 조금 엄한 얼굴을 하고는 지금 손을 내놓지 않으면 교무실로 가야겠다고 으름장을 놓았다.

그러자 미자는,

"선생님! 진짜이껴!"

하면서 내 진의를 파악하디니 아닐 것 같은 판단을 했는지 내놓으려던 손을 도로 감추고 말았다. 그러나 나는 손바닥의 글씨를 보고 싶었다. 이미 수업 분위기는 흐려졌고 그 아이하고는 농담이 되어 버린 상황이었다. 어쩔 수 없었다. 나는 순간적으로 윗도리 주머니에 들어간 미자의 손을 꺼내어 펴기 시작했다. 그 아이는 장난이라고 생각했는지 결사적으로 안 펴려고 했다.

마침 손을 펴서 손바닥의 글씨를 읽으려 하는데 그 옆의 아이가 정색을 하며,

"선생님요! 남자가 왜 여자 손을 만져요!"

하는 바람에 얼떨결에 나는 손을 놓고 말았다. 그러자 미자는 손바닥에 침을 뱉어 글씨를 지우고 말았다.

아무래도 그대로 교탁 앞으로 돌아올 수가 없었다. 그렇다고 그 아이를 새삼스럽게 나무랄 수는 없는 일, 그대로 서 있다가 학생의 책상 위에 놓여 있는 휴대용 휴지를 발견하게 되었다.

책상 위에 놓인 휴지는 휴대용이라고는 하지만 그 아이보다는 크다 싶을 정도로 컸다.

아무 생각 없이 휴지 한 가닥을 들고 잡아당겨 보았다. 그런데 휴지는 줄줄이 딸려 나왔다. 서너 장 나올 때까지 나는 멈추지 못하다가 여러 장이 나오고야 멈추었다.

손바닥의 글씨를 지우고 있던 미자는 휴지를 빼는 줄 모르고 있다가 휴지가 많이 빠져 책상이 온통 덮여지자 나를 쳐다보며 멀뚱멀뚱 눈망울만 굴렸다.

손바닥 글씨를 못 보여 준 죄라고 생각했는지, 아니면 아직도 선생님이 자기를 놀리고 있는지, 아니면 진짜 꾸중을 하려는 전초전이라 생각했는지, 그렇게 내 눈치만 보고 있었다. 그러자 미안해진 나는 눈가에 웃음을 맺고 말았는데 그때를 놓칠세라 미자는 응석을 부리듯,

"선생님 물어내요! 물어내요!"

하며 상체를 흔들어 대었다. 나는 적당한 장난말을 하고는 교탁 앞으로 가고 싶었는데 도무지 적당한 말이 떠오르지 않았다. 그러다가 불쑥,

"미자야! 선생님은 미자를 무척 좋아한단다."

라고 말해 버렸다.

중학교 1학년이고 해서 내 말에 만족하여 웃어 버릴 것을 예측했는데 미자의 반응은 의외였다. 아주 낭패를 당한 사람의 표정으로,

"아이구! 선생님요. 나는 김기성 선생님이 있어요."

하고는 순이 쪽으로 고개를 돌렸다. 그러자 아이들은 까르륵 웃기 시작했다.

한참을 웃던 아이 중 하나가,

"선생님요, 미자는 수학 선생님을 억시기 좋아하고요. 순이는 선생님을 좋아해요."

나는 교탁 앞으로 오면서 중얼거렸다.

"그것도 모르고, 미자야! 순이야! 미안하다."

41 바라가 보고 싶어요

　난로 주위로 몇 명의 선생님들이 언 손을 녹이며 잡담을 하고 있었다. 평소 명랑하던 장 선생님이 창 쪽에서 먼 하늘을 바라보며 어쩌면 울고 있는 것 같기도 했다. 무슨 일일까? 잠시 후, 한 학생이 장 선생님 옆으로 가더니 무슨 말인가 몇 마디 하고 곧 사라졌다. 장 선생님도 자기 자리로 가더니 손수건으로 눈물을 찍어 내고 있었다.

　분명 저놈들이 또 무슨 말썽을 피웠구나!

　초임 교사의 첫 담임은 누구나 그러하듯이 무조건적인 사랑을 학생들에게 베풀고 그것이 바람직한 교사상이라 자부하면서 선배 교사의 교육 방법을 비웃기도 한다. 나도 초임 교사 시절 그런 경험이 있었다. 나쁜 행동은 꾸짖어 주고 좋은 행동은 칭찬할 줄 아는 깊은 사랑을 실천하기는 많은 경험이 아니면 어려운가 보다. 장 선생님도 사랑하는 마음으로 열의만 앞서는, 아직은 초임자의 티를 벗어나지 못한 여선생님이다.

　교실에 들어가다 복도에서 장 선생님과 이야기하던 학생을 만나 지나가는 말로 물었더니 순자의 가출 때문이라고 했다. 순자와 영자가 영주 방면의 첫차를 타는 것을 보았다는 것이다. 우리 학교에서는 보기 드문 일이었다.

어떻게 하나? 산골 고등학교 1학년 여학생! 납치라도 된다면…….

학가산 정상이 바라보이는 고산 지대인 이곳, 10킬로미터 떨어진 예천에는 맑은 날 인데 이곳은 눈이 오고 또 비가 오는 곳이기도 하다. 앞을 봐도 뒤를 봐도 모두 산뿐, 하늘만 보이는 곳, 포장도로의 긴 터널이 유일한 탈출구이며 선망의 길이며 희망의 길인 이곳, 나는 이곳에 1년 전에 부임했었다.

수업을 마치고 나오니 교감 선생님의 다급한 목소리가 뒤에서 들려왔다.

"학생과장! 책 놓고 빨리 이리 와 보소!"

교감 선생님의 톤이 굵은 목소리는 어려운 일을 부탁할 때만 급해진다. 교감 선생님은 나를 보더니 심각한 얼굴을 하면서 "장 선생님!" 하고 손짓을 하며 장 선생님도 불렀다. 그리고 나에게 무엇인가 어려운 부탁을 하려고 했을 때 나는 내 책임은 다하고 있노라 하는 것을 뽐내듯이,

"아! 순자, 영자 가출 때문에요!"

교감 선생님은 큰 눈을 부릅뜨며, "벌써 알고 있었구나! 그래서 말인데 그놈들을 울진 지서에서 붙잡았다는데, 순자는 오빠 집에서 학교 다니는데 집에 아무도 없고, 영자는 병중인 할아버지와 늙으신 어머니뿐이어서 학생과장이 부득이 가야겠다"고 했다. 나는 너무 먼 거리라 언뜻 대답이 나오지 않았지만 가야겠다는 책임감 때문에, "나 혼자요?" 했더니 담임과 같이 가라고 했다. 가출 학생과 비행 학생을 많이 보았지만 그리고 많이 지도했지만 이렇게 수백 리 길을 가야 하는 일은 드물었다. 대개 부형이 찾으러 갔다. 젊은 여선생님과 차를 같이 타고 간다는 들뜬 기분은 잠시뿐 오늘 중으

로 다녀올 수 있을까 하는 걱정 때문에, 그리고 무사해야 할 텐데 하는 두려움 때문에, 핸들을 잡은 손이 떨려 왔다(자동차도 귀했으며 도로도 비포장이 많았다). 영주, 봉화, 현동, 노루재, 회고개재, 꼬치비재 그리고 불영계곡을 지나니 저 멀리서 울진이 뿌옇게 보였다.

그래! 제자 덕에 바다나 보고 가자, 이 얼마나 좋은 기회냐? 아침엔 생각지도 못했던 일, 단지 몇 시간 후에 이렇게 먼 곳에 오게 되다니, 정말 한 치 앞을 못 보는 인간사가 허무하기도 했다.

장 선생님은 아침에 순자의 가출 소식을 듣고 학생이 가는 길목마다 전화를 했는데 마침 울진에서 잡혔다니 다행이라며 안도의 한숨을 쉬었다. 나는 또 "지들이 가면 어디 간다꼬, 어디 간들 안 잡히고 배기나" 하며 호기를 부리기도 했다.

울진지서 보호실에 있는 순자와 영자는 나를 보더니 씩 웃었다. 나도 어안이 벙벙하여 씩 웃으며 "야! 인마들아! 여기서 붙잡힐 것들이 뭐할라꼬 왔노!"라고 했더니 순자는, "선생님요. 우리는 가출이 아니고 바다가 보고 싶어서 왔어요"라고 울먹이며 항변했다.

순자와 영자는 돈이라고는 차비뿐이었다. 가출이 아니고 바다가 보고 싶었다는 그들의 마음을 이해는 하지만 당장 꾸중이라도 하고 싶었다. 그러나 지치고 겁먹은 그들의 모습을 보니 불쌍한 마음이 앞섰다. 다람쥐 쳇바퀴 같은 일과들, 집에는 대화의 상대도 없이 농사일 집안일 다 거들어야 하고 학교는 학교대로 공부만 해야 하는 하루의 연속, 사춘기 소녀의 마음은 바다가 보고 싶기도 했으리라 더군다나 고산 지대라 시냇물도 없이 지하수에만 의존하여 사는 이곳 사람들, 이곳 아이들은 바다가 얼마나 그리웠을까?

지서에서 인계 인수증을 쓰고 밖으로 나오며 "그래! 바다가 보고 싶으면 바다를 보고 가야지! 장 선생! 우리 야들 바다 구경이나 시키고 갑시다."

42 스승의 날에

1. 내가 겪은 스승의 날

스승의 날이 있다는 것을 안 것은 내가 고등학교를 졸업하던 해 오월이었다. 상업고등학교를 졸업한 나는 모 금융 기관에 취직이 되어 2개월 정도 다니다가 사표를 쓰고 고향으로 내려와 버렸다. 그 것은 대학생이 부러웠고 나도 대학교라는 곳을 가야겠다는 생각 때 문이었다.

시골에 내려온 나는 대학 진학 준비를 하기 위해 밤이면 귀신이 나온다는 문중의 빈 제삿집을 빌려 들어갔다.

제삿집에 들어간 지 십여 일 후 고향의 고등공민학교(중학교 과 정)에서 강의를 맡아 달라는 부탁이 와서 한두 시간은 좋겠다 싶어 출근을 했는데 그다음 날이 바로 스승의 날이었다.

등교하자마자 학생들은 준비에 부산했다. 선생님과 같이 좌담회 를 할 수 있는 장소를 만들었고 운동 경기도 준비했는데, 지금 기 억하니 한두 시간 수업을 마치고 운동장에서 선생님과 학생들이 편을 나누어 배구를 했다. 학생들의 나이는 남녀 할 것 없이 모두 많은 편이어서 나보다 나이가 많은 학생들이 한 반에 10여 명은 되 었다. 그래서 배구를 해도 선생님들보다 무척 잘했다.

배구 대회를 마치고 여학생들이 준비한 좌담회장으로 갔는데 큰 교실에 스승과 제자가 바라볼 수 있도록 좌석을 배치했으며 음식도 무척 많이 준비했었다. 가슴에 꽃을 달아 주며 노래도 시켰는데, 내가 제일 먼저 지명이 되어 선배 선생님께 미안하기도 하여 얼굴이 붉어져 사양을 했다. 나중에는 선생님들까지 권하는 바람에 한 곡 한 것 같은데 무슨 곡을 불렀는지 기억에 없다.

아마도 내 나이가 가장 어리니까 저희들에게는 친구 같은 선생이었는지 모른다. 그렇다고 예의에 벗어난 행동을 하는 학생들은 볼 수 없었다. 그저 여학생들은 나와 같이 있고 싶어 하며, 웃어 주었다는 기억밖에 없다. 그 후, 그때 그 여학생 가운데 한 사람은 나와 같이 한 학교에서 교직 생활을 한 여선생도 있었는데, 나보다 나이가 많아서인지 제자라는 것을 서로 숨겼다.

고등학교를 졸업하고 다 큰 학생들을 가르치기가 민망하기는 했으나 재미는 있었다. 그러나 내가 가야 할 길은 대학이었고 공부가 당장 급하여 그만둘 수밖에 없었다. 나는 그곳의 몇 개월 강의가 내 인생을 좌우하는 길이 될 줄은 몰랐다. 나는 결국 교사가 되었고 이십여 년이 지난 지금 그때의 학생들이 자꾸만 뇌리를 스쳐 간다. 그리고 스승의 날도.

2. 스승의 날 유감

그동안 스승의 날은 없어졌다가 새로 부활되었는데, 부활되고 십여 년 동안 스승의 날을 겪었지만 금년 같은 스승의 날을 대하고 보니 세월의 흐름은 스승의 날 행사까지 변하게 하여 서글픈 생각이 든다.

학교에 출근을 했다.

스승의 날이라고 하여 별도의 시간 운영을 할 수가 없었다. 어제 퇴근 시까지 아무런 계획도 발표되지 않아 평상시처럼 출근을 했다.

아침에 기념식을 한다고 했다. 준비를 하느라 학생들이 우르르 운동장으로 몰려 나가는 시각, 교사들은 지루한 직원회를 했다. 그리고 교련 선생님은 줄을 세우느라 목청을 높여 구령을 부르고 있었다.

운동장 조회가 시작되자 학생 대표가 사회를 했고, 반장들이 나오더니 자기에게 맡겨진 선생님께 의무적으로 꽃을 달아 주는 것이 보통 때와 달랐다. 조회는 그렇게 끝나 버렸다. 그런데 그다음이 문제였다.

1교시 시작종이 울렸는데 여선생님들은 일어날 생각을 하지 않았다. 수업에 왜 안 들어가느냐고 했더니

"교무과장님! 무서워요! 오늘 교실에 가면 죽어요! 나는 안 들어가요!"

하는 것이 아닌가?

정말 이상한 일도 다 있다. 선생님이 수업에 안 들어가겠다니 이해가 되지 않았다. 그러나 그들도 한참을 버티다가 교실로 들어갔으나 어떤 선생님은 학생이 모시러 왔다.

"선생님! 교실로 가요! 우리 안 그럴게요."

"진짜 안 그러지? 그러면 너희들을 믿는다."

학생과 사이좋게 교실로 들어가는가 하면 끝까지 버티다가 큼지

막한 막대기를 찾아 들고 들어가는 사람도 있었다.

교실에서는 노래가 울려 퍼지고 박수가 터지더니 1교시 수업이 끝났다. 교무실로 들어오시는 선생님들, 특히 여선생님들의 모습은 정말 가관이었다. 겁에 질린 얼굴, 물을 뒤집어쓴 사람, 밀가루를 뒤집어쓴 사람…….

그날 교실은 계란과 폭죽, 콩알탄, 밀가루, 물풍선, 번개탄, 애국가 사절까지 부르기 등으로 온종일 시끄러웠는데 수업은 정규 시간표대로 진행되고 있었다.

교실 풍경도 여러 가지였는데 교실에 선생님이 들어가면 출입문에서 물풍선과 밀가루가 뿌려지고 폭죽이 터지고 박수가 터졌다. 칠판에 써진 식순은 국민의례, 스승의 날 노래, 학생의 노래, 전체 오락, 선생님 노래 그리고…….

밀가루를 뒤집어씌우려고 따라가는 학생과 달아나는 선생님의 모습과 출입구를 아예 막아서서 교사에게 물을 뿌리고 밀가루를 던지는 등의 일이 교실에서 행해지고 있었다.

이날은 정말! 오호 통재라! 학생의 말대로 선생 골탕 먹이는 날! 그동안 스트레스를 푸는 날! 어떻게 해서든지 수업 안 하는 날로 변질되어 버린 스승의 날이 되어 버렸다. 비록 전국의 학교가 다 그런 것은 아니겠지만 적어도 내가 근무하는 학교에서 이루어진 일이며 내가 알지 못하는 이보다 더한 고문(?)도 있었으리라 추측을 해 본다.

어느 학교는 체육 대회도 하고 토론회도 한다지만 수업 일수에 들어가는 것이 스승의 날인 것을 어떻게 하겠는가?

어떤 학생은 이렇게 말했다. "대부분의 선생님들께서는 싫어하셨다. 그러나 우리는 기분이 좋았다. '그동안 공부 못한다고 야단만 듣고 살았는데 쌓인 스트레스를 모두 풀어 버리자, 학급비를 더 거두어 밀가루와 폭죽을 더 사자!'라고 했다."

　민주화된 이 좋은 세상에 살면서 학생들도 스트레스가 쌓였으리라. 그러나 스승의 날이 스트레스 푸는 날, 선생님 괴롭히는 날이 되어서는 곤란하지 않는가? 이것은 모두 물질 만능의 세태가 만들어 낸 결과로 보고 싶은 것은 나만의 심정일까?

43 정년퇴직을 보며

　정년(停年)이란 말을 국어사전에 찾아보면 '일정한 나이에 이르면 퇴직하도록 정해진 바로 그 나이'라고 되어 있다. '정년제(停年制)는 그런 제도를 말한다'라고 했다. 나이는 누구나 속일 수 없다고 하는데 세월이 가면 나이도 불어나서 정년을 하지 않을 수 없게 되는 것이 자연의 섭리인 것이다. 수십 년 동안 직장 생활을 하면서 많은 직장 동료들의 정년퇴직을 보아 왔다.

　ㅊ교장 선생님은 2년간 함께 근무하면서 직원들의 어려운 일을 찾아가면서 보살펴 주었다. 좋은 학교로 가려는 욕심도 없었다. 돈에도 별로 관심이 없는 분이어서 학교 시설도 어느 학교보다 훌륭하게 만들었다. 착한 일을 한 아이들은 조회대에서 시상을 하고 난 뒤 머리를 쓰다듬어 칭찬을 해 주었다. 그분이 정년퇴임을 할 때는 많은 학부형과 제자들, 옛날의 제자들이 전국 각처에서 모여들어 인산인해를 이루었다.

　ㅇ교장 선생님은 별명이 '백바꾸'로, 시간만 있으면 교내를 순시하여 교사와 학생들에게 불편한 점을 찾아 고치는 데 정력을 쏟은 분이었다. 퇴직한다는 것이 생소하다며 퇴직한다는 사실을 믿으려 하지 않았다. 큰 도시에서 근무하다가 정년 2년을 남겨 놓고 초임지인 시골에 찾아와 정년을 했는데 시작이 여기였으니 정년도 여

기가 되는 것이 이치가 아닌가 하고 직원들의 궁금증을 한 마디로 일축해 버렸다.

ㅈ교감 선생님은 교감으로 정년을 하신 분인네 많은 남매의 맏이로 태어나 늙으신 부모님을 정년 2년을 남겨 놓을 때까지 모신 효자였다. 그분은 부모님이 더 장수하지 못했음을 시간이 있을 때마다 한탄했다. 고령의 부모님을 고향에 두고 타지로 갈 수 없다는 것이 그분의 지론이었다. 그래서 남들은 승진을 위해 갖은 수단과 방법을 동원할 때도 그분은 그런 욕심이 없었다. 아무리 어려운 일이 있어도 그저 인내하는 것이 몸에 배인 분이었다. 직원들이 작은 이해관계로 다툴 때도 서로 손해 보며 사는 것이 좋더라고 본인의 경험담을 담담하게 이야기하는 분이었다.

ㄱ교장 선생님은 삼십대에 교감이 되었으며 사십대에 벌써 교장이 된 분으로 그의 인사기록카드는 간지를 붙여도 넘쳤다. 훈장을 비롯한 각가지의 표창과 장학사, 교육장, 원장, 교장 등 교사가 하고 싶은 것은 다 한 분이었다. 그러면서도 정작 학생들을 위하는 일은 아무것도 모르는 분이다. 교내를 순시하는 것을 한 번도 본 일이 없으며 학생들의 활동에도 관심이 없었다. 학생들이 어디에서 상이라도 타 오면 대외적으로 선전하기를 좋아했다. 돈도 너무 좋아한다는 그는 서무과장과 의견이 맞지 않아 돈 때문에 싸우는 일이 많았다. 출장은 왜 그렇게 많은지 일주일에 한두 번 정도 얼굴 보기가 힘들 정도였다. 그런 그분도 정년은 어쩔 수 없었던지 퇴임식을 거창하게 했는데 모인 분들은 한 마디씩 했다. "승진 점수와 돈 때문에 어떻게 정년을 하느냐?"

정년퇴임을 하신 분들을 길에서 우연히 만날 때도 있지만 어떤 분은 찾아가 뵙기도 했는데 모두가 한바탕 꿈이었는지 재직 당시 잘했다는 일보다 못했던 일을 더 많이 이야기했다.

사람이 태어나서 학교에 다니고 결혼하고 남자인 경우, 군대 다녀오고 그리고 직장을 구하면 아무래도 삼십대 초반이 될 수밖에 없는데 이때부터 정년까지 길어야 삼십 년 남짓이다. 인생을 칠십으로 보면 삼십 년은 인생의 절반도 안 된다. 이 절반에서 시작할 때 5년과 끝날 때 5년을 제하면 겨우 20년이다. 우리는 이 기간 동안이 인생의 황금기임을 알 수 있다. 왜냐하면 가장 많은 일을 하기 때문이다. 그런데 이 기간을 보람 있게 보내지 못한다면 한평생 후회할 일도 이 기간에 생긴다는 것을 알아야겠다. 이것은 결국 20년 앞을 보지 못하고 눈앞에 이득만 생각하기 때문이 아닐까?

세상일은 시작이 있으면 끝이 있어야 하는데 우리는 끝을 잊어버리고 살기 때문이 아닐까? 때로는 끝도 생각하면서 사는 지혜가 필요한데 말이다. 직장에 들어가면 정년이 있듯이 세상에 태어나면 흙으로 돌아가야 한다는 평범한 진리를 한 번쯤은 생각하면서 사는 지혜가 필요하다는 것을 정년퇴임을 보며 느끼는 것은 무슨 까닭일까?

VII
와룡중학교

44 이어폰 때문에

바람이 제법 부는 날이다. 나뭇잎이 붉게 물드는가 싶더니 벌써 난로가 교무실 가운데를 차지했다. 장학 지도 때도 수업 연구만은 안 하겠다고 야단법석을 피우던 여선생 한 사람이 느닷없이 수업 연구를 하겠다고 지도안을 돌렸다. 그것도 오늘 2교시에 하겠다니 모든 일은 신명이 나야 되나 보다.

음악 수업 참관은 정말 오랜만이다. 마침 2교시에 수업이 없는 나는 난롯가에 모여 있는 선생님들을 동요했다.

"2교시 수업이 없는 분은 아무리 바쁘더라도 수업하시는 분에게 성의를 보입시다."

권유 같지만 그 속에 '바쁘더라도'라는 강제성이 들어가 있었다. 몇 명 되지 않는 교사들, 그 가운데 수업 들어간 4명을 빼면 교장, 교감 합하여 9명밖에 안 된다.

음의 길이에 맞추어 계명창을 하는 여교사의 고운 목소리가 교실 가득하고 쥐 죽은 듯 주눅이 든 아이들의 뒷모습이 자꾸만 불쌍하다는 생각이 들었다. 교장, 교감은 수업도 없으면서 참관하지 않는 교사들을 세어 보느라 머리를 열심히 굴리며 족제비눈을 하고 있었다. 한참 후 여기 참석하지 않은 교사가 다섯 명이야 하며 교감이 벌떡 일어났다. 반사적으로 내가 일어나자 그는 완력으로 나를 뿌리치며 교실 문을 나가 버렸다. 다혈질인 교감이 교무실에 가서 무슨 법석을 떨지 뻔한 일이었다.

한참 후 교실 문이 열리면서 교감이 들어왔다.

그는 내 옆에 앉으면서 의미심장한 미소를 지었다. 귓속말로 하고 싶었는지 내 귀 가까이 입을 대더니 큰 소리로 지껄였다.

"글쎄 몇 번을 불러도 대답을 하지 않아 옆에 가서 어깨를 치니까 그제야 앨범 때문에 바쁘단다. 앨범이 그렇게 바쁜 일도 아닌데 허참."

수업 연구는 이제 도입이 끝나고 전개로 가고 있었다. 전체가 계명창을 하더니 지명을 하여 시키고 있었다. 여선생은 여유를 보이느라 가끔씩 의미 없는 미소를 짓고 있었다. 그 어색한 미소가 나를 슬프게 했다. 어색한 몸짓까지 나오자 내 시선을 창밖으로 돌리게 만들었다. 그것은 슬프게 함과 동시에 내 시선을 어디다 두어야 할지 모르게 하는 민망함, 바로 그것이었다. 이럴 때 민망함이라는 말 외에는 생각나지 않았다. 그것보다 더 적절한 표현이 있었으면 좋겠다. 낭떠러지 위에서 가물거리는 바닥을 볼 때 항문이 근질거리는 그런 느낌이라면 조금은 가까운 것 같다. 지도 교사의 자연스럽지 못한 음성의 높낮이와 몸짓들이 살아가는 고비임을 역설적으로 말해 주고 있는 듯했다.

수업을 마치고 교무실로 오니 교감은 또 했던 말을 되풀이했다.

"권 선생이 참 이상하지?" 불그레한 그의 얼굴은 혈압이 상승되고 있다는 것을 알 수 있게 했다. 그러다가 혈압이 오르면 아무런 상관도 없는 말을 마구 지껄인다. 한 입이 모자라 마구 지껄이는 그를 진정시키고 권 선생의 오해를 푸는 방법을 찾느라 교감의 말은 건성으로 들으며 생각에 잠기었다. 그러다가 그 방법을 찾고야 말았다.

"교감 선생님! 권 선생이 부를 때 귀에 무엇이 꽂혀 있었던 것은 아니었습니까?"

교감은 무슨 말인지 한참 생각하더니 고개만 갸우뚱했다. 나는 아마 권 선생이 귀에 이어폰을 꽂고 있었을 겁니다. 평소에 자주 끼고 있는 것을 본 일이 있었거든요. 그제야 교감은 "아하, 그런 것 같애. 그러면 그렇지! 내가 부르는데 못 들은 척할 사람이 아닌데 말이다."

권 선생의 오해도, 교감의 혈압도 동시에 풀리자 수업 연구는 끝이 났다.

45 도사 뒤에는 무엇이 있나

교원의 정기 인사이동이 있는 2월! 아직은 살얼음이 끼는 쌀쌀한 날씨였다. 가는 사람과 오는 사람들이 썰렁한 현관에서 마주칠 때마다 목례를 주고받았다. 봄방학이라 학생들마저 없는 교정은 더욱 쓸쓸하게 느껴졌다.

김 선생은 다른 네 사람보다 하루 늦게 부임했다. 김 선생의 전임자인 황 선생은 영전을 해서 시내 학교로 발령을 받았다. 모두 열심히 한 결과라고 축하를 했다. 황 선생은 교무과 평가계를 했으며 컴퓨터 도사였다. 그는 다른 선생님들의 어려운 일들을 모두 컴퓨터로 처리해 주었다. 시험이 끝났는가 싶으면 언제 채점을 했는지 아침이면 번듯하게 성적표를 책상 위에 놓아 주었다. 모두 그의 컴퓨터 실력에 감탄했으며 고마워했다.

이번에 부임하는 김 선생도 전임자만큼은 못하더라도 그렇게 해 주었으면 하고 모두들 기대했다. 그런데 김 선생은 외모부터가 아니었다. 나이도 황 선생보다 10년이나 많은 40대 후반이었으며 키도 작았다. 얼굴 생김새도 꾀죄죄하여 영 볼품이 없었다. 거기다가 그는 우리 지방 사람도 아니었다. 다른 도에서 도간 교류에 의해 왔다. 아무도 그를 아는 사람이 없었다. 그에게는 아무것도 기대할 것이 없었다. 그에게 평가계를 맡기려고 했던 교무주임도 도덕 교사에게 평가계를 주고 그에게는 뚜렷한 사무도 주지 않았다. 학년 초 청소 구역을 배정하는 내부 결재 공문을 보고 그는 형편없는 사람으로 나인이 찍혔다. 컴퓨터도 못하는지 공문을 삐뚤어진 글씨로 아무렇게나 썼기 때문이었다.

새로 부임한 교사들과 지금까지 있던 교사들이 따뜻한 난롯가에 모여 서로 탐색을 하며 잡담을 했다. 밖에서는 한 학년씩 진급한 학생들이 부산하게 복도를 오가며 교무실에도 들락거렸다. 학생도 교사도 모두 할 일 없이 바쁜 날들이다.

새로 부임한 교사 한 사람이 컴퓨터를 보고 빈정거렸다. "전에 있던 학교는 386이 몇 대 있었는데 XT가 뭐야." 그러자 모두들 맞장구를 쳤다. "이 학교는 아직 조선 시대야. 486, 586이 나오는 시대에 XT로 공문을 처리한다니 뒤져도 한참 뒤진 학교야." 새로 부임한 교사도 전부터 있던 교사도 모두 386 정도는 구입해야 된다며 한바탕 성토를 하고는 교실로 들어갔다. 난롯가 빈자리를 차지한 수업이 없는 몇 사람들도 한 마디씩 했다. "'이번에 새로 온 사람들은 컴퓨터를 모두 잘하는 것 같애, 김 선생만 빼고 말이야." 김 선생 말이 나오자 히죽히죽 웃는 사람도 있었다.

김 선생은 교무실에 거의 없었다. 상담실 청소를 맡고부터는 상담실에 있는 날이 많았다.

때마침 386 컴퓨터 한 대가 교무실에 들어왔다. 새로 교육청에서 나온 컴퓨터는 서무실에 사무용으로 쓰고, 서무실에서 쓰던 컴퓨터를 교무실에 갖다 놓은 것이다. 모두 386을 서로 차지하려고 야단들이었다. 학교에 오자마자 컴퓨터 앞에 앉는 사람도 있었다. XT로 한매타자 연습을 열심히 하는 사람도 있었다. 교무실은 컴퓨터 열기로 가득했다. 스무 명이 덜 되는 교사들이었지만 컴퓨터 두 대는 많은 대수가 아니었다. 서무실로 가서 구박을 받고 투덜대며 교무실로 오는 사람도 있었다. 어떻게 기회를 잡을까 하고 서무실 김 양의 눈치를 살피다 서무실 컴퓨터를 얻어 쳐 보는 영광이라도 얻으면 교무실의 자랑거리였다. 거기다가 서무실 컴퓨터의 패스워 드라도 아는 날이면 교무실이 떠나가라고 자랑을 했다. 이럴 때면 눈치 빠른 김 양은 패스워드를 바꾸어 버렸다.

컴퓨터를 치다가 모르는 것이 있으면 서로 물었다. 그중에는 기 본 과정도 받지 않은 김 선생과 교장 선생님도 있는가 하면 심화 과정을 받은 사람, 전문 과정을 받은 도덕 선생 같은 사람도 있었 다. 또 독학으로 컴퓨터 도사가 된 과학 선생도 있었다. 며칠이 지 나자 컴퓨터 도사의 서열도 매겨졌다. 독학을 한 과학 선생이 큰 도사였고 작은 도사는 전문 과정을 받은 도덕 선생이었다.

난로도 없는 상담실에서 무엇을 하는지 김 선생은 좀처럼 교무 실에 나타나지 않았다. 김 선생은 점점 모두의 관심 밖으로 밀려나 고 있었다. 월례고사 원안 제출이 임박했는데도 김 선생의 원안은 나오지 않았다. 평가계 도덕 선생은 직원회 때 독촉하고 개별로도 독촉을 했다. 시험 날짜 바로 전날 김 선생의 원안이 들어왔는데 모두들 놀랐다. 한자와 표는 물론 페이지까지 완벽한 원안을 컴퓨 터로 쳐서 가져왔기 때문이었다. 분명 김 선생의 솜씨는 아니었다. 그의 아내가 타자수였거나, 아니면 급하니 인쇄소에 맡긴 것이 분 명했다. 모든 선생님들이 컴퓨터로 출제해서 원안을 내고 공문을 처리하는데 자기 혼자 손으로 쓸 수가 없으니 그랬을 것이라고 쉽 게 단정할 수밖에 없었다.

하루는 이런 일도 있었다.

전문 과정까지 마친 자칭 도사인 도덕 선생이 괘선을 그려야 하는데 잊어버렸는지, 아니면 몰랐는지 독학도인 과학 선생을 향해 큰 소리로 외쳤다.

"괘선 단축키가 뭐지요?"

지나가던 김 선생이 나지막한 소리로 "알트 디가 뭐요?" 하고 물었다. 그러자 과학 선생이 "참 알트 디입니다" 하자, 도덕선생은 "안 되는데!" 그러자 김 선생은 "알트 디, 알트 디" 하고 반복해서 들릴락 말락 한 소리로 지껄였다(두 번 치면 괘선이 나온다).

교사들의 성화에 마음이 여린 교장 선생님은 486 컴퓨터를 한 대 사 주었다. 프린트기도 컬러까지 인쇄되는 것이었다. 직원 조회 시간에 교장 선생님은 우리 학교 선생님은 모두 컴퓨터 도사가 되어야 한다고 일장 훈시를 했다. 훈시 마지막에 우리 학교에 컴퓨터 못하는 사람은 나뿐인데 나도 열심히 배워 보겠다고 했다. 그러자 구석에 앉아 있던 도덕 선생이 "컴맹이 한 사람 더 있심더" 하고 나지막하게 읊었다. 그것은 김 선생을 두고 한 말이었으나 교장 선생님은 듣지 못했다. 교사들의 시선이 김 선생에게 쏠렸다. 김 선생은 따가운 시선을 느꼈는지, 아니면 못 느꼈는지 무엇인가 열심히 쓰고 있었다.

3월도 저물어 가는데, 교육청에서는 교원 명부를 작성해서 빨리 제출하라고 성화였다. 교원 명부는 컴퓨터로 할 수가 없는 작업이었다. 반드시 손으로 써야 했다. 그것도 한두 부가 아닌 4부였다. 인사기록카드를 보고 이름과 생년월일은 물론 최종학력, 자격증 번호까지 기재해야 하는 까다로운 일이었다. 인사기록카드를 보지 않고는 할 수 없었다. 그런데 인사기록카드를 보던 자칭 컴퓨터 도사인 도덕 선생이 놀란 입을 다물지 못하고 서무실에서 교무실로 달려왔다. 컴맹으로 알고 있던 김 선생이 워드프로세서 2급 자격증이 있으며 전문 과정을 만점으로 이수했다는 놀라운 사실을 발견한 것이었다.

김 선생은 상고를 졸업하고 금융 기관에 근무한 적이 있는 사람이었다. 고등학교 때부터 공병우타자기로 전국타자기 대회에서 우승을 했으며 4벌식타자기, 전자타자기는 물론 컴퓨터도 처음 나오자마자 전 재산을 털어 구입한 사람이었다. 그는 컴퓨터 학원에도 많이 다녔으며 독학으로 공부하여 컴퓨터 프로그램 등 교원연구대회에서도 수차례 입상한 적이 있었다.

도덕 선생은 "그러기에 사람은 겉모양으로 판단하지 말라고 했으며, 상대가 아무리 보잘것없어도 나보다 낫다는 데서 출발하라고 도덕책에 쓰여 있다"면서 계속 떠들고 있었다.

김 선생은 이제 상담실에 있을 수가 없었다. 컴퓨터는 물론 다른 사무도 그가 없으면 불안해서 선생님들이 찾았기 때문이다.

46 뭐로! 교장

　내가 '뭐로! 교장'을 처음 만난 것은 금년 학기 초이다. 이 학교에 전근을 오고이니까 이제 몇 개월이 되지 않았다. 몇 개월 동안 같이 근무는 하면서도 한자리에 앉아 이야기 한 번 한 일이 없어서 그에 대한 주위 사람들의 말만 듣고 그러려니 하면서 지냈다.

　방학 때라 학교에 일이 있는 사람이 아니면 자가 연수를 하며 집에서 근무했는데 그날은 일이 있어 아침부터 학교에 출근하여 근무를 했다. 저녁때가 다 되어 퇴근 준비를 서두르고 있는데 서무과 김 양이 오더니 교장 선생님께서 차가 없으니 같이 모시고 가라고 했다. 한 번도 같이 가 본 적이 없는 나는 고물차로라도 모시게 된 것을 황송하게 생각하며, 차를 현관 앞으로 몰고 가서 세웠다. 한참을 기다려도 나오지 않아 지루해진 나는 차 밖으로 나와서 기다렸다. 수십 분이 지나도 나오지 않아 클랙슨을 울릴 수도 없고 하여 교장실 앞을 왔다 갔다만 반복했다.

　차를 대기시키고 기다린 지 수십 분이 지나서야 '뭐로 교장'은 복도를 걸어 나오고 있었다. 나는 반가워서 꾸벅 절을 하고 차를 현관 앞에 대기시켰음을 정중히 말씀드렸다. 내 말을 들었는지 못 들었는지 대답도 없이 서무과로 들어갔다. 그리고 몇 분 후 내 차 옆으로 오더니 조금만 기다리라고 하고는 얼마 떨어지지 않은 사택으로 갔다. 시동을 걸고 차 유리를 대충 걸레질을 했다. 서무과 김 양이 느린 걸음으로 내 곁에 오더니 "이제 방금 인터폰이 왔는데 조금만 더 기다리래요" 하고는, 입을 비쭉이며 "교장 선생님은 왜 저렇게 느린지 몰라" 중얼거리면서 서무과로 들어갔다.

교장 사택은 아무도 살지는 않지만 아침저녁으로 청소도 하고, 점심 후면 '뭐로 교장'이 한참씩 쉬는 곳이기도 하여 다른 직원들이나 학생들은 방의 구조도 모르는 곳이다.

한참 후 '뭐로 교장'은 1호 봉투에 무엇인가 넣어서 큰 배를 앞세우고 나타나더니 아무 말 없이 동쪽에 있는 2학년 교실 복도로 들어갔다. 이제는 서무과 직원들도 퇴근을 했는지 보이지 않았다. 오늘 저녁 약속은 이미 허사가 되어 버렸다. 몇 달 만에 한 번씩 만나는 고향 친구들의 모임 시간은 지난 지가 오래되었다.

어스름이 드는 교정 저쪽으로 '뭐로 교장'은 중얼거리며 내게로 다가왔다. 창문도 닫지 않고 쓰레기통은 비우지도 않고, 나는 황송해서 모두가 내 잘못이나 되는 것처럼 고개를 숙이며 미안해했다. 그러자 '뭐로 교장'은 신이 난 듯 현관 위를 지나는 전선과 전화선을 가리키며 평소의 습관대로 "저게 뭐로! 어이 뭐로! 뭐로 카이께네?"

'뭐로! 교장'은 직원들의 이야기를 들어 보면 알고 싶은 것도 많고 먹고 싶은 것도 많은 사람이라고 했다. 정년퇴임을 1년 남짓 두었는데 무엇이 그렇게 궁금한지 '뭐로!'에서 시작하여 '뭐로!'로 끝난다고 했다. 마치 말을 배우는 아이가 무엇이든 묻다가 지치면 군것질을 사 달라고 하는 것과 같다고 했다. 지나가는 사람들을 보고 "저 사람들은 뭐로! 어이 뭐로! 저 사람들 둘은 뭐되는 사람이로 어이 뭐로! 저 물이 왜 저렇게 푸르노! 어이 뭐로!", 식사를 하다가도 콩나물을 젓가락으로 가리키며 "이게 뭐로! 어이 뭐로!", 마음에 드는 반찬은 젓가락으로 그릇째 끌어가면서 "이게 뭐로!", 마음에 들지 않으면 떠밀면서 "이게 뭐로! 어이 뭐로!", 대답이 없으면 계속해서 반복하기도 하고 혼자 자문자답도 하는데, 보통 때는 옆에 있던 사람들이 대답이 귀찮아서 그저 "예! 예!"로 끝나는 일이 많다. 그러나 누구라도 그와 의견을 달리 말하면 따라다니면서 자기 말이 옳다고 우기기 때문에 함부로 말을 할 수 없어 '예! 예!'가 가장 편하다는 것이다. "이게 뭐로" 할 때는 이미 자기대로 그것이 무엇인지 정리가 되어 있는 상태이므로 다른 사람의 의견을 받아들이지 않는다는 것이다. 의견이 다르면 '이말이래'를 반복하면서 온종일 따라다닌다는 것이다. 자기 생각이 틀려도 그렇다는 것이다. 직원들 간에는 결재를 받으러 가는 것을 꺼리는 사람들이 많다. 결재 서류를 들고 얼마나 '뭐로!'를 반복하는지 최고 몇 시간을 붙잡혀 본 사람도 있다고 했다. 노인의 외로움으로 이해하려는 사람들도 이제는 거의 없다.

교육에 대한 열의는 대단하여 아침 일찍 출근하여 저녁 늦게까지 학교를 순회하면서 청소도 하고 공문을 작성하기도 하는데 교장실에 앉아 있는 시간보다 교무실에 있는 시간이 많고 교무실에 있는 시간보다 교내를 돌아다니는 시간이 더욱 많다.

'뭐로 교장'은 차가 없다. 직원들 중에 자기 집 가까이 사는 사람의 차를 이용하는데 운전을 할 수 없을 정도라고 했다. 왜 운전을 할 수 없었는지 오늘은 그 수수께끼를 풀 수 있었다.

짙은 어둠이 깔린 교문을 나서자 적어도 운전하기 어려움은 곧 시작되었다.

은행나무 잎이 병이 들었는지 몇 그루가 말라 가고 있었다. '뭐로 교장'은 "저게 뭐로"라고 가볍게 말했다. 마침 커브길이라 정신을 핸들에 두고 있어 "예!" 소리도 못 하자 뒷좌석에 앉아 있던 교장은 운전석 의자를 힘껏 당기면서 "뭐로! 어이 뭐로! 뭐로 카이께네!" 운전석 의자를 너무 잡아당기는 통에 나는 핸들을 놓칠 뻔했다. 갑자기 화가 치밀어 올랐다. 그러나 어쩌랴. 나와는 가까이에서 처음 대화하는 것을…….

성의를 다해서 대답했다. "아마도 은행나무가 농사에 피해를 준다고 은행나무 밑 밭주인이 나쁜 마음을 먹은 것 같습니다" 하고 정중하게 내가 알고 있는 상식으로 대답했다. 그것이 잘못되었던 모양이다. '뭐로! 교장'은 아무리 자기 농작물에 피해가 있다 할지라도 학교는 공공기관이고 은행나무도 공공 기관의 것인데 어떻게 약을 감히 칠 수 있느냐는 요지의 말을 '뭐로!'를 수십 번 반복하면서 마치 내가 은행나무를 그렇게 만든 범인이라도 되는 듯 운전석 의자를 당기다 안 되니 오른쪽 왼쪽 팔을 번갈아 가면서 잡아당겼다. 도저히 운전이 가능한 상태가 아니었다.

뭐로 교장을 집까지 모셔다 드리고 차를 보니 운전석 의자가 잘못되었는지 왔다 갔다를 하지 않고 끄덕거렸으며, 저고리의 오른쪽 팔이 구겨져 세탁을 하지 않으면 입을 수 없게 되었다.

47 스승은 제자를 찾는 법이 아니다

'TV는 사랑을 싣고'라는 프로가 있다. 탤런트들이 나와서 그들이 살아오면서 잊히지 않는 사람을 찾는 것인데 가끔은 옛 스승을 찾는 사람도 있다. 언제인가 탤런트 제자가 스승을 찾아보니 아주 가까운 곳에 있었다. 제자는 화면에 자주 나오니 모두가 잘 아는 사람이다. 그의 스승도 제자를 거의 매일 보다시피 한다고 했다. 그러면서 왜 찾아오지 않았느냐고 했더니 노 스승은 "스승은 제자를 찾는 법이 아니다"라고 했다. 그 말 속에는 여러 가지 뜻이 있는 것 같았다.

출세한 제자가 스승을 찾아 주지 않는다고 괘씸하게 생각해서는 안 될 것이다. 제자가 스승을 찾지 않는 것은 스승의 가르침이 부족하기 때문이라고 반성을 해야 할 일이다.

스승의 길은 대가를 바라서는 안 된다. 제자가 스승을 찾을 때는 무엇인가 기억에 남는 일이 있어야 한다. 사실 가르치는 학문 자체가 기억에 남고 고마워해야 하는데, 그것이 아니라면 다른 사람보다 기억에 남는 특별한 일이 있어야 한다.

반면 오랫동안 기억에 남는 제자도 마찬가지다. 총명한 재주가 있었다든가, 말썽을 피웠다든가, 가정 형편이 어려웠다든가 등이다. 그러나 가장 중요한 것은 스승과 제자도 인간관계인데, 인연이 있어야 한다.

군사부일체(君師父一體)라고 했지만 일체가 안 되기 때문에 그런 말이 나왔을 것이다. 스승과 제자가 부모자식 사이와 같을 수는 없지 않는가?

나도 잊지 못할 스승님이 계신다. 자주 연락도 하고 찾아뵙기도 하고 어려울 때 상담도 한다. 그리고 잊지 못할 제자도 있다. 물론 지금도 연락을 끊지 않고 도와가며 사는 제자다.

초등학교를 졸업한 지 30년도 더 지났는데 갑자기 그때의 선생님이 내 직장에 나타났다. 어리둥절하여 몸 둘 바를 모르며 자리를 권했다. 지금은 정년을 하여 혼자 살고 있는데 "자네가 여기에 있다기에 찾아왔다"고 했다. 그 선생님은 초등학교 1, 2학년 때 배웠다. 그런데 그분은 내 이름도 기억하지 못했다. 그분이 나에 대해 하는 말은 맞는 말이 없었다. 자리에 앉아 이야기를 하는 것을 우리 직원들도 듣고 있는데 집이 아주 못살았다느니 공부는 보통도 안 되었다느니 등이었다. 나는 웃기만 하다가 그래도 누구에겐가 들어서 제자라는 것을 알고 왔는데 싶어 현관까지 따라 나가 봉투에 차비도 넣어 드렸다.

그 후 한 달이 지났는데 이제는 집으로 전화가 왔다. 요즘 어떻게 지내느냐는 전화였는데 반갑다기보다 무슨 부탁을 하려고 전화를 했을까부터가 궁금했다. 다른 제자들에게도 찾아가고 전화한다는 소문은 들었지만 나에 대해 아무것도 모르는 분이 그것도 제자 직장에 와서 제자 험담이나 하다니 정말 죄송하지만 반갑게 전화를 받으려 해도 그러기가 어려웠다. 얼마나 어려우면 저럴까 싶어 지난 스승의 날은 그분이 사는 곳에 친구 몇 명과 인사차 갔는데 그렇게 어렵게 사는 것도 아니었다. 아마 늙어 가니 외로움을 이기지 못한 데다 찾아오는 제자도 없으니 자신이 찾아 나서는 것 같았다. 그러나 아무도 그분을 반기는 사람은 없었다.

나에게도 생각나는 제자가 있다.

초등학교에 근무할 당시 여자 반장을 하던 아이였는데 그는 공부도 잘했고 웅변도 잘했다. 교내 대회는 물론 대외적으로도 활동을 많이 했다. 그의 문예 지도와 웅변 지도를 하고 날이 저물면 집에서 데리러 오는 일도 있어 학부형과도 무척 친했다. 그가 고등학교 3학년 때 갑자기 나를 찾아와서 진로 문제를 상의해 왔다. 그의 적성을 잘 아는 나는 그의 학력고사 성적에 비추어 지방 대학 사범대 국어교육과를 지망하게 했다. 운이 있었던지 그는 합격했다. 기숙사에 들어가고 싶다기에 내가 마침 그 대학을 졸업했기에 아는 교수님께 부탁했더니 성적이 좋아서인지 기숙사에도 들어갔다. 그런데 2학년 때는 성적이 떨어져 기숙사에 들어갈 수 없게 되자 자취방까지 구해 주었다. 리포트 자료도 자주 빌려 주고 학문적 충고도 하다 보니 우리 집에 오는 횟수가 많아졌다. 그 후 그는 서울의 어느 중학교에서 교편을 잡으면서 결혼을 했다는 소식을 들었다. 그와 소식이 끊어진 지 수십 년이 지났지만 가끔은 생각날 때도 있다. 지금은 어떻게 사는지 궁금하여 내가 먼저 찾아보고도 싶지만 그럴 수는 없다.

지금의 이 시대를 비아냥거리는 사람들의 말을 빌리면 선생은 있어도 스승은 없으며, 학생은 있어도 제자는 없다고 하는데, 그것은 시대적으로 잘못되었다고 해석할 일만은 아닌 것 같다.

스승과 제자도 엄연한 인간관계이다. 부모자식 간에도 그러한데 자기에게 손해만 오고 이익이 없다면 무조건 스승이니까 존경해야 하고 부모님이니까 효도해야 한다는 공식은 벌써 지나간 지 오래라고 본다. 사제지간이나 부모자식지간이나 인연이 있어야 된다고 본다.

스승만 제자를 좋아한다고 될 일도 아니다. 또 제자만 스승을 좋아한다고 될 일도 아니다. 인간인 이상 서로 성격부터 맞아야 한다. 교육학에 보면 편애를 하지 말라고 되어 있지만 귀여운 제자가 있는데 어떻게 하겠나? 자식 중에도 더 귀여운 자식은 있는 법인데 스승과 제자 사이야 말해 뭘 하겠는가?

귀여운 제자가 스승의 기대에 어긋나지 않게 행동하고 스승을 존경하고 따른다면 얼마나 좋겠는가? 그러나 그런 관계를 유지할 수 있는 사제지간을 찾기란 무척 어렵다.

48 보고 공문 어떻게 하지요

보고 공문을 하루 전에 보내는 일이 많다. 그런데 하루 전에 보내면 교육청에서 너무 많은 공문을 받다 보니 잃어버리는 일이 있다. 교육청에서 잃어버리고 일선 학교에 전화를 하여 보고를 왜 하지 않았느냐고 호통을 친다. 오늘도 그런 일이 있었다.

이제는 보고하는 나도 꾀가 났다. 보고하라는 날 오후에 보고하기로. 그런데 문제가 생겼다.

평생교육활성화라는 공문이 학년 초에 수십 장이 왔다. 3월에 보고하고 2차 보고가 6월에 또 있었다. 3개월이나 묵은 공문이 미결철에서 낮잠을 자고 있었다. 교육청에서는 전화로 또 연락이 왔다. 꼭 보고하라는 것이다.

공문을 다시 뒤져 보니 시골 소규모 학교에는 해당도 되지 않는 내용이었다. 그러나 보고하라니 보고는 해야 한다. 용지만 복사하여 점만 찍어 교감, 교장 결재를 받았다. 그들도 아무 생각 없이 도장을 찍었다. 양식을 변경하지 말라는 *표가 있었으나 팩스로 보내는 공문도 아니었다. 사람이 가지고 가야 했다. 직인만 찍힌 내용 없는 공문을 들고 누군가 가야 했다.

오전에 교감 결재까지 받아 놓았는데 교장이 식사를 하러 가고 없어서 5교시를 마치고 결재를 받았다. 서무과에 가니 공문에 대해서는 아무것도 모르는 기능직만 앉아서 졸고 있었다.

오늘 오후까지 보내야 하는데 어떻게 하느냐고 기능직 보고 걱정을 했으나 그로서도 어쩔 수 없는 일이라 웃고만 있었다. 김 양은 어디 갔느냐 물으니 출장이란다. 기능직이지만 사무를 보조하는 양 주사도 일주일 교육을 갔고, 그렇다고 서무과장이라도 있으면 어떻게 해 보겠는데 그도 없었다.

사실 서무과장 말이 나왔으니 말인데 한국에 공무원이 이렇게 편한 사람도 있었다. 선생들 사이에 아들을 낳으면 서무과장 시키고 딸을 낳으면 양호 교사를 시키라는 말이 있다.

교무실 청소도 하고 서무과 일도 보조하라고 거창한 뜻을 가지고 육성회 수당으로 채용된 급사 TO가 어느 날 갑자기 서무과에 자리를 하더니 서무과 사무를 도맡아 하고 교무실에는 오지 않을 뿐더러 선생들에게 호령까지 하는 실정이다. 급사가 그렇게 되자 서무과장은 할 일이 없다. 학교에 오면 텔레비전을 보다가 등산하다가 출장 가다가(출장 글자만 붙이면 출장이다), 아니면 집에 일이 있다며 나가 버린다. 아무도 그에게 말하는 사람이 없다. 교장은 한 푼이라도 얻어 쓰려고 목을 매고 사니 누가 감히 서무과장의 세도에 대들기나 하겠는가(적어도 이 학교는 그렇다).

서무과장은 안경만 남긴 채 어디로 갔는지 없었다. 아마 지금쯤 자기 집 안방에서 팬티 바람으로 자고 있을지 모른다. 하여튼 아무리 찾아도 없다. 그의 번쩍번쩍하는 자가용도 없다.

교무실에 왔다. 교감에게 이 상황을 자세히 이야기했다. 신문을 보던 그는 그저 담담하게 어떻게 해 보소뿐이다. 서무과에 새로 갔으나 전자 우편용 컴퓨터는 패스워드를 걸어 두었는지 움직이지 않았다. 나도 모른다 하고 버려둘까… 그러나 그럴 수 없었다. 이름뿐인 허수아비 교무주임이라도 있다면(있다 해도 아무 일도 하지 않으려고 작정한 사람이다. 이 학교에 오래 근무한 프리미엄으로 된 교무주임이다) 하는 생각을 잠시 했다. 그도 무슨 일인지 출장을 가고 없었다.

교무실에 왔다. 컴퓨터에 앉았다. 교감을 보니 그는 아직도 신문을 보고 있었다. 시행문을 못 만든다고 하려고 해도 교직 수십 년이 넘는 사람이 그것도 못하느냐고 한다면 무슨 창피인가? 하는 수 없이 끓어오르는 울분을 누르며 시행문을 만들었다. 시행문을 만들어 놓고 보니 발송 번호를 알 수가 없었다. 그리고 직인도 없었다. 서무과를 수십 분 뒤져서 발송 번호와 직인을 찾아 찍었다.

교무실에 와서 교감에게 이번에는 누가 이 공문을 교육청에 갖다 주어야 한다고 했다. 그는 또 "이 선생이 가야지요" 했다. 나는 보충 수업이 있다고 했다. 그는 보충 수업을 해도 5시인데 교육청에는 6시까지 근무한다며 나를 쳐다보았다. 속으로 '니나 퇴근 시간 지나고 가거라!' 하고는 보충 수업이 없는 사람이 갔으면 좋겠다고 하니 그런 사람을 찾아보란다. 내가 교감이가, 주임이가. 주임들보다 나이 많은 일개 계원일 뿐인데, 그러면서 그는 "다른 사람이 없으면 이 선생이 가라"라고 또 한번 말하고는 수십 번 봐서 닳아진 신문을 보고 있었다.

'니기미 교감 니가 가면 안 되나?' 하다가 밖에 나가 담배를 한 대 피웠다. 목구멍이 포도청이라고 내가 참아야지. 이제는 서무과 일도 하고 그것도 모자라 청부일 까지 하라니, 그것도 근무 시간에 하라면 또 모르지만 퇴근 시간 이후에 하라니.

교무실에 왔다. 책상 모퉁이에 비스듬히 서서 아기 딸린 여선생에게 말했다. 출장 달고 일찍 퇴근하고 싶은 마음 없느냐고 물었다. 내 앞에 눈이 큰 여선생은 교육청에 가는 것은 싫다며 사양했다. 다음 여선생도 그런저런 이유로 사양했다. 그러다 나이 제일 많은 여선생에게 이야기하니 가겠다고 했다. 집이 교육청 근처라는 이유였다. 출발하려는 그를 보고 "출장을 달아라"라고 하자 교감은 나를 보았다. 시선을 의식한 나는 '스스로 권리를 포기하지 말고 출장을 달아라? 결재는 내가 맡는다.'

49 안경 도수는 남녀 구분이 없다

이 학교에 첫 출근하여 직원 조회를 했다. 부임 인사랍시고 했다.

내 인사말은 '하루빨리 이 학교 분위기에 적응해서 정상적인 교육 활동이 이루어질 수 있도록 하겠다'는 것이었다.

새로 온 교사는 3명인데 내 호봉은 중간이었다. 부임 인사를 하고 직원회의가 끝나고 난롯가에 서 있던 나는 무심결에 임시 시간표를 보게 되었다. 거기에는 국어 교사가 2명인데 누구라는 구분도 없이 수업이 배정되어 있었다. 수업에 들어가야 하는지 어떤지 교감에게 물었다. 교감은 나를 한참 보더니 그러면 이 선생이 시간 배당을 하라고 했다. 나는 '내 실력을 여기서도 인정해 주는갑다.' 하고 교육 과정 책을 펴고 열심히 배정을 했다. 그것은 정확히 내가 할 일이 아니었다(나중에 안 일이지만 교감의 성격은 잘한다고 나서면 시켜 놓고 헤실헤실 웃는 스타일이었다. 나는 그것도 모르고 했다). 시간 배당을 하여 담당 계원에게 주면서 "건방스럽게 제가 해서 미안합니다"라고 했다. 계원은 그저 "예" 하고 시간 배당표를 받았다. 교무주임이라는 자는 무슨 일인지 몰라 보고만 있었다. 그는 시간 배당을 할 줄 몰랐다.

대답만 "예" 하던 여자 선생은 안경씩이나 쓴 박 선생이라는 여자였다. 그 박 선생이 수업계였다. 그 후 며칠이 지나자 임시 시간표만 있을 뿐 시간표도 일 년 행사 계획도 연간 시수도 나오지 않았다. 말을 꺼냈다가 교감에게 한 번 실패한 나는 이번에는 안경 낀 박 선생에게 연간 시수 계획이 안 나오느냐고 물었더니 하는 소리가 가관이었다.

"그것은 교무기획이 하는 것 아니에요? 나는 그렇게 알고 있는데."

옆에 있던 안경 낀 남자 선생, 이번에 같이 부임한 김 선생도 한편이 되어 교무기획이 해야 한다고 거들었다. 옆에 있던 다른 몇 선생들도 지금까지 교무기획이 했는데 무슨 소리냐는 것이었다.

모두가 그러하니 이제는 내가 하는 수밖에 도리가 없었다. 그러나 아닌 것은 아니라고 분명히 말하는 것이 내 스타일이라, "사무분장에 엄연히 수업계가 있고 또 연간 시수 계획이라 쓰여 있다"며 보여 주었다. 이제 한풀이 꺾였다. 한 마디만 더 해야 완전히 기를 꺾겠다 싶어 남의 사무를 하는 것은 월권이라고 박아 버렸다. 이제 모두는 조용했다. 같이 온 안경 낀 김 선생은 그래도 사무분장은 분장이고 그 시수계획은 기획이 해야 된다고 덧붙였다. 나는 또 안경 여선생에 마지막 한 방을 주었다. 할 줄을 몰라 도와 달라면 도와주겠지만 내가 해야 되는 일이니 하라고 한다면 그럴 수는 없다고 했다. 그 사건은 그렇게 해서 끝이 났고, 안경 여선생이 며칠을 끙끙대며 계획을 세웠다.

그 후 다른 선생들은 "지금까지 기획이 짰는데"라는 말을 몇 번 되풀이하는 것을 들었다. 안경 여자 선생은 얼굴이 뾰로통해서 그런지 나를 보면 더욱 뾰로통해 있었다. 직원 회식 때 그 말을 또 내가 꺼내어 분위기를 살리려고 했는데 몇 번을 실패했다. 지금도 그것은 내가 틀린 것이 아니라는 것을 확신한다.

이제 내 진짜 화난 이야기를 써야겠다.

아들이 군에 입대를 하는데, 전라도 전주가 입영지라 하루 연가를 내어야 했다. 아들 친구들은 모두 입대를 한 뒤라 부득이 내가 데리고 가야 할 형편이었다.

연가를 내자면 수업을 바꾸어야 했다. 수업을 바꾸어 보니 하필이면 안경 여자 선생과 안경 남자 선생과 바꾸는 것이 가장 좋을 듯했다. 먼저 안경 여자에게 부탁을 했더니 다른 사람과 바꾸어서 안 된다고 했다. 마침 같은 날 연가가 2명이었다. 그럴 수 있겠다 싶어 안경 남자 선생에게 부탁을 했다. 그는 먼저는 말없이 바꾸어 주었는데 이번에는 안 되겠다고 했다. 이유는 수업을 연달아 하는 것을 싫어하기 때문이란다. 어느 학교이고 일이 있어 수업을 바꾸자고 하면 아무 소리 없이 바꾸어 주는 것이 상호 도리인데 이런 이유는 듣다가 처음이었다. 그는 이런 사람이었다.

다른 학교에 있을 때 나도 교무주임이었고 그도 교무주임이었다. 같이 선진지 시찰도 가고 연구원 일도 같이 했다. 그때는 무척 친한 척했다. 또 이 학교에 부임하고 내가 양보하여 아무런 혜택도 없는 주임이지만 학생주임도 하고 있다. 또 휴게실에서 그의 근평도 도와주겠다고 했다. 그와 나는 같은 처지다. 금년에 이 학교에 부임하여 나이 많은 것이 시집을 사는 처지이다.

돌아서면서 다른 학교 다른 직원에게는 아무런 일도 아닌 것이 그에게 퇴짜를 맞고 보니 괘씸하여 울화가 치밀었다. 다른 직원하고 금방 바꾸었지만 살이 떨려 옴은 어쩔 수 없었다. 괴로우면 컴퓨터 오락을 하는 습관 때문에 오락을 하다 보니까 안경 여자 선생이 옆에 앉았다. 나는 그에게 이렇게 말했다.

"이 학교는 수업 바꾸기가 무척 힘드네요. 수업을 연달아 한다고 바꿀 수 없다니."

그는 나를 빤히 쳐다보더니 수업 교체부를 썼느냐고 물었다. 안 썼다고 했더니 써야 된다고 했다. 다른 학교와 양식은 달랐으나 어느 학교에서건 해야 하는 것이었다. 나는 알면서 결재는 누가 해야 하느냐고 했더니 결재를 받아서 달라고 했다. 정말 웃기는 일이었다. 계원이 결재를 해야지. 그러나 울화를 참으며 결재를 받아 주었다. 특히 계원 난에 도장을 찍어야 하는데 결재대를 받쳐서 계원님 결재를 부탁합니다. 했더니 아무 말 없이 도장을 찍었다. 원래 계원이 결재를 해야 한다.

안경을 쓴 두 남 여, 그 우가 그 ♂와 같이 나의 울화를 건드려 놓았다.

한 우가 차고 한 ♂가 밟았다. 마치 내가 그들에게 한 것처럼.

50 폭염 속의 훈화

　여름 방학 종업식 날이다.

　종업식 일정은 교장이 지시했다. 교감과 교무주임은 교장의 지시만 듣고 '예'를 연발했다. 일정을 보면 9:00～9:10 직원 연수(여름방학 계획) / 9:20～10:05 1교시 / 10:15～11:00 2교시 / 11:10～11:55 담임 휴가 계획 전달 및 청소활동 / 12:05～12:50 여름방학 종업식이다.

　교장이 일방적으로 일정을 짜서 지시하는 비민주적인 교육 활동이 아직도 벌어지고 있다. 직원 연수부터 시간 계획은 어긋나고 있었다. 방학 계획 전달은 거침없이 되었지만 구겨진 종이에 적어서 읽기 시작한 교장의 느리고 더듬는 어투는 시간을 예측하지 못하고 길어졌다. 10분이나 더 지나서야 그 긴 알맹이 없는 말들이 끝이 났다. 교사들은 허둥지둥 출석부를 들고 수업에 들어갔다. 청소 시간까지는 그래도 잘 지나갔는데, 종업식이 문제다. 폭염이라고 해야 옳을 7월 19일 정오는 벌써 34도를 웃돌고 있었다. 교사들은 워낙 순해서 불평도 안 했다. 이 더위에 운동장에서 어떻게 종업식을 하는가? 교장의 성격을 잘 아는 대부분의 교사들은 아무 말 못 하고 있었으나 금년에 부임한 늙은 교사가 한 마디 했다. "이 더위에 방송으로 하든가, 그것도 섭섭하면 강당에서 종업식을 할 일이지 하필 운동장에서 하다가 학생들이 쓰러지기라도 하면 어쩌려고 하는지"
하고 불평을 해도 아무도 들은 척도 하지 않았다. 말해도 안 된다는
것을 그들은 알고 있었다. 건의 한 마디 하는 사람도 없었다.

쏟아지는 7월의 태양 아래 학생들이 모이고, 교사들이 모이고,
교장이 나오자 식은 시작되었다. 시상이 몇 명 있고, 길고 긴 교장
의 훈화는 시작되었다. 훈화가 시작되기 전 학생들은 지쳐서 몸을
비틀고 있었다. 훈화가 빨리 끝나기만 바랐다. 훈화를 시작하려고
주머니에서 종이쪽지를 꺼내자 여기저기서 한숨이 나왔다. 교장은
눈치를 챘는지 못 챘는지 길고 긴 훈화를 하고 있었다. 그러다 학
생들을 운동장 땡볕에 앉으라고 했다. 교사들은 그대로 서 있었다.
정말 곤혹스러웠다. 어떤 교사는 햇빛을 보지 않으려고 교사(校舍)
쪽으로 돌아서 있었다. 더위에 지친 아이들은 모든 것을 포기한 채
땅만 내려다보고 있었다. 너무 더워 땅에 금을 그으려는 생각도 하
지 않았다. 작은 손부채로 얼굴을 연신 부치고 있었다. 교장은 종
이를 보고 읽다가 아이들이 시선을 집중하지 않자 손가락으로 여
기저기를 지적하며 시선을 집중하라고 으름장을 놓았으나 앞에 서
있는 교사들은 누구 하나 학생들을 지도하려고 하지 않았다.

더위에 지친 교사들은 그래도 교무실로 들어갈 생각은 하지 않
았다. 학생들이 땡볕에 있는데 어떻게 그늘을 찾아가겠는가? 정말
눈물 나는 사제지간의 의리였다. 그렇게 버티기를 20여 분이 자났
다. 지친 교사들은 학생들을 등지고 서 있거나 운동장에 돋아난 풀
을 뜯고 있었다. 어떻게 다른 행동을 할 수가 없었다.

길고 긴 교장의 훈화가 끝나자 학생들은 박수를 쳤다. 그러자 또
다시 학생과장의 주의 말이 시작되었다. 매일 하는 이야기가 또 시

작되었다. 오락실 출입 금지, 물놀이 금지, 오토바이 타기 금지 등 금지로만 이어지고 있었다. 또 담임의 시간이 시작 되고 이제 땀도 멎었는지 얼굴이 화끈거렸다. 손수건도 다 젖어 흐르는 땀을 닦지도 않고 그대로 서 있었다.

교육 철학도 이념도 없는 사람, 권위 하나로 버티어 보려는 교장, 학생들 수업 준비시간에 쓰이지도 않는 자료를 만들고 현실에 맞지도 않는 연구를 하여 승진 점수를 보태어 교감이 되고 교장이 되었으니 무엇 하나 아는 것이 있어야지, 있다면 그 얄팍한 권위 그것으로 버티고 있었다. 교장의 명령이 잘못되어도 지적 못 하고 서 있는 교사들도 승진을 위하여 교장의 비위를 거스르지 않으려고 학생들이야 더위에 쓰러지든 말든 그대로 방관하는 방관자들이다. 그들도 얼마 후면 저 교장처럼 그 얄팍한 권위로 버틸 것이 분명했다. 이 나라 교육은 그렇게 흘러가고 또 흐를 것이다.

9월 1일 아침 조회 시간, 직원회의로 1교시를 10여 분이나 잡아먹고 시작된 아침 조회는 30도를 오르내리는 폭염 속에서 시작되었다. 학생들은 직원회가 시작되자 바로 운동장에 나와서 줄을 지어 기다리고 있었다.

국기에 대한 경례가 있고 애국가가 이어지고 시상이 있다. 말을 더듬는 교장은 상장을 읽다가 발음이 안 되는 상장 내용이 나오자 얼른 고쳤다. '이에 표창합니다'에서 표창의 표자가 얼른 나오지 않자 한참을 더듬다가 "이 상장은 정말 어려운 상장입니다. 표창합니다"로 바로 이었다. 다른 말을 하다가 어려운 발음을 하면 쉽게 되는 모양이었다.

학생회 회장이 차려, 열중쉬어를 몇 번 하고 교무주임이 "교장 선생님의 훈화가 계시겠습니다" 하자 교장은 주머니에서, 준비한 구겨진 종이를 꺼내었다. 미리 만만한 교사를 시켜 학생에게 훈화 내용을 나누어 주는 것이 이 교장의 특징이다. 자기가 준비한 자랑스러운 훈화 내용을 학생들이 미리 읽어서 알고 또 외우라는 지시이다. 학생들은 그 종이로 부채를 만들어 부치고 교사들은 그 종이로 해 가리개를 했다. 말더듬이 교장은 열심히 중언부언했다. 폭염 쯤이야 상관할 일이 아니다. 내 최고의 훈화가 중요했다. 그동안 방학으로 두어 달 훈화를 하지 않았다. 종업식을 하고 난 후 학생과의 첫 대면을 또 폭염 속 훈화로 대하게 되었다. 사실 두어 달은 공짜 봉급을 탄 것이다. 아무 일도 하지 않고 판공비에 출장비까지 챙겼으니 공무원 중에 이런 공무원이 있으면 나와 볼 일이다.

학생들은 훈화가 10분이 지나고 20분이 지나고 30분이 다가오자 이젠 지루하다 못해 쓰러지고 있었다. 젊은 교사 한 사람이 더는 못 참겠다 싶어 몇 명의 학생을 대열에서 주워 내고 있었다. 그 선별 작업은 젊은 교사 마음이었다. 선별된 학생은 행운을 얻은 듯 고개를 숙이고 천천히 그것도 아주 천천히 교실을 향했다. 그러다 사람들이 보이지 않으면 걸음아 나 살려라 하고 교실로 뛰었다.

교사들도 지쳐 있었다. 아니 포기하고 있었다. 교장의 그 권위에 자포자기하고 있었다. 고개를 숙이다 땅을 내려다보며 그렇게 기다리고 있었다.

훈화가 끝나고 주훈 발표가 있고 염원의 구호(교장이 만든 되지도 않는 구호, 사이비 종교의 흉내다)를 재창하고 염원의 행진을 했다.

내리쬐는 태양은 구름 한 점 없었다. 교실로 들어가는 학생과 교사들은 공부고 뭐고 포기하고 싶도록 맥이 빠져 있었다.

IX

안동여자고등학교

51 문을 닫자

문틈으로 들어오는 찬바람이 황량한 들판에서 맞이하는 바람보다 더 춥게 느껴질 때가 있다. 문틈으로 들어오는 바람이 손톱에 가시가 든 것처럼 아리다면, 들판에서 맞이하는 찬바람은 한기가 뼈마디를 쑤시는 몸살로 비유한다면 너무 과장일까?

겨울철만 되면 학생들은 교실 출입문 닫기와 전쟁을 벌인다. 40여 명이 사용하는 교실이라 한 사람이 한 번씩 출입한다 해도 40번이다. 특히 뒷좌석에 앉아 있는 사람, 그중에 문 옆에 앉아 있는 학생은 정말 문 닫는 것과 전쟁을 벌여야 한다. 잠자는 일 말고는 온종일 교실에서 생활해야 하는 인문계 고등학교 학생이라면 더욱 그러하다.

문틈으로 들어오는 바람! 그것을 피하려면 문을 닫는 것만이 유일한 방법이다.

문 닫기 노력은 정말 피나는 전쟁이다. 금방 닫았다 싶으면 또 열리고, 당해 보지 않은 사람은 모를 것이다. 교실을 다녀 보면 문을 닫자는 구호가 출입문마다 쓰여 있는데 어떻게 보면 처절하고 어떻게 보면 재미있다. 써진 글씨도 컴퓨터 글씨로 정성스레 쓴 것도 있고 사인펜으로 볼펜으로 추울 때마다 쓴 글씨이기에 가지각색이다.

"문을 닫고 다니자!"

일반적으로 가장 많이 쓰여 있는 구호이다. 컴퓨터 글씨로 점잖게 쓰여 있는 것이 보통이다. 너무 평범하여 문을 닫지 않는 경우가 많다. 그러다가,

"문 닫아!"

이제는 완전히 명령형이다. 거부감 때문에 문을 연 사람이 문을 잘 닫아 줄지는 의문이다.

"문 좀 닫고 다니세!"

권유의 뜻이 느슨하게 있는 구절이다. 아니 청유의 뜻도 있다. 그러나 문을 닫고 다니려는 마음과는 거리가 있어 보인다.

"안 닫음 죽음이단."

'죽음이다'라고 하기에 너무 심하다 싶었던지 '죽음이단'으로 조금 약화시켰으나 역시 엄포가 섞여 있다. 그러나 애교가 있어 좋다.

"빈틈없이 닫기!"

문을 닫되 꼭 닫아 달라는 말로 대체로 사인펜으로 아무렇게나 써져 있어 설득력이 부족하다.

"문 좀 닫아 주세요! 제발!"

닫아 달라고 하니까 안 되었는지 '제발'이라는 말을 덧붙여 놓았다.

"문 닫기 싫으면 열지 말랬지!"

어머니가 아이를 몰아세우듯이 야멸찬 구석이 있어 안 닫으면 안 될 것 같은 느낌이 들다가도 무시당하는 기분이 들어 뒤가 좀 개운하지 못하다. 그러다가 완전 애원조가 있다.

"맨 끝줄 인간은 추위에 죽네!"

제발 문을 닫아 달라는 애원이다. 뒷사람은 문을 닫지 않으면 얼

어 죽으니 닫아 달라는 말이다.

"문 닫는 것을 생활화하자."

로 했다가 '문 닫는 것을 생활화하장'으로 썼다가 그것도 안 되니까 이제는 애원도 안 되고 엄포도 안 되니,

"뒷사람 얼어 뒤진당!"

단연 히트작이다. '문을 닫아'라는 권유도 아니고 명령도 아니다. '뒤진다'도 아니고 '뒤진당'이다. 이것은 애교가 섞여 있는 애원이다. 누구나 보고 웃지 않을 수 없고 문을 닫지 않을 수 없다.

"아주 우아하고 당연하게 문을 닫자!"

라는 것도 있다. 문 닫는 사람의 인격을 높여 주면서 강요하는 구절이다.

교육 현장에서 학생들이 하는 말이나 낙서가 아무런 의미가 없는 것 같지만 그 속에는 절절한 절규가 있고 해학이 있다. 언젠가 교실 벽과 책상 위에 쓰인 낙서를 수집한 적이 있다. 그 낙서를 읽고 나면 학생들 속에 내가 들어간 기분이 든다. 교사가 학생을 이해하려면 그들의 생활에 젖어들어 가야 한다고 본다. 그들이 무슨 생각을 하고 있는지 알려고 노력할 때 학생과 가까워지는 것이며 그것이 교육의 첩경이라고 어설픈 생각을 해 본다.

52 너희가 있어 내 삶은 더욱 아름다웠다

안동여고에서 오랜만에 담임을 하고 그들의 생활을 글로 쓴 적이 있다. 그들에게 일부만 공개한 글이지만 그들은 제3의 생활기록부라고 했다. 이 글은 그 글의 시작 부분을 옮긴 것이다.

또 다른 만남을 위한 헤어짐은 아름답다.

하룻밤에 만리장성을 쌓는다는 말이 있다. 365일, 지난 1년은 너무나 소중한 만남으로 내 생애 가장 큰 부분을 차지한 한 해였다. 이제 1년을 보내고 나니 너희들에게 미안하고 감사할 뿐이다. 내 울안에서 1반이라는 이름으로 보냈던 나날들, 잘못된 일들을 반성해 본다. 너희들은 무수히 많은 반성문을 썼다. 그 반성문은 너희가 내게 쓰는 것이 아니라 내가 내게 쓰는 것이라 항상 생각해 왔었다. 이제는 헤어져야 할 시간이다. 참회하는 마음에서 내가 내게 쓰는 것이 아니라 내가 너희들에게 진정한 반성문을 써야 할 시간이 온 것 같다.

손으로 머리로 쓰는 것이 아니라 가슴으로 반성문을 쓰고 싶다. 긴 교직 생활의 한부분이라 생각되기에는 너무나 소중한 시간들이었다. 그리고 영원히 간직하고 싶은 추억이었다. 언제 또다시 담임을 하게 될지 아니면 영원히 안 하게 될지 아무도 모른다. 솔직히 내가 담임을 하고 싶어도 이제는 너무 늙어 학생들이 싫어할 것이다. 나같이 능력 없는 사람이 담임씩이나 한다고 비아냥거릴 것이 뻔하기 때문이다. 그러나 지난날 그 많은 학생들이 내 울안을 스쳐 갔지만 이제는 담임을 그만해야겠다는 생각이 지배적이다. 나같이 무능한 사람이 담임을 더 한다는 것은 우리 교육에 대한 모독이라 생각하기 때문이다.

무엇 하나 내세울 것 없는 나는 그저 부끄러울 뿐이다. 이렇게 참회의 글이라도 써야만 잠이 올 것 같다. 또 이별을 앞두고 인정 없는 담임이 할 수 있는 일 중에 하나라고 생각하여 스스로 위안을 얻고자 함이다. 마지막으로 내가 관찰한 너희들의 여고 시절이다. 잘못 보았을 수도 있다. 아니 잘못 본 것이 전부일지 모른다. 그러나 늙은 교사의 보잘것없는 렌즈로 포착한 것이니 너무 부담 갖지 말고 읽기 바란다.

그래! 나! 탄 감자! 이제는 너희들이 내게 별명을 받아야지. 이것은 거래가 아니라 아름다운 인간관계일 뿐이다.

해맑은 미소, 아름다운 마음을 영원히 간직하길 바라며! 너희가 있어 내 삶은 더욱 아름다웠기에 감사할 뿐이다.

53 선생님! 미워!

4월 1일 만우절!

만우절은 아침부터 긴장된다. 만우절이라는 것을 잊어버리지 않으려고 메모지에 굵은 선으로 동그라미를 치는 것이 버릇처럼 되었다. 누구나 남을 속인다는 것보다 속는다는 것을 좋아하지 않는다.

만우절은 속여도 되는 날이라고 누가 시작했는지! 평소 속여서는 안 되는 사람을 속여 본다는 것은 정말 재미있는 일(事)일 것이다.

2학년 2반 수업 시간!

3반 수업을 하고 바로 옆에 있는 2반 수업에 들어갔다. 3반 수업에서 '오늘은 야간 자율 학습을 하지 않습니다'로 거짓말을 했는데 대다수 학생들이 속았다. 수업 마지막에 학생을 속였고 학생들은 복수할 시간이 없어 무척 분해했다. 내가 속일 것이라고는 생각도 하지 않았는지 복도를 한참 나와서까지 그들의 비명이 들렸다.

2반 수업을 들어가려고 문을 열어 보니 이상한 기류가 흐르고 있었다. 같은 단원을 가지고 같은 학년에 수업을 해도 교실마다 분위기가 다르다. 학생의 분위기, 교사의 심리 상태 등은 그 시간 수업의 성패를 좌우하는 수도 있다. 2반 교실은 수업에 들어가자 지금까지 느껴 보지 못한 형용하기 힘든 분위기를 느꼈다. 이럴 때는 진도를 나가는 것이 상책이었다. 학생이 무어라 하든지 교사가 진도를 나가겠다는데 무슨 할 말이 필요하겠는가? 실장의 차려, 경례 순서도 없애 버리고(잊어버렸다고 하는 것이 옳다. 차려, 경례 소리가 없으니 습관대로 경례를 받으려고 하지 않기 때문에 그냥 수업을 하는 일이 많았다) 한참을 수업하는데 학생들의 반응이 없었다. 그런다고 내가 수업을 그만둘 일은 없다. 계속 지명을 하고 답을 유도하고 그리고 웃고 차츰 평소의 분위기를 찾아가고 있었다. 그런데 느닷없이 칠판 옆 비디오 캐비닛이 삐거덕하더니 문이 열리고 학생이 한 명 나왔다. 그는 반장이었다. 문을 나오자 학생을 향해 배신자라고 부르짖었다. 학생들은 숨을 죽였고 나도 상황 판단이 안 되어 멍청히 서 있었다.

"실장! 거기 뭐! 할라꼬! 들어갔노!"

실장은 얼굴을 붉히면서 울상을 하고 있었다. 내가 한참 그를 바라보자 그만 눈물을 글썽글썽하더니 훌쩍거리며 울기 시작했다. 학생들은 하나둘 고개를 숙이고 열심히 책만 보는 척했는데, 이때 나는 어떻게 해야 할지 잠시 멍하게 서 있었다. 한참 어색한 분위기가 흐르는데 앞에 앉아 있는 까만 눈에 안경태가 유난히 반짝이는 희원이가 갑자기 외쳤다.

"선생님! 미워!"

사연을 알아보니 이러했다.

지난 시간 3반에서 나에게 당했다는 소식을 듣고 3반 실장과 2반 실장이 합동 작전으로 나를 속이기로 모의를 했던 것이다. 3반 실장의 간곡한 부탁을 2반 실장이 뿌리칠 수 없었던 것 같다.

수업이 시작되기 전 실장은 캐비닛 속에 들어가 있었다. 차려, 경례를 할 순서를 기다리면서 학생들은 태연히 책을 펴고 착실히 수업 준비를 하기로 사전에 모의했었다. 그런데 오늘따라 내가 일찍 수업에 들어온 것이 그들의 계획에 차질이 생긴 모양이다. 아직 모의가 다 끝나지 않은 상태에다 학생들도 제자리로 가느라 분위기가 어수선했다. 그러자 내가 분위기를 눈치채게 되었고 실장만 캐비닛 속에 갇혀 버린 것이었다. 거기다가 차려, 경례를 독촉해야 하는데 그냥 수업을 시작하자 모두 가슴을 졸이며 실장이 언제 캐비닛에서 나올까 하고 조마조마해하고 있었다. 그런데 오늘따라 수업은 일사천리로 진행되고 학생들이 협조를 하지 않으려 해도 질문만 계속 하니 방법이 없었던 것 같다. 이제나 저제나 기회를 기다리던 실장은 영 기회가 오지 않자 답답하여 참지 못하고 캐비닛에서 튀어나오기는 했으나 그 행동은 아무런 의미가 없어져 버렸다. 무안해진 실장은 그만 울음을 터트렸고 학생들은 실장에게 미안하기는 했으나 어쩔 수 없는 상황이라고 항변할 수도 없었다.

내가 차려, 경례를 독촉하고 실장은 어디 갔느냐고 출석부를 들고 왔다 갔다 했다면 실장은 개선장군이 되어 지각이 아니라고 항변을 하고 학생들도 협조를 해서 수업은 아수라장이 되어 한 시간은 쉽게 갈 수 있었을 텐데! 분위기 파악을 하도록 빌미를 준 것과 분위기를 파악하고 쉽게 넘어가 주지 않는 내가 무척 미웠을 것이다. 그래서 평소 말도 없던 희원이가 전체를 대표해서 "선생님 미워!"를 외치며 그 큰 눈을 흘겼던 것이다.

54 송간(松間) 세로(細路)

　송간 세로는 내가 다니는 안동여고 뒷산에 있는 작은 길이다. 소나무 사이로 난 오솔길을 내 스스로 아무렇게나 붙여 멋대로 부르는 곳이니 이름을 아는 사람도 나 뿐이다.

　지난 봄, 아직 찬바람이 가슴을 여미게 하던 3월, 나는 낯설고 물선 이 학교에 부임했다. 며칠이 지난 어느 날 학교 분위기도 익힐 겸 교내 이곳저곳을 기웃거리다 뒷산으로 올라갔다. 실내화를 신고 올라갈 수 있는 곳이니 학교 건물과 무척 가까이 있는 산이다. 무심코 올라가다 송간세로를 발견한 나는 너무 기뻐 소리를 지를 뻔했다.

　빽빽한 소나무 숲이 학교 건물을 가까스로 가려 주는 곳, 이 길은 나 혼자만의 공간을 가질 수 있는 너무나 아늑하고 포근한 곳이다. 바쁜 일상사에서 잠시 마음을 식히기에는 안성맞춤이다.

　3층 건물은 낮은 산에 등을 기대고 완만한 니은자로 지어졌으며, 앞에는 큰 나무들이 건물을 가리고 있다. 학교는 숲 속에 숨어 있는 작은 궁전처럼 보인다. 건물 뒤에는 자그마한 연못이 있는데 이 연못 주변에는 학생들이 휴식을 취할 수 있는 벤치 몇 개가 있다. 모두들 이 연못을 옥련지(玉蓮池)라 불렀다. 아주 보잘것없는 연못이지만 더울 때는 분수도 세 갈래로 치솟고, 어슬렁거리는 물고기도 몇 마리 있어 학생들의 사랑을 독차지하고 있다. 금붕어가 허리를 드러내고 물 위로 떠다니는 평화로운 곳이다.

옥련지 뒤로 작은 길이 있는데 앞도 뒤도 돌아보지 않고 하늘만 보고 자란 소나무들이 빽빽이 우거져 있다. 이 나무는 학교 건물과 생년월일을 같이 했는지 학교의 나이 정도인 듯했다. 너무 밀식을 하여 키만 멀대같이 자란 것이 꼭 대나무 숲을 보는 것 같다.

지난해 근무하던 학교에서는 무엇이 맞지 않았는지 1년 내내 몸이 성하지 못하여 병원과 약국 신세를 지며 살았다. 통풍, 디스크, 복부 팽만, 두통, 그리고 술에 절어 내 몸은 한계를 드러내고 있었다. 지칠 대로 지친 나는 집에서 가까운 학교를 원했고 승진도 뒤로 미루었다. 벌써 인생의 중반을 넘어서게 된 나는 흰머리도 늘어만 갔다. 그러자 반갑지 않은 병들이 나를 괴롭혔고 일상사를 힘들게 했다. 그렇게 좋아하던 테니스도 낚시도 그만두어야만 했다. 등산을 시작하라는 권유에 쉽게 합의했다. 등산이라기보다 걷기를 시작한 것이다.

배가 나온다는 것도 아주 창피한 일이다. 옛날 같으면 좋은 인상을 줄 수도 있겠지만 지금은 어쩐지 둔해 보이다 못해 미련해 보이기까지 하다. 배가 나온 것을 지금까지는 창피한 줄도 몰랐는데, 이 학교에 부임하자 몹시 부담이 되었다. 비만이 모든 병의 원인이라는 말을 절감했다.

학교 뒷산에는 여러 갈래의 등산로가 있다. 도시의 뒷산이니 아침저녁으로 오고 가는 사람들도 심심치 않게 볼 수 있다. 내가 다니는 등산로는 고개를 3개 정도 넘으면 되는 곳인데 첫 번째 고개를 넘어 가면 송간 세로가 있다. 소나무 숲으로 이루어진 이 길은

20미터가 넘는 한적한 곳이다. 잣나무, 참나무의 빽빽한 숲도 있다. 오후에 이 산을 오르는 것이 보통인데 이 길에 들어서면 일상사를 잊고 신신이 된 기분이다. 송간 세로를 따라 가다 보면 부질없는 세상사가 한 줄기 땀으로 씻겨 가 버린다. 등산은 오고 가고 40분 정도면 되는데, 보통 수업이 비어 있는 시간을 택하다 보니 오후 시간이 된다.

땀에 젖어 길을 걷다가도 송간 세로에 와서 조금만 앉아 있으면 땀은 곧 시원한 바람으로 변한다. 내가 이 학교에 얼마를 근무하게 될지는 모르지만, 매일 이 길을 걷지는 못하지만, 시간이 나면 언제나 올 수 있는 이 길을 나만의 공간으로 영원히 간직하고 싶다.

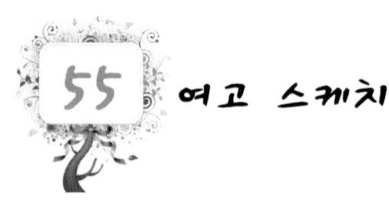

55 여고 스케치

〈시계!〉

교실 정면 중앙에는 칠판이 있고 칠판 위에는 태극기가 있다. 이 것은 어느 학교나 비슷하다. 그런데 우리 학교에는 태극기 옆에 시 계가 있다. 태극기보다 더 큰 시계가 버티고 있다. 그 위력은 너무 큰 것이어서 언제나 학생들을 감시하고 있다.

학생들은 시계를 따라다니면서 감시를 받아야 하기 때문에 하루 에도 수십 번씩 시계를 쳐다봐야 한다. 그들에게 시계는 절대적인 존재이다. 시계가 멈추면 그들도 멈추는 것으로 믿고 있는지 모른다.

학생들은 아침 7시 30분에 등교하여 저녁 10시까지 시계를 보아 야 한다. 하루의 3분의 2를 시계를 보며 살아야 한다.

〈시험〉

시작종이 울리기 전에 시험지를 손에 들고 긴 복도를 지나 교실 에 도착해 있어야 한다. 시작종과 동시에 교실 문을 열어야 하는 것이다. 아니 시험지 나누어 줄 준비를 하고 있어야 한다. 더 정확 히 말하면 시험지를 나누어 주고 시작종이 울리면 시험이 바로 시작되어야 한다.

보통 학교같이 시작종이 울리고 시험지 배부함에서 시험지를 들고 교실에 들어가 시험지를 나누어 준다면 이것은 너무 큰 사건이다. 그것은 시험 시작하고 적어도 5분은 지난 시각이 되기 때문에 끝날 때 5분을 더 주어야 한다.

시작종이 울리고 몇 분 늦게 교실에 들어간다면 교실 풍경은 너무도 살벌하다. 시험지를 들고 어슬렁댄다면 실장이 쏜살같이 달려와 교실의 상황을 알리고 부리나케 뛰어가는 것은 물론 교실에 들어가서도 인사를 받기는커녕 열화 같은 항의에 교사는 허둥대어야 한다. 시험지를 나누다 보면 앞자리 학생이 자원해서 거들어 주고 뒷자리에서는 한 사람이 한 마디씩 한다.

"어째 이런 일이 다 있노."

"오늘 시험은 끝이야."

시험지를 들자마자 허둥대며 답을 찾는 그들은 마치 사냥감을 만난 이리 떼와 같다. 숨소리뿐이다. 연필 소리뿐이다. 옆도 뒤도 돌아보지 않는다. 이때부터 교사는 할 일이 없다. 감독이 필요 없다. 교실은 물을 끼얹은 듯 조용하다. 꿀꿀거리던 돼지가 먹이를 만난 듯 먹는 소리만 날 뿐이다. 거기에는 주인이 감시할 필요가 없다. 자기 밥통의 밥만 다 먹으면 잠을 잘 것이 뻔하기 때문이다.

〈석차〉

시험이 끝나고 나면 석차에 신경을 곤두세운다. 내 석차, 내 성적보다 옆 사람 것에 신경을 써야 한다. 옆 사람 모두는 나와 경쟁의 대상자일 뿐 아무런 의미가 없다. 집에서 가슴 졸이는 어머니가, 너털웃음이라도 웃어 줄 아버지가 보일 뿐, 친구는 보이지 않는다. 언제나 머리를 맴돌고 괴롭히는 대학, 대학만 보일 뿐이다.

시험지에는 번호를 찾아 쓰라고 되어 있는데 답을 골라 글로 쓴 학생이 교무실에 줄을 서고, 이름을 표기하지 않은 학생이 줄을 서고, 이것은 답이 잘못되었다고 항의하는 학생들의 애원하는 목소리가 여기저기서 들리고 질책하는 교사의 큰 소리가 교무실을 잠재우고 나면 학생들은 볼이 붉어져서야 교무실을 나선다.

시험 칠 때 한 번 감기하면 20등은 내려가고, 밤을 새우면 10등을 만회하는 학생들의 희비가 엇갈리는 시험! 그 시험 뒤에는 만족과 시기와 질투와 갈등과 불만이 언제나 교체한다.

모두가 비슷한 실력으로 만점에 가까운 커트라인을 턱걸이하여 입학한 학생들이기에 그들은 도토리 키 재기를 매일 하면서 산다. 하룻밤이 지나면 자랐을 것이라 했는데 옆 학생도 자라니 언제나 재어 봐도 한곳에 머물러 있을 뿐 변화가 없다.

〈교실 풍경〉

사물함이 한 사람당 두어 개가 된다. 선배들이 쓰다가 버리고 간 것이 대부분이고 어쩌다 사기도 하는 사물함이 교실 뒤를 메우고 있다. 사물함에는 이름표가 있다. 성의 있는 담임은 컴퓨터 글씨로 예쁘게 써 주기도 하지만 학생들은 글씨 따위에는 처음부터 관심이 없다. 자기 사물이 친구 사물보다 안전하게 그 자리에 있어만 주면 된다.

사물함 뒤에는 칠판도 있고, 환경 정리를 하라고 돈을 들여 우단도 깔아 두었지만 사물함에 가려 제 기능을 발휘하지 못한다. 그것은 교실 앞 전면도 마찬가지다. 비디오 캐비닛에 가려 환경 정리용 우단은 무용지물이 된 지 오래다.

창문 옆의 시멘트 받침대는 먼저 차지하는 사람이 주인이다. 책, 도시락, 운동복, 젓가락, 숟가락, 필통 등의 학습 용구들이 어지럽게 깔려 있다.

교사용 책상 위에도 학생들의 사물은 넘쳐흐른다. 교실 구석구석에는 그들이 먹다 버린 우유 통이 여기저기 흩어져 있고 쓰레기통은 언제나 쓰레기를 흘리고 있다. 빗자루가 있고 걸레가 있지만 물걸레는 물기를 본 지 너무 오래되어 마른걸레로 변해 있다.

교탁이 있다. 교탁 위에는 아이들의 우유 통이 널려 있어도 누구하나 이상하게 생각하는 사람이 없다. 늘 그 자리에 있었으니 없으면 오히려 이상하다.

칠판은 늘 지저분하여 분필 조각이 널려 있고, 분필 가루는 여기저기 분칠을 하는 것이 본분을 다한 것이라 여기는지 언제나 그렇게 분칠을 하고 웃고 있다.

56 이쁜이 떡볶이

　필기를 하다 글씨가 틀려 무심코 칠판지우개를 들다가 이상한 것을 보았다. '이쁜이 떡볶이'라는 선전 스티커가 지우개 손잡이 밑에 붙어 있었다. 그것도 한두 개가 아니라 여러 개의 지우개마다 모두 붙어 있었다. 아무도 탓하는 사람이 없었는지 스티커에는 때가 덕지덕지 묻어 있었다. 누가 붙여 놓았을까? 학생들에게 절박하고 필요한 것이어서 붙여 놓았을까? 아니면 장난으로 붙였을까? 장난 같지는 않아 보였다. 그것은 지금까지 붙어 있어도 학생이고 교사고 떼는 사람이 없었다는 것이 이유가 될 수 있다.

　교실이 집이요, 부엌이요, 안방인 그들이다.

　언제 붙여 놓았는지 모를 정도로 손때가 묻었다면 이것은 어제 오늘의 일이 아니다. 모두가 자연스럽게 보고 그대로 두었다는 것은 너무나 당연하기 때문이었을 것이다. 삭막한 교실에 치장이라고 붙인 것은 아닌 듯싶다. 집처럼 자연스럽게 스티커가 있으니 붙여 놓은 것 같기도 하다. 무료함을 달래려는 순진한 여고생의 발상으로 보이기도 했다. 이 반의 학생이 아닌 다른 사람이 진실로 선전을 위해 붙였다면 아직까지 온전히 붙어 있었을까? 텃새로 떼어도 벌써 떼었을 것이다. 아무것에도 관심이 없고 오직 대학 가는 것이 목표인 이들이기에 이 스티커는 오히려 자연스러운지도 모른다.

그 스티커에는 떡볶이, 순대, 오뎅, 김밥, 만두 등의 음식 이름과 전화번호, 그리고 신속히 배달된다는 내용이 적혀 있었다.

아침 7시에 등교하여 저녁 10시에 하교하는 그들, 집은 잠자기 위해 속옷 갈아입기 위해 가는 곳에 불과하다. 교실이 그들에게는 안방이요, 부엌이요, 거실인 것이 현실이다. 그들에게는 거추장스러운 교실 환경 정리보다 어쩌면 이 스티커가 더 절실할지도 모른다.

공부하다 졸고 졸다가 공부하고 아예 엎드려 자는 것이 아니라 잠에 취해 과자를 못 먹는 어린아이같이 꼬박꼬박 졸고 있다.

졸다가 눈이 마주치면 피식 웃는다. 옆에 아이도 자연스럽다는 듯 그저 덤덤하다.

여자고등학교의 암담한 교실에도 저녁 햇살은 창문 넘어 힘없이 비치고 실내조명이 들어왔다.

장난을 칠 줄도 모른다. 책상 위에 있는 물병만 만지작거리다 또 책을 본다. 엎드렸다 일어나 또 책을 본다. 옆에 아이가 책을 보면 불안해서 가만히 있을 수 없다. 책을 보고 있어야 마음이 안정된다.

아름다운 그들의 눈이 어둠에 가려 슬프게 보일 때 그들은 또 다른 분노와 익살로 새로운 하루를 시작한다. 야간 자율 학습은 마지막 보충 수업을 마치고 정확하게 50분 후에 시작된다.

57 학생회장 선거

월요일! 전교 학생회가 열린다고 각 반 반장과 학생회 임원이 음악실로 갔다. 금주 목요일 전교 학생회 정·부회장 선거를 한다는 것이다. 다음 날 반에 들어가 지나가는 말로 우리 반은 입후보자가 없느냐고 물었더니 없다고 했다. 실장 옆으로 지나가다 보니 실장이 "선생님, 그거 회장하면 공부 시간을 많이 빼앗긴다던데, 그렇지요?" 나는 "뭐 인문계 학교에 무슨 그리 할 일이 많을라꼬" 하고는 교무실로 와 버렸다.

점심시간이 되었다. 옆 반 담임이 학생을 불러 놓고 회장에 입후보해 보라고 권하고 있었다. 그때 마침 우리 반 실장이 교무실에 다른 볼일로 왔기에 불렀다. 또 지나가는 말로 "회장을 해 보지 않을래?" 했는데 그는 빙긋이 웃고 가 버렸다. 다음 날 오후까지 후보자 추천을 마감하는데 실장이 왔다. 한번 나가 보면 어떻겠느냐고 했다. 나는 "네가 가고자 하는 군인의 길과 많은 관련이 있으니 한번 부딪혀 보는 것도 좋다"고 했다. 잠시 후 실장은 신념을 굳힌 듯 입후보자 추천서를 들고 와서 써 달라고 했다. "한번 시작하면 당선되도록 해야 한다"며 용기를 주었다.

다음 날 아침 학교에 와 보니 언제 만들었는지 선거 벽보를 써 붙여 놓았다. 태극기를 그리고 그 아래에는 공부에 지친 학우들을 위하여 몸과 마음을 바칠 것을 굳게 다짐한다고 했다. 교실에 들어가 반 학생들에게 실장이 잘나서가 아니라 우리 반이니만큼 모두가 힘을 모아야 된다고 여설을 했다. 실장을 불러 건방 떠는 것은 절대 금물이니 고개를 숙여 겸손하고 진실하게 선거 운동을 하라고 일러 주었다.

회장 후보는 2학년에서 3명이 나왔는데 모두가 고만고만했다. 대형 벽보가 건물 여기저기 붙여졌다. 우리 반 실장은 팔에 힘을 주는 사람을 그리고, '힘이 셉니다' 하고 써 놓았다. 그런데 사람의 머리는 '감자'를 그려 놓았다. 감자는 나의 닉네임이기도 했다. 속으로 씩 웃었다. '역시 너희들은 내 제자였구나!' 하고 그 기발한 아이디어에 감탄하지 않을 수 없었다.

제일 먼저 등록을 한 덕분에 우리 반 실장은 기호 1번이 되었다. 기호 2번은 불어 반 학생인데 불어 4개 반이 모두 뭉쳐 명찰에 '기호 2'라고 써 붙이고 다녔다. 기세가 등등했다. 일어 반이 5개 반인데 우리 반은 일어 반이다. 그런데 일어 반에서 2명이나 나왔으니 불어 반 2번처럼 뭉쳐지지 않았다.

학생들은 교문에 서서 전번 지방 선거와 국회 의원 선거, 대통령 선거 때 어른들을 흉내 내고 있었다. 줄로 서서 등교하는 학생들을 향해 손가락으로 기호를 가리키며 절을 한 후 잘 부탁한다고 했다. 그리고 반마다 찾아다니며 인사를 했다. 우리 학교는 다른 학교와 달라 모두 중학교 때 성적이 우수한 학생들만 모였다. 우열을 가릴 수 없는 학생들이다. 누가 잘난 체하면 까뭉개 버린다. 질투심이 강한 여학생인 데다 모두 비슷한 성적과 인물들이니 자기보다 잘난 꼴은 보지 못하는 모양이다. 지난해에도 제일 연설을 못하고 선거 운동이 부족한 학생이 당선되었다. 자기보다 잘한다 싶으면 안 찍어 주는 것이 전통이라고 했다. 이것은 전통이라기보다 질투심의 발로가 아닌가도 여겨졌다.

2반 일어 반 다른 후보는 대통령이 되는 것이 꿈인데 선거 운동도 특별나게 했다. 건물 난간에 이름을 붙이고 음악을 틀어 놓고 건물 아래에 운동원을 배치하고 말을 할 때마다 박수를 치도록 했다. 몇 마디의 연설을 하더니 음악을 틀고 춤을 추기 시작했다. 마침 저녁 시간이라 학생들이 모여들기 시작했다. 여기저기 교실마다 얼굴을 내밀고 그 해괴한 광경을 지켜보았다.

다음 날 강당으로 모이라는 마이크 소리가 울리고 천이백 명 학생들은 강당으로 우르르 모였다. 열을 세우고 질서를 유지하기 위해 일어섰다 앉았다를 거듭하던 학생부장은 마이크를 현 학생회장에게 넘겨주었다.

학생회장에 입후보한 '이신영'의 찬조 연설자 3학년 김○○가 나와 연설을 했다. 역시 3학년답게 차분히 연설을 했다. 곧이어 이신영이가 나왔다. 한참 연설을 하다가 준비한 물을 머리에 끼얹으며 깨끗한 학생회장이 되겠다고 했다 장내는 박수가 쏟아져 나왔다. 이어 회장 입후보자 2명과 찬조 연설자 그리고 부회장 입후보자 1학년 2명이 찬조 연설자와 함께 나와 열띤 연설을 했다. 무릎을 가지고 나와 튼튼한 무다리로 열심히 일하겠다며 무릎을 잘라 속이 꽉 찬 후보임을 과시했다. 한복을 입고 나와 시선을 끌기도 하고, 연설을 마치고 어설픈 노래와 춤으로 유권자들에게 기억시키려고 노력하기도 했다. 연설 도중 연설자의 말을 선창하기도 했는데 표의 행방은 알 수가 없었다.

투표장은 3곳, 학년별로 명렬과 대조하여 투표용지를 배부하고 투표를 시작했다.

어째 우리 반 실장이 어렵겠다는 생각이 들어 교실로 가고 싶었다. 그것은 우리 반 학생들이 투표를 끝냈기 때문이기도 했지만 실장의 연설이 2번 학생보다 못했다는 생각이 더욱 지배적이었다.

교실에 오니 학생들은 덥다며 얼음과자를 사 달라고 졸랐다. 나는 못 사 주는 이유로 우리 반 실장은 지금 땀을 흘리며 초조히 결과를 기다리고 있는데 얼음과자나 빨고 있다면 도리가 아니라고 했다.

퇴근 시간이 되었다. 결과는 보나마나 뻔한 것이라는 판단이 왔다. 지금까지 자기보다 잘난 학생은 절대로 찍어 주지 않는다는 이 학교의 징크스를 믿고 싶지 않았다. 그런 학생의 질투심도 믿고 싶지 않았다. 이 나라의 엘리트 여성이 될 수 있는 조건을 갖춘 우리 학교 학생들을 바보로 평가하기 싫었다.

집에서 초조히 기다리고 있는데 일곱 시가 넘어 전화가 왔다. 전번 임시 실장을 하다가 실장 선거에서 동점표로 낙선한 학생의 전화였다. 전화 내용은 야간 자율 학습을 못 하겠다는 것이었다. 동생의 뒷바라지 때문이라고 했는데 나는 그 학생의 물음에 답도 하기 전에 선거 결과를 물었다. 이신영이가 회장에 당선되었다고 했다. 순간 어리둥절했다.

58 이쁘이와 입큰이

야영!

야영장에 가서 야영을 할 수 없으면 학교 자체로 야영을 해야 한다. 2학년은 지난해 야영장에서 야영을 했다. 그래서 금년에는 학교 자체로 야영을 해야 한다. 산 좋고 물 맑은 곳으로 갈까도 했지만 비용이 너무 많이 들어, 학부형의 주머니를 고려해서 학교에서 야영을 하기로 했다. 텐트와 취사도구를 준비하라고 조별로 시켰다. 한 조에 5명 정도로 하여 준비를 시켰다. 준비가 안 된 조는 강당에서 잠을 자는 수밖에 없었다.

야영을 시작하기 전에 밥을 못한다고 엄살을 피우던 녀석들이 언제 밥을 했는지 먹어 보라고 가져올 때는 너무 기특하기도 했다.

강당에서 레크리에이션을 하는 시간이 왔다. 여러 가지 프로그램이 있었는데 특히 반별 게임이 재미있었다. 그중에서 '입크니'를 뽑는 게임이 있다.

"각 반별로 입크니는 나오세요."

사회자의 말이 떨어지기 바쁘게 한 반에 한 명씩 단상으로 올라갔다. 우리 반에는 이상하게 입이 그리 크지도 않은 윤정이가 나갔다. 그는 평소에 리더십이 강한 학생으로 공주병에 걸린 학생이다. 본인이 최고로 예쁘다고 생각하는 학생이다. 그런데 입이 큰 사람을 뽑는데 싱글벙글거리며 제일 먼저 단상에 올라가는 것이 무척 이상했다. 사회자는 입을 크게 벌리게 하고 자로 재어 가며 큰 순서를 재기 시작 했다 그때부터 윤정이이 인상이 삐뚤어지기 시자 했다. 물론 윤정이는 꼴찌를 하고 내려왔다. 윤정이가 내려오자 반 아이들은 등수에 들지 못하여 실망을 했다. 그런데 윤정이의 변명은 전혀 엉뚱했다.

"야들아! 나는 이쁘니 나오라고 하는 줄 알았어!"

이쁜이와 입큰이는 전혀 다른 것 같지가 않았다.

59 교장 부임과 영어책

무더위도 한풀 꺾인 9월! 교장이 새로 부임하는 날!

새로 온 교장을 맞이하기 위해 교사도 학생도 분주한 아침이다. 보충 수업도 오후로 돌리고 임시 직원회의를 했다. 직원회의를 하는 사이 학생들은 강당에 모여 새로 오신 교장 선생님의 부임 인사를 듣기 위해 학년별, 반별로 열을 맞추고 있었다.

임시 직원회의에서 교장의 부임 인사는 생각보다 빨리 끝이 났다. 그러나 직원회의는 길어졌다. 그것은 각 부의 부장이 새로 온 교장에게 자기를 알리려는 목적에서인지 오늘따라 장황한 사무 전달을 했기 때문이다. 학생부장, 연구부장 순으로 이어진 사무 전달은 굳이 오늘 하지 않아도 되는 것들도 상당히 있었다.

누가 안내한 일도 없는데 교사들은 강당으로 우르르 몰려갔다. 평소에는 관심도 없던 사람들이 새로 교장이 오니까 학생에게 관심이 있는 것처럼 강당으로 몰려갔다.

강당에서는 큰 낭패가 벌어졌다.

3학년이 한 사람도 없었다.

3학년은 오늘 2학기 중간고사를 치는 날이다. 교사들은 모두 난리를 피웠다.

새로 교장 선생님이 오셨는데 '시험이 뭐! 그리 대수냐?' 교장

옹호파와 '시험이 바로 시작되는데 3학년은 빼도 안 되느냐?' 학생 옹호파가 대립을 했다. 그러나 중요한 것은 3학년도 모이라고 시켰는데, '공부하느라 연락을 받고도 오지 않는다'와 '연락을 받지 못해 오지 않았다'는 것이었다. 분명히 연락을 했다는 교사가 나오고 이놈들이 연락을 받고도 나오지 않는다는 것이 사실로 밝혀지자 교무부장은 3학년 담임을 교실에 보냈다.

아직 새로 부임한 교장은 교장실에서 나오지 않았다. 아마 준비가 다 되었다는 연락을 받지 못해 교장실에서 인사말을 준비하고 있는지 모를 일이다.

3학년이 하나둘 강당으로 모이기 시작했다. 그런데 이런 일도 있는가? 전체 조회를 하는데, 아니 신임 교장의 부임 인사를 하는데 학생들은 하나같이 책을 들고 모이기 시작했다. 그것도 책을 보면서 어슬렁어슬렁 와서는 계속 책을 보며 줄은 대충 서고 있는 것이 아닌가? 1교시가 영어 시험이라 영어책을 들고 눈은 책에서 떼지 않았다. 심지어 앞사람 등에 책을 걸치고 보는 학생도 있었다.

새 교장이 단위에 오르자 학생들은 박수를 치기 시작했다. 교장도 기분이 나쁘지 않는 듯 얼굴 가득 미소를 머금고 인사말을 시작했다. 인사말은 간단히 끝났다.

"명문 고등학교에 오게 되어 무척 기쁩니다. 앞으로 여러분의 학력 향상에 전심전력을 다하겠습니다."

학생들은 또다시 박수를 쳤다. 그 박수는 환영의 의미인지 아니면 인사말이 짧아 마음에 든다는 것인지 알 수 없는 일이지만……

학생들은 다시 강당 출입문을 빠져나가 책을 보며 걸어갔다.

60 여름이 가는 소리, 가을이 오는 소리

고추잠자리가 날고 매미 소리가 창 가까이까지 요란하게 들린다. 손수건을 몇 번씩이나 꺼내 땀을 훔치게 했던 당찬 무더위도 아침저녁 선선한 바람에 힘을 잃고 꼬리를 감추려는 눈치다. 포도(鋪道) 위에서 세도를 부리던 따가운 햇살도 산비탈에 걸려 기력을 잃어가고 있다. 이빨 빠진 늙은 범이 발악을 하듯 여름은 아무래도 기력이 다해 불쌍하게 보인다.

두고 보겠다고 이를 물고 벼르던 염치없는 사람들이 자기 잘못을 모르고 눈을 흘기는 것 같은 여름은 온종일 흰 이빨을 드러내며 으르렁거리는 것은 여름의 향수가 남아서일까? 가끔은 등골이 축축하도록 앙갚음을 한다.

한여름 오후! 길에 그림자를 늘어뜨리고 낮잠을 자는 나무 위에서 졸고 있던 청설모도 기세 꺾인 햇살을 비웃으며 괜히 바쁜 척한다. 이 나무에서 저 나무로, 저 나무에서 이 나무로 여물지도 않은 밤송이를 몰고 다니며 해해거린다.

아침 안개가 자욱한 거리를 걸어가면서 가을을 그려 본다. 코스모스 만발한 이슬 머금은 시골 황톳길을 연인과 함께 걸어가는 고급스런 상상으로 하루를 시작한다. 안개가 끼는 날은 무척 더운 날을 예감하게 한다.

오늘도 손수건에 땀을 적시는 하루가 지루하게 전개되리라. 땀과 함께 보기 싫은 얼굴도 흘러가 버렸으면 좋겠다. 자다가도 문득문득 떠오르는 그 싫은 사건이 여름에서 가을로 가는 길목에 유난히 떠오르는 것은 아마 이 계절이 준 또 하나의 싫은 상상 중에 하나일 것이다.

어릴 적부터 사람과 부딪치는 것을 꺼리던 나는 어른이 되었어도 좋지 못한 인상으로 남는 사람은 싫은 얼굴로 각인(刻印)된다. 폭력을 싫어하는 여린 성격에 아마 상처를 받은 탓일 게다. 오늘도 그 상처를 지우기 위해 노력하고 있지만 그럴 때마다 더 크게 다가옴을 느낀다. 아마 영원히 지울 수 없을 것이다.

여름풀이 시들고 가을 풀이 고개를 드는 숲을 거닐고 있다. 숲 속의 냄새도 가을을 의식하고 자리를 양보하기 시작한다. 여름의 무성하고 힘센 냄새에서 가을의 풍성하고 조금은 서글픈 냄새로 바뀌어 가고 있다. 무성하던 이름 모를 1년생 들풀들이 열매를 떨구며 시들어 가고, 가을꽃을 피울 준비로 그 자리를 메우고 있다.

더위에 지쳤던 호박잎이 고개를 들고 때늦은 열매를 준비하고 있다. 미리 준비한 누런 호박을 마치 시집간 딸을 보듯 건너다보고 있다. 연못가에는 익다 만 까틀복숭아가 툭툭 떨어지며 물장구를 친다. 지친 오후의 뜰을 한때의 소녀들이 재잘거리며 지나가고 있다.

덜 익은 도토리를 따 나르는 부지런한 다람쥐! 힘 잃은 햇살이 나뭇가지 사이로 언뜻언뜻 고개를 내민다. 아무리 보아도 여름은 아니다. 그렇다고 가을도 아니다. 분명히 여름 끝 어디쯤에 나는 서 있다. 서러운 여름은 그렇게 지고, 벌거벗은 흰 박(珀)들이 뒹구는 가을은 오고야 말 것이다.

간혹 넥타이를 맨 어설픈 신사들이 지친 걸음으로 거리를 활보하고 자동차들은 에어컨 물을 흘리며 불만스럽게 바퀴에 이끌려 지나간다. 아직은 반팔 소매와 짧은 치마가 어울리는 계절이다.

인간이기를 포기하고 예의를 벗어 버린 그를 또 생각하고 있다. 달면 삼키고 쓰면 뱉어 버리는 인간, 손해가 되면 금방 말과 행동을 바꾸고 얼굴색 하나 변하지 않는 철면피를 한 인간을 생각한다. 이 가을이 오기 전에 그를 내 생각 밖으로 몰아내어야 하는데…… 가을은 오고 있는데…… 그는 지워지지 않는다.

벼들이 알을 내뿜고 고개 숙일 준비를 하는 곳에는 옥수수 알이 불거져 나온다. 땅콩, 고구마, 감자가 햇살 구경을 하며 신기한 듯 하늘을 쳐다본다. 바쁜 사과가 붉어지기도 전에 나무에서 떨어져 시장 구경을 하고 포도송이도 그 뒤에 서서 서성인다.

약이 올라 짙푸른 나무에 새빨간 고추가 주렁주렁 열려 있다. 지나가다 말고 고추밭에 쭈그려 앉았다. 너무나 대조적인 색깔이다. 눈물이 나도록 정열적인 색의 대비. 고추의 빨간색은 아무도 흉내 낼 수 없는 신성한 색으로 인정하고 싶다.

하복이 춘추복으로 바뀌고 있다. 하복이 초라해 보이는 아침저녁이다. 때늦은 비가 추적추적 오는 날이면 우산 속 하복은 더욱 초라하게 보인다. 몸을 움츠리는 소녀들의 모습은 애처롭다 못해 가련하다.

만나면 반가운 사람이 있다. 보기만 해도 웃음이 절로 나오는 사람이 있다. 언제 보아도 새롭고 다정한 사람이 있다. 그 사람의 말만 들어도 듣기 싫은 사람이 있다. 발자국 소리만 들어도 몸서리쳐지는 사람이 있다. 어쩌다 마주치면 머리카락이 치솟는 사람이 있다.

그것은 그 사람의 행동에서 말에서 독(毒)이 풍겨 나오기 때문일까? 그런 사람이 내 곁에 없었으면 좋겠다. 이 여름과 함께 사라졌으면 좋겠다. 여름이 가고 가을이 오듯이 독을 품은 사람은 가고 향기를 품은 사람이 왔으면 좋겠다. 내가 품은 독이 조금은 그 향기에 취했으면 좋겠다.

기승을 부리던 모기떼들도 서늘한 바람을 타고 가 버렸다. 계절의 감각마저 잊어버리고 피에 굶주려 헤매는 몰지각한 몇 마리만 남아서 앵앵거린다. 독을 품고 사는 사람과 같은 모기의 앞날은 찬 바람과 함께 자취 없이 사라질 것이다.

아직은 더운가 보다. 큰 건물 사무실 옆을 지날 때마다 더운 기운이 환기 구멍을 타고 밖으로 나온다. 아마 에어컨에서 나오는 온기일 것이다. 실내를 시원하게 해 주다가 자신은 온기를 참지 못해 헉헉거리며 환풍기를 돌린다.

가을이 오는 소리가 들리는데 아직은 여름의 끝자락을 헤매고 있다. 주춤하던 수은주가 마지막 기운을 쓰고 있다. 최저 23도, 최고 31도, 이것은 한여름 날씨다. 그러나 기분 나쁜 더위가 계속될 뿐 햇볕은 강하지 않다. 철이 바뀌려는 증거인지 때 이른 비가 추적추적 오고 있다.

후덥지근한 날씨가 여름에서 가을로 가려는 채비를 하고 있다. 윗도리를 입었다 벗었다 하며 하루를 보낸다. 운동장에 고인 물을 해결하기 위한 회의가 열렸다. 떨어지는 빗줄기에 티끌은 씻기어 가도 인간의 더러운 욕망, 시기, 질투심은 쉽게 씻기어 가지 않는다. 마음을 비우라. 비우지 않는 마음은 더러운 소유욕만 늘고 몸이 병들 뿐이다.

여름이 가는 소리가 들리고 가을이 오는 소리가 들린다. 떨어지는 낙엽을 보며 낭만을 즐기기에는 세월을 너무 찌들어 살았다. 서글픔이 앞선다. 이제 여름이 가고 가을이 오면 내 슬픈 일상사는 새로운 희망보다 또 다른 욕망이 시작될 것이다. 주체할 수 없는 욕망은 나를 허물어뜨리고 말 것이다. 여름이 가고 가을이 오기 전에 내 더러운 욕망을 지워 버리자.

차가워지는 맑은 물을 닮아 가자! 붉어지는 도토리같이, 고개 숙이는 벼같이 삶을 달관하는 자세를 배우자. 머지않아 황금물결로 물드는 들판을 보고 아름다움을 느끼자. 살아온 나날들에 감사하며 네 것 내 것을 구별하지 않는 마음이 되자.

X
의성중학교

61 교사 운영위원 선출하는 날

　　교사 운영위원을 선출한다는 공고가 캐비닛 문에 붙어 있었다. 전근 온 지 겨우 10여일이 지났으므로 이 학교에 대해서 아는 것이 거의 없었다. 거기다가 학년 초이고 처음 왔다고 담임을 맡기니 안 한다고 할 수도 없고, 울며 겨자 먹기로, 그래 금년만 빨리 가라 교육부 시계라고 안 돌아가라는 법이 있단 말인가?

　　무엇을 해야 할지도 모르고 교실과 교무실 뒤 교사와 앞 교사를 번갈아 다니다가 보면 점심시간이 되고, 수업 들어갔다가 사무 처리를 하다 보면 금방 퇴근 시간이 되었다. 퇴근 시간이 되면 또 30여 분을 달려 집으로 가야 한다. 그렇게 숨 쉴 겨를도 없이 10여일이 지났는데 교육 위원에 관심이 있을 턱이 없었다. 더구나 교장은 금년에 온 사람은 안 된다고 못을 박고 있었다. 부장도 금년에 온 사람은 안 된다고 입이 마르도록 말을 했는데 결국 부장 한 명은 금년에 온 사람이 되었다. 금년에 온 죄로 아무 말도 하지 못하고 힘든 사무만 잔뜩 짊어진 채 하루하루를 보낼 뿐이었다. 해 놓은 일 없이 세월을 겹으로 먹었는지 여기에 오니 고참 중에도 상고참으로 호봉이 교장, 교감 다음다음이다. 한두 해 먼저 온 젊은 교사들은 먼저 온 덕을 톡톡히 보고 있었다. 많은 선배들을 제치고 부장을 하니 그들의 하루하루는 웃음의 연속이었다.

직원회의를 열었다. 직원회의 하는 날은 월요일 하루뿐이라고 말하면서 일주일에 세 번은 직원회의를 한다. 모두가 지시일변도이다. 할 말은 거의 알림판에 쓰고 그것도 모자라 캐비닛 문에까지 인쇄물을 붙이면서 또 직원회의를 한다. 각 부장마다 한 마디씩 하고 교감이 하고 교장이 연설을 끝내야 직원회의는 끝이 난다.

오늘 직원회의는 조금 다른 회의다. 직원회의를 하기 전에 모 부장이 나에게 와서 학교운영위원회 교사 위원 2명을 뽑는데 김 부장과 이 부장을 뽑아야 된다고 하는데, 정말 하면서 머리를 긁적였다. 그것은 김 부장과 이 부장을 찍으라는 말보다 더한 것이었다. 교무실에 들어가면서 '그래 금년은 너희들이 하자는 대로 해 주마' 하고는 자리에 앉았다.

직원회의는 무슨 준비가 덜 되었는지 수업 시작 시각을 넘기고 있었다. 나는 교감을 향해 지금 무엇을 하느냐고 빈정대었다. 그는 못마땅한 표정으로 바라볼 뿐 말이 없었다. 수업 시작 시간인데 수업을 해야 도리가 아니냐고 나지막이 말하고는 자리에 앉았다. 조금 후 행정실장과 교장이 교무실로 들어오고 회의는 바로 시작이 되었다. 저 멀리 교실에서는 학생들의 떠드는 소리가 쿵쾅쿵쾅 들렸다. 친목회장이 일어나더니 학교운영위원회 교사 위원을 뽑는다고 하면서 투표용지를 나누어 주었다. 투표용지에는 3명의 이름이 적혀 있었다. 그들은 입후보자였다. 2명은 교장의 사주를 받고 입후보한 사람이고 한 사람은 스스로 입후보한 사람이었다.

교장의 사주를 받은 자만 입후보했다면 이렇게 야단스럽게 학생들 수업까지 빼먹으면서 투표를 하지는 않았을 것이다. 자연스럽게 박수나 치면 끝나는 일인데 한 명이 문제였다. 그는 전국교원노동조합원으로 교장이 경계하는 인물이었다. 그의 입후보는 교장을 무척 어렵게 만든다는 흔적이 보였다.

투표를 하기 전에 분명 알아야 할 일이 있었는데 친목회장은 그냥 지나치고 있었다. 그것은 한 투표용지에 3명이 입후보했고 2명을 뽑는 것인데 기표를 '한 곳에 하는지 두 곳에 하는지' 중요한 문제를 빠뜨린 것이다. 느닷없는 내 질문에 교장도 교감도 친목회장도 인상을 쓰면서 "그것은 물어 무엇 합니까? 한 투표용지니 한 번 기표하면 됩니다"라고 간단하게 대답을 했다. 더 이상 말을 한다는 것도 금년에 온 사람으로 예의가 아닌 것 같아 자리에 앉고 말았다. 그러면서 옆 사람에게 들릴 정도로 한 사람 기표와 두 사람 기표의 차이를 모르고 있다며 투덜대었다.

투표는 순조롭게 진행되었다. 이어서 개표도 쉽게 되었다. 그런데 문제가 생겼다. 교장이 사주한 두 사람 중 한 사람은 떨어지고 말았다. 30명 투표자에 교장이 사주한 사람이 10표, 9표로 9표를 얻은 사람이 떨어졌다. 전교조 교사가 10표를 얻어 운영위원이 된 것이다. 모두 한 표 차라고 웃었다. 내가 볼 때는 한 표 차가 아니라는 데 문제가 있다. 교장은 우거지상으로 고개를 숙이고 교장실로 가 버렸다. 젊은 부장들은 교장의 심기를 헤아리지도 못하고 그냥 웃으며 교실로 들어가 버렸다.

교장이 사주한 사람 중 떨어진 한 사람을 복도에서 만났다.

한 투표용지에 2명을 기표해야 교장이 의도하는 대로 되는 것인데 왜 그것도 모르고 교장의 심기를 불편하게 하느냐고 했더니 그는 무슨 영문인지 몰라 나를 쳐다보고만 있었다. 나는 내 의견이 묵살된 것에 대한 분풀이도 될 겸 그에게 자세히 설명해 주었다. 두 명을 뽑는 선거이니 한 사람이 2번 기표하는 것은 당연한 이치인데 2번 기표를 하면 전교조 교사가 떨어지고 교장이 생각한 사람이 당선이 된다. 왜냐하면 전교조 교사의 표는 고정표이기 때문에 그는 10표를 얻을 것이고 한 명을 더 찍어야 하니 다른 두 명은 10표, 9표가 아니라 20표, 18표가 되는 것을 자세히 설명해 주었다. 그는 고개를 끄덕이더니 "진짜! 맞네요" 하면서 빠른 걸음으로 사라졌다. 숙직실에 가니 일반직 2명이 선거 이야기를 하고 있었다. 교장이 지금 화가 나서 난리라고 했다. 나는 그들에게도 내 발언에 대한 한풀이로 2명 기표론을 이야기했다. 그들도 환하게 웃으며 "정말 그러네요" 하면서 행정실로 갔다. 두 시간을 마치고 교무실에 앉아 있는데 교감이 내 옆으로 지나갔다. 현관으로 살짝 불러서 교장의 심기를 편하게 해야 되지 않느냐며 2명 기표론을 이야기하니 그도 웃으면서 고개를 끄덕거렸다. 행정실장은 나를 보더니 의미 있는 웃음을 흘리며 만족한 표정을 지었다. 아마 내 2명 기표론을 들은 것 같았다.

3교시를 마치고 교무실에 오니 교무실이 수런거렸다. 내 옆의 여선생은 입을 삐쭉이며 '선거를 새로 한대요.' 나는 시치미를 떼며 왜냐고 물었더니 개표가 잘못되어서 떨어질 사람이 되고 당선될 사람이 떨어졌다는 것이다. 그것은 전교조 교사는 그대로인데 교장이 사주한 사람 중 첫 번째 사주자가 떨어졌다는 것이다. 교사들은 교장의 처사를 나무라고 있었다. 조금 후 다른 여선생이 "이번에는 한 용지에 두 번 기표 한대요" 하면서 입을 또 삐쭉거렸다. 그러면서 나를 보고 "선거하기 전에 선생님께서 분명히 문제를 제기하셨잖아요" 하면서 못마땅한 표정을 지었다.

4교시 수업 시작종이 울리고 교장과 행정실장이 들어오고 투표를 다시 한다고 했다. 개표가 잘못되어서 다시 하는데 입후보자 3명 모두가 합의한 사항이라고 했다. 그러면서 이번에는 한 용지에 2번을 기표한다고만 했다. 정신을 혼란시키기 위해 행정실장이 운영위원의 책무에 대해 장황하게 설명을 늘어놓았다.

투표를 새로 한다는데 전교조 쪽에서 아무런 이의도 제기하지 않았다. 그들은 아무리 해도 전교조 교사는 떨어질 리 없다는 것을 확신하고 있는 것 같았다. 2명 기표의 결과를 뻔히 점치고 있는 나로서는 가소로운 일이었다. 투표를 막 시작하려는데 나에게 처음 2명 기표론을 들었던 김 부장이 내 어깨를 만지며 "2명 기표가 맞지요" 하면서 다정하게 말을 건넸다. 그것은 내 의견대로 2명 기표를 하게 된 것은 본인의 공이라는 것을 암시하고 있었다.

투표 결과 처음 투표에서 10표, 9표, 10표이던 것이 24표, 20표, 14표가 나왔다. 전교조 교사는 떨어지고 말았다. 내 예측이 거의 적중한 것이다.

나는 고개를 숙이고 말았다. 내가 낸 꾀라는 것을 전교조 교사들이 안다면 문제가 생길 수도 있기 때문이다. 교장은 김 부장의 꾀로만 알고 있는 것 같았다. 나는 그것이 바람직하다고 생각하면서 김 부장이 자기 꾀라고 떠벌리고 다니기를 바라며 교실로 들어갔다. 아무리 그렇다 해도 내 꾀라고 밝혀질 것인데, 그렇다 해도 나는 할 말이 있었다. 그것은 1차 선거 때 내가 한 말은 한 번 기표하느냐 두 번 기표하느냐 하는 물음뿐이었고 나에게 불리하면 내 꾀가 문제가 아니라 아무것도 모르고 2차 투표에 동의하고 이의를 달지 않았던 잘못이 더 크다는 말을 할 수 있기 때문이다. 또 자신들의 어리석음을 밝히는 어리석은 일이기도 하기 때문이다.

62 의성 가는 길

하얀 아침을 열고 새로운 길을 간다는 부담은 기대와 긴장이 교차된다. 이런 설렘은 몇 년 만에 이어지는데, 종이 한 장에 가는 길이 정해지고 또 다른 고행은 시작된다. 이번 길은 본인의 희망이라지만 어쩔 수 없이 밀려온 길이나 마찬가지다. 힘이 솟는 길은 처음부터 아니다.

아직은 두터운 외투가 절실하다. 차창에 낀 서리를 손으로 쓸어내며 입김을 호호 불었다. 그동안 수십 번을 옮겨 다녔다. 이번처럼 생소한 곳도 여러 번 다녔지만 그때는 설렘 자체였다. 이제는 설렘보다 또 다른 사람을 만나야 된다는 두려움만 있을 뿐이다. 집을 나서 법흥교를 건너는 것은 지난해와 같지만 다리만 넘으면 길은 90도로 달라진다. 복잡한 시내 길이 아니라 쭉 뻗은 강변로를 달려야 한다. 그것은 시원함도 있겠지만 먼 길을 가야 한다는 신호이기도 하다.

겨울의 강변로는 황량하기 그지없다. 허허벌판이 그러하고 앙상한 나뭇가지가 그러하다. 차갑기만 한 강물 또한 마찬가지다. 불어오는 바람이 차창에 부딪히며 쌩하고 매정하게 가 버리는 것도 겨울에만 느낄 수 있다.

의성! 내가 의성으로 간다는 것은 내신을 내기 하루 전까지도 생각하지 못했다. 그저 시골로 가야 한다는 생각은 했지만 의성으로 간다는 결심은 없었다. 그런데 의성이 좋을 거라고 넌지시 권하는 사람이 있었으며, 의성이 좋다고 적극적으로 권하는 사람도 있었다. 마지막까지 결정을 못하고 미루다 의성을 쓰고 나니 너무 멀다는 생각보다 생소한 곳에 대한 두려움이 앞섰다.

안동 대구 간 4차선 공사를 한다는 현수막이 나붙고, 한참 후 공사하는 모습을 간혹 볼 수 있었다. 완공된 길을 달려 보기는 이번이 처음이다. 옛날에는 2차선이었는데, 그것도 구불구불한 도로라 속력을 낼 수도 없었다. 하지만 지금은 정말 잘 닦여진 길이다. 시멘트로 포장된 고속도로보다 더 훌륭한 도로다. 아침이라 차들은 전속력으로 달렸다. 아마 나같이 출근을 재촉하는 차들이라 짐작되었다. 모두 나보다 더 복잡한 생각을 하며 달릴까. 첫 출근길이라 그들보다 길이 설어 속력을 낼 수가 없다.

언뜻언뜻 보이는 차창 밖 풍경이 바뀌고 냉기가 차츰 없어지면서 가까운 곳에서부터 파란 싹이 돋기 시작했다. 싸늘하게 보이던 강물이 힘을 잃어 가고 물결은 평온을 찾았다. 봄이 오는 소리가 들리는 것 같다.

새로 부임하는 사람은 쉬운 사무, 좋은 사무는 줄 수 없다는 무언의 규칙을 헌법 조문으로 생각하는 사람들이 있다. 자기가 놓은 덫에 자기가 걸려드는 우(愚)를 범하는 사람들이다. 그 어리석음을 꾸짖지 못하는 아픔으로 하루를 힘겹게 보내고 돌아오는 길은 몸이 천근만근 무겁다.

상큼한 아카시아 꽃향기에 취하는 것으로 모든 시름을 잊어 보련다. 지천으로 피어 있는 이름 모를 들꽃을 보며 이름 없이 살다

간 사람들을 떠올린다. 이름을 남긴다고 발버둥치는 사람도 결국은 이름 없이 사라지는 들꽃인 것을 우리들은 잊고 산다.

후덥지근한 공기가 얼굴을 문지르고 무거운 삶은 늦은 출근길에 놓였다. 차창으로 들어오는 작은 햇빛에도 더위를 느낀다. 여름이다. 반소매가 거추장스러운 날씨다. 이때는 보통 섭씨 30도를 오르내린다. 무성한 초목들 사이로 내 거친 삶의 무게가 느껴진다.

낭만으로 뭉쳐진 여름이기를 해마다 빌지만 그런 여름은 젊은 날 잠시 왔다가 오지 않은 지 오래다. 뜨거운 뙤약볕 아래에서 무거운 삶을 지탱하면서도 마음은 푸른 바다를 헤매는 어리석은 사람들이 얼마나 많은가?

보잘 것 없는 지위를 이용해 그렇지 못한 자의 등을 치는 기생충 같은 사람은 얼마나 많은가? 어차피 동물이나 식물이나 먹고 먹히는 먹이 사슬에 매여 있지만 도가 지나쳐 화를 당하는 물상들이 얼마나 많은가? 오늘도 도가 지나쳐 자멸하는 사람들을 보면서 환멸을 느꼈다. 여름은 정녕 삶의 전쟁 한가운데인가 보다.

코스모스가 핀다고 가을이 온 것은 아니다. 요즘 코스모스는 계절도 모르고 핀다. 황톳길 흐드러지게 핀 코스모스는 상상만으로도 행복하다. 가을인가 보다. 벚꽃 지도가 나오더니 단풍 지도가 신문을 장식한다. 봄에 씨를 뿌리지 않으면 가을에 후회한다는 말을 진리로 생각하고 열심히 일한 만큼 대가가 온다고 가르치는 내가 어리석은 사람이 아니기를 빌고 싶다.

계절이 세 번 바뀐다고 1년이 간 것은 아니다. 내 시름이 널려 있는 한 1년은 10년처럼 번뇌에 걸려 길기만 하다. 그래도 세월은 가나니 인생은 아름답다 말하며 살아야겠다.

63 피지도 못하고 시들어 버린 목련꽃을 보며

아직은 찬바람이 매섭게 불지만 봄이 온 것은 분명하다. 한낮에는 제법 햇볕이 따스하다. 봄의 전령인 산수유가 노란 꽃망울을 준비하고, 목련의 솜털이 하루가 다르게 커 가고 있다. 목련은 싱거운 꽃이다. 잎도 나기 전에 꽃망울부터 터뜨린다. 그것도 작은 것이 아니고 주먹만 한 꽃을 흐드러지게 피운다.

따뜻하고 나른한 오후다. 꽃망울이 크다 싶었는데 흰 살이 밖으로 삐져나오고 있었다. 아마 내일이면 몇 송이는 필 것 같다. 화단의 국화 싹이 뾰족이 내밀고 양지바른 담벼락 밑에는 쑥이 제법 자랐다.

퇴근 시간이다. 우연히 쳐다본 목련나무 꼭대기에 배(梨)만 한 흰 꽃이 피었다. 꽃나무 아래에는 작은 꽃망울이 맺히고 위로 올라갈수록 큰 꽃이 피었다. 석양에 비쳐진 목련은 눈물겹도록 탐스럽고 아름다웠다.

아침에 일어나니 차창이 얼어 있었다. 이것은 꽃샘추위 수준이 아니다. 손톱으로 긁어도 잘 긁히지 않는다.

화단의 목련꽃은 어제 그렇게 흐드러지도록 피어 있었는데 무쇠솥에 삶아 놓은 듯 누렇게 퇴색되어 축 늘어져 있었다. 작은 꽃망울도 흰 살이 조금 나온 큰 꽃망울도 맥없이 늘어져 있었다. 이것은 꽃샘추위가 아니라 꽃을 송두리째 삶아 버리는 추위였다. 영하 5도라고 교실에서는 난로를 피웠다. 부푼 희망을 안고 피던 꽃이 마음껏 피지도 못하고 늘어져 버린 화단은 을씨년스럽기까지 했다. 맥없이 주저앉을 거면 야단스럽지나 말든지, 허무한 꽃 잎사귀는 뭉그러지면서 썩은 물이 흐르고 있었다.

목련꽃은 양지바른 쪽 가지에 있는 꽃이 먼저 핀다. 뿌리와 거리가 멀어도 꽃은 먼저 핀다. 욕심이 많아서 영양분을 많이 흡수해서일까? 햇볕을 혼자만 많이 받은 것일까? 같은 가지인데도 꽃이 피는 시기는 너무 다르다. 음지 쪽 뿌리 가까운 곳의 가지에서는 꽃을 피울 미동도 하지 않는다.

아름다운 꽃이라야 눈길이라도 한 번 더 가는 법이지 축 늘어져 썩어 버린 목련꽃은 누구도 눈길을 주지 않았다. 어쩌다 마주치면 혀를 차든가 애처롭다 말하든가, 아니면 일찍 피더니 그것 보라며 고소를 금치 못하는 사람도 있었다. 그러던 어느 날 목련나무는 다음을 준비하고 있었던 모양이다. 썩은 꽃 사이로 다른 꽃이 피고 있었다. 거무칙칙하게 얼어 죽은 꽃 속에서 듬성듬성 흰 꽃이 함박 피어났다. 그것은 죽은 꽃들이 필 때 미동도 하지 않던 꽃망울들이다. 예전 같으면 화려하게 먼저 핀 꽃들에 묻혀 버릴 꽃들인데 말이다.

먼저 가려고 남을 누르려는 사람, 그것은 운전이 그러하고, 모든 경기가 그러하고, 승진이 그러하고, 우리의 삶이 그러하다. 운전을 하다 보면 흔히 하는 말이 있다. 1분 먼저 가려다 10년 먼저 간다고. 그리고 승진에 눈이 어두워 동료를 배신하고 몇 년 먼저 승진한 사람들은 비록 승진은 빨라도 주위에 사람이 없다. 그러다 혼자 늙어 가겠지. 순리를 거역하고 자기 위주로 사는 사람들에게 교훈을 주는 것 같아 몹시 씁쓸하다. 많이 갖기를 희망하는 우리들은 아무리 생각해도 거무칙칙하게 얼어 죽은 목련꽃이 아닐까 한다.

64 눈은 마주치기 위하여 있다

2교시를 방금 끝내고 왔는데 또 3교시 시작종이 울렸다. 지치고 나른한 몸으로 종소리를 듣고 교실로 들어가는 길이다. 초목도 땡볕에 시달려 기운을 잃어 고개를 숙이는 늦여름이다. 소가 주인에게 쫓기어 푸줏간에 들어가는 기분이 이런 것일까? 긴 복도를 따라 혼자 걷고 있는데 뒤에서 가벼운 여자 발자국 소리가 들려왔다. 본능적으로 뒤를 돌아보았다. 옆 반에 수업이 있는지 분필 하나 달랑 들고 출석부도 없이 눈에 미소를 머금은 사람은 눈이 무척 아름다운 과학과 여선생님이다. 아직은 아가씨 티를 벗어나지 못한 젊은 주부이다. 눈웃음만 받고 그냥 걸어가려니 숙녀에 대한 예의가 아닌 것 같아 나는 느닷없이 "눈은 왜 있을까요?"라고 슬쩍 말을 걸었다. 그는 당연한 질문을 왜 하느냐는 몸짓이 느껴지는가 싶더니 장난기가 발동하는 말씨로 더듬거려도 재미있는 말이 생각나지 않았는지 "보라고 있지요, 뭐!" 하고는 무안해하며 무척 애교스럽게 답을 했다. 나는 내가 질문을 하고도 무슨 대답을 기대하지 않아서 도리어 내 대답이 궁하게 되었다. 궁하다는 것은 실없이 한 질문이지만 복도를 걷는 동안 무료함을 달래고 숙녀에게 친절을 보이기 위한 질문이기에 포복절도할 만큼의 재미있는 대답이 있어야 한다는 당혹감을 벗어나기 위한 것이다. 정말 그랬다. 무척 절박한 순간이었다. 그래서 불쑥 나온 말이 "눈은 마주치라고 있는 겁니다"였다. 의외로 여선생은 소리 내어 크게 웃어 주었다. 안도의 한숨을 쉬었다. 그러다 그녀는 "아녜요. 눈이 마주치라고 있는 것이 아니라 입이 마주치라고 있는 거예요" 하고는 교실로 들어가 버렸다. 다음 교실이 내 교실이었는데 교실에 들어가서도 입이 마주치기 위해 있는지 눈이 마주치기 위해 있는지에 대한 생각으로 수업이 잘 되지 않았다.

점심시간이 되었다. 학생들은 우르르 복도를 뛰기 시작했다. 나도 배는 고프지만 학생들같이 뛰어갈 수도 없고 정말 긴 복도가 원망스럽도록 배가 고팠다. 교무실 책상 위에 책을 놓고 손을 씻었다. 그리고 여유를 가지려고 어슬렁어슬렁 식당에 들어갔다. 학생들이 식판을 들고 오고 가느라 무척 분주했다. 교사들은 4교시를 마친 몇 사람만 식탁에 앉아 있었다. 4교시가 있는 날은 항상 배가 고프다. 학생들을 비집고 밥을 얻어 식탁에 앉는데 내 뒤를 언제 따라왔는지 과학과 그 여선생이 서 있었다.

식사를 하면서 그 여선생 한 번 보고 웃고, 또 웃고 그러기를 몇 번 거듭했다. 그러다 그녀에게 들키고 말았다. 밥을 입에 물고 있어 말은 못 하고 그저 눈웃음만 주고받았다.

식사가 끝나면 나만의 휴식을 위하여 차가 있는 느티나무 그늘 밑으로 버릇처럼 간다. 담배를 피우며 휴식을 취하는 재미는 나만의 공간이라 그런지 또 다른 분위기를 자아낸다. 담장 창살 사이로 연분홍 무궁화 꽃잎이 숨었다 나타나고 나타났다가 숨기를 반복했다. 흥미가 당기었다. 평소에는 느끼지 못하던 무궁화와의 숨바꼭질이었다. 그것은 담장의 작은 창살 사이로 무궁화 꽃잎이 바람에 흔들리는 평범한 모습이었지만 오늘따라 새로워지는 것은 눈은 마주치기 위하여 있다는 증거를 찾았기 때문이기도 했다.

그렇다. 눈은 마주치라고 있는 것이다. 지금 숨바꼭질하는 무궁화가 그러하고 나무 위에 앉았던 새가 내 눈과 마주치자 피해서 날아가는 것 또한 그러하다. 복도를 걸어가는 사람들과 교감도 눈이 마주치면서 이루어지는 것 또한 그러하다. 좋은 사람은 눈만 마주쳐도 웃고 즐겁고 행복하다. 태어난 지 몇 달 되지 않는 아기도 눈이 마주치면 웃는다. 웃음 중에 눈웃음이 아름다운 것도 그런 이유 때문이 아닐까?

눈을 마음의 창이라고 한 말은 맞는 말이다. 눈은 마주치기 위하여 있는 것이고 마주치는 순간 마음의 창이 되는 것이다. 사람뿐 아니라 동물들은 눈으로 싸우고 눈으로 화해를 한다. 처음도 눈이고 마지막도 눈이다. 눈을 뜨면 사는 것이고 눈을 감으면 죽은 것이다.

아름답지 못한 것을 아름답게 보는 것, 아름다운 것을 더 아름답게 보는 것도 눈이다. 마음이 아름다울 때 눈도 아름다움과 마주치게 될 것이다.

아름다움을 보고도 마주치지 못하는 것은 얼마나 불행한 일인가?

65 비상연락망을 구축하라

"어제 일직을 하는데 학생에게 중요한 사항이 있어 연락을 하려
고 비상연락망을 찾았는데 99년도 연락망뿐이고, 사진첩도 만들었
는지 몰라도 아무리 찾아도 없었습니다. 사진첩이나 비상연락망을
한곳에 비치하여 언제라도 볼 수 있도록 준비가 되었으면 합니다."

월요일은 직원조회가 있다. 조회가 시작되기 전 간부회의를 하는
데 간부회의는 주임교사들이 교장실에 모여 금주에 할 일을 계획
하는 회의이다. 간부회의가 끝나면 곧 직원조회가 열리는데, 직원
회의 순서는 주임교사들의 사무 전달이 있고 교감, 교장 순으로 업
무를 전달한다. 그러니까 일반 교사들은 그 과의 주임이 사무 전달
을 하기 전에 전달 사항이 있으면 한다.

그런데 느닷없이 나이 많은 교사가 주임들 전달이 끝나고 교감
이 이야기하려고 하는데 벌떡 일어나서 서두에 한 말을 큰 소리로
하고는 자리에 털썩 주저앉았다.

그 전에 직원회의를 하려고 하는데 교감이 99년도 비상연락망이
왜 자기 책상 위에 있느냐며 나에게 건네주었다. 무슨 영문인지 모
르는 나는 그것을 받아 내 책상 위에 놓으면서 금년에는 사진첩이
잘 되어 있으므로 비상연락망은 필요 없겠구나 하고 중얼거렸다.
비상연락망은 방학 때 갖추어 두는, 거의 쓸모없는 장부로 구색을

갖추어 놓는 것뿐이다. 요즘은 사진첩에 사진을 컬러로 코팅하여 두기 때문에 따로 비상연락망을 만들 필요가 없기 때문이다. 사진 첩에 주소, 성명, 보호자 이름, 전화, 직업 등이 나오기 때문에 전화번호만 있으면 비상연락망은 필요가 없다.

느닷없는 늙은 교사의 발언은 나를 옥죄고 있었다. 내가 학생부 책임자이고 그 발언은 그의 말대로라면 학생부장인 내가 업무 태만을 해도 보통 한 것이 아니라는 직격탄을 날린 것이다. 간단히 요약하면 '학생부장은 학생부 책임자로서 학생들 비상연락망 하나, 사진첩 하나 비치할 줄 모르는 얼간이다'라는 것이다.

그의 발언에 뒤이어 교장은 비상연락망을 비치해야 한다며 그의 발언에 힘을 실어 주었다. 이제 나는 궁지에 몰려 있었다. 그러나 교사들은 안다. 사진첩이 내 책상 뒤에 있다는 것을, 그리고 사진 첩뿐만 아니라 비상연락을 할 수 있는 모든 서류가 가지런히 걸려 있다는 것을 말이다. 교사들은 내 책상 뒤에 걸어 놓는 것을 학기 초부터 사용하여, 서류에는 손때가 꼬질꼬질 묻었다.

직원회의를 마치자 학생부 기획인 김 선생이 나를 보며 걱정스러운 얼굴로 "사진첩을 누가 가져갔나요" 하고 물었다. 나는,

"가져가기는 누가 가져가, 여기 이렇게 가지런히 꽂혀 있는데."

하면서 의자를 돌려 걸려 있는 사진첩을 가리켰다. 그러면서 옆에 앉아 있는 교장도 보라는 듯이 책상 위에 올려놓으며 여기 걸려 있는 것을 아마 못 본 모양이라고 했다. 말이 필요 없었다. 걸려 있는 것을 보면 모든 것을 다 알게 될 것이 아닌가? 나는 되도록 말을 아꼈다. 극도로 화가 난 내가 무슨 말 실수라도 하여 그에게 꼬투리를 잡힐 필요는 없기 때문이다. 누가 잘못했는가가 밝혀

졌는데 그도 나갈 구멍이 있어야 나를 물지 않을 것이 아닌가?

모든 교사들이 사진첩, 비상연락망, 외출증, 반성문철, 습득물처리장, 주간활동계획, 가정통신분철, 학교주변유해환경 학생출입 게도기록부, 선도일지, 전화번호부 등이 즐비하게 걸려 있는 것을 알고 있는데, 그 늙은 교사는 교무실에 거의 있지 않고 다른 사무실에만 있다는 것이 증명되었는데 무얼 더 말하겠는가?

더 이상 교무실에 있으면 일을 그르칠 수 있으므로(그르친다는 것은 그가 내게 무슨 빌미를 잡을지 모른다) 밖으로 나가 담배를 물고 마음을 다스렸다. 참자, 참아야 한다. 참는 것이 일을 그르치지 않는다. 내가 담배를 피우자 김 선생이 와서 "왜 가만히 있어요. 사진첩을 들고 흔들지요" 한다. 나는 그냥 웃고 말았다.

마음을 진정시키고 교무실에 들어오니 그는 다른 교사와 웃고 떠들고 있었다. 그것은 아마 본인이 나를 깔아뭉갰다는 의미일 수도 있고, 인간이 되었다면 그것은 영 아니지만 내게 미안해서 그럴수도 있었다. 나는 후자로 해석하고 싶었다. 그러나 큰 소리로 한마디 했다.

"이제부터는 일직하는 분 책상 위에 사진첩과 비상연락망을 올려놓도록 하겠습니다."

이해를 돕기 위하여 다음과 같은 이야기를 해야겠다.

그 늙은 교사와 나와의 관계를 말할 수밖에 없다. 그렇지 않으면 이해하기가 어려울 것 같다. 내가 이 학교에 근무하게 된 것은 지난해부터다. 내가 부임하자 여러 학교의 교장과 교감 교사가 나를 이 학교 교장에게 소개를 했다. 스스로 소개를 했는지, 아니면 지난해 교장(금년 2월에 정년을 했다)이 나를 알고 싶어 전화를 했는지 모를 일이다. 아마 두 가지 경우 모두인 것 같다. 그 결과 나는 시범 학교 주무, 연구기획, 그리고 3학년 담임을 맡게 되었다. 두 사람이 해도 힘든 일이다. 아마 학교 사무에 대해서 조금이라도 안다면 한 사람이 하기에는 어려운 일이라는 것을 알 것이다. 그렇다고 주임도 아니다. 일만 하라는 이야기다. 그러면서 들리는 이야기로 아무리 많은 일을 맡겨도 하는 사람이다. '곧 승진을 해야 하는 사람이니 시키는 대로 할 사람이다'라는 말이 귀에 들어왔다. 한마디로 나를 교묘하게 이용하여 일을 시킨 것이다. 나는 아무 말 없이 주어진 그 일 이상을 했다. 그때 늙은 교사는 학생부장을 했다. 운동부를 지도하여 거의 출장으로 일관했다. 그러면서 그는 지난해 근평을 일등으로 받아 교감 지명자가 되었다. 그에게는 이제 주임 같은 것은 필요 없게 되었다. 그리고 금년에는 사무분장에서 모두가 제외되었다. 그런데 그는 학생부장이라는 것을 사치로 하고 싶었던 것 같다.

66 화장실 문 부서지다

수많은 졸업식을 진행하고 준비하며 겪었다. 그러나 졸업식 날 화장실 문이 부서진 것은 이번이 처음이다. 달걀을 던지고 밀가루를 뿌리는 것은 흔한 일이며, 교복과 모자를 찢는 것도 80년대에는 유행처럼 비일비재했다. 후배가 선배에게 학생이 교사에게 장난을 걸다가 졸업식장이 엉망이 되는 것도 보았다. 그런데 멀쩡한 화장실 문을 부수는 일은 본 적이 없다.

의성중학교는 강당이 없어 운동장에서 졸업식을 했다. 졸업생 142명, 재학생 280여명, 그리고 학부형, 꽃다발 등 보통 졸업식과 다를 바가 없었다. 달랐다면 위대하신 여자 교감 선생님께옵서 방방 뛰는 일이 있을 뿐이다. 10시에 시작하는 식을 9시가 조금 넘어 학생들을 모아 놓고, 추워서 벌벌 떨고 있는 학생들을 떠든다고 다그치고 박수 안 친다고, 몸 구부린다고, 줄 바르지 않다고 다그친다. 졸업식순을 들고 괜히 돌아다니며 물 만난 제비처럼 선생님들을 필요 이상으로 다그치며 신이 난 것이다.

졸업식을 마치고 뒷정리를 하는데, 교감은 돌아다니며 마음에 들었던 몇 사람을 찾아 수고했다며 칭찬하고 숨어서 열심히 한 사람은 거들떠보지도 않았다. '여자는 역시 시야가 좁다더니 본성을 드러내누만' 하던 동료의 말이 새삼 떠오른다.

추위에 떨다가 교무실에서 잠시 휴식을 취하고 있는데 교감이 교무실로 들어오면서 난리를 피웠다.

"담임선생님들! 지금 교실에 들어가 봐요."

"청소도 개판이고 정리도 안 되었으니 정리 좀 하세요."

선생님들은 못 이기는 척 교실로 비실비실 들어갔다. 그러다가 나를 보자 "학생과도 좀 돌아봐요. 아이들이 엉망입니다." 나는 대답이라도 시원히 하자 싶어 그저 "예! 예!"를 연발했다. 그가 시키는 일이 이치에 맞지 않으면 대답만 시원하게 하기로 내부 방침을 세운 터였다. 그러다 한참 후,

"선생님들! 화장실 문이 박살 났어요. 한번 가 봐요."

나는 가지 않고 서류를 정리하고 있었다. 교무부장이 나보고 "들었지요?" 했다. 나는 들었으면 어떻게 하란 말인가? 부서진 것을 어떻게 하란 말인가?

문이 부서졌다는 동쪽 화장실로 막대기를 들고 갔다. 3번째 화장실 문이 박살이 났다. 문은 아예 부셔 버렸는지 그 자리에 없었다. 문을 찾아보았더니 10여 미터 떨어진 현관에 처박혀 있었다. 나는 웃고 말았다. 부서진 원인을 알기 때문이다. 내 옆에 여선생님이 있었는데 내가 알고 있는 이유를 그에게 설명해 주었더니 그도 동감이라며 깔깔 웃었다.

화장실 문이 부서진 이유에 대한 나의 견해는 이러했다.

IMF교감(정년 단축에다 가정과이니 적은 점수로 승진이 된 한국 교육계의 대이변, 일명 이해찬 장난으로 불린다)으로 시골 학교에 첫 발령을 받고 1년 만에 본교에 오게 된 그는 청소에 온 교육력을 쏟았다. 학생만 보면 청소를 시켰고, 반마다 환경부장을 임명하

고, 쓰레기 당번을 임명하는 거대한 조직을 만들었다. 그것은 학생 뿐 아니라 교사들에게도 마찬가지로 볶아 대기 시작했다.

특히 화장실 청소 당번은 아침에 걸리면 오후 집에 갈 때까지 매시간 불려 다녀야 했다. 그것은 하루도 아니고 이틀도 아닌 일 년 내내 그러했다.

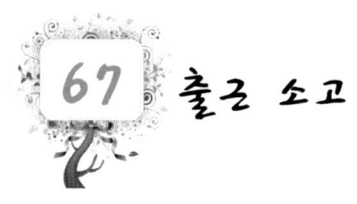

67 출근 소고

　남보다 빨리 사무실에 출근한다는 것은 기분 좋은 일이다. 아무도 없는 사무실을 들어서는 순간! 낚시터 처녀지를 만나는 것과 같은 기분이다. 사무실 문을 열면 밤새 가두어진 공기의 탁함 속에서 어제의 흔적을 찾을 수 있다. 바쁘게 하루를 움직이던 동료들의 모습과 일을 재촉하던 아름답지 못한 사람들의 얼굴이 떠오른다. 텅 빈 그들의 의자를 보면 어제의 모습이 클로즈업된다. 창문을 열고 들어오는 아침 공기를 반기며 즐거움과 힘듦이 교차할 오늘의 일과를 그려 본다.

　직장 일이 잘 풀리면 아침에 일어나는 것부터 가볍고 즐겁다. 그렇지 않으면 일어나기가 싫어지고 출근이 무척 부담스러워진다. 이 짓을 하지 않으면 안 되는가? 반문도 해 본다. 그런 날은 거리를 나서도 발걸음이 가볍지 못하다. 즐겁지 못하니 모든 것이 짜증스러울 뿐이다. 앞차가 조금만 신호를 위반해도 불만을 터트린다. 그러다 사무실에 들어서면 벌써 몇 사람이 일찍 출근하여 떡 버티고는 인사를 해도,

　"잘 오소!"

　아니면 건성으로

　"예."

하고 그냥 받을 뿐이다. 그것은 내가 먼저 왔으니 나는 주인이고 너는 객이라는 것일까? 내가 먼저 출근을 했다면,

"안녕하십니까?"

일 것이다. 또 대답도 '예'가 아닌 '안녕하십니까?'일 것이다. 먼저 온 사람의 유세를 그들은 그렇게 한다. 인사도 그저 건성으로 받을 뿐이다.

출근길에 직장 동료의 자동차가 내 차를 추월하면 기분이 이상하다. 그것도 속도를 위반하며 달리는 그를 보면, 거기다 아무런 신호도 없이 지나쳐 버리면, 지나침이 모자라 내 차선으로 들어와 앞서 가는 것을 보면, 그저 따라가고 싶어진다. 속력을 더 내고 싶어진다. 그것을 자제할 줄 안다면 수양이 되어도 많이 된 사람이지만.

어제 일이다. 평소 일찍 출근을 하기로 하면 나와 비슷한 사람이 있다. 집에서 직장까지는 30여 킬로미터가 조금 넘는 거리이다. 그런데 10여 킬로미터 정도에서 그에게 추월을 당했다. 그것도 아는 척 신호를 주는 것도 아니고, 모른 척하고 내 앞을 질주했다. 무척 빠른 속도로 말이다. 평소 같으면 내 속도를 유지하고 그를 따라가지 않는다. 그러나 이번에는 따라가고 싶어졌다. 엄청난 속도에 나도 놀랄 정도로 따라가다가 신호가 있다는 것을 느끼고는 나도 모르게 그의 차가 신호에 걸리기를 은근히 빌고 있었다. 신호 가까이 갔을 때 그는 벌써 저 멀리로 사라진 후였다. 또 한참을 갔는데 이번 신호에는 그가 걸렸는지 방금 신호를 기다리다 출발하는 뒷모습이 보였다. 나는 내 주문(呪文)이 효력을 발휘한 것 같아 미소를 지었다. 그러나 사라진 그를 잡기에는 다른 차를 무리하게 추월하지 않고는 어려운 상황이었다. 이제 직장까지 가는 길의 마지막 신

호에 도착했다. 이번에도 내 주문이 효력을 발휘했는지 그의 차가 2차선에 서 있었다. 주행 차선은 2개인데, 지금까지 경험으로 보면 내가 서 있는 1차선이 유리할 것 같았다. 내 차 앞에는 승용차가 있었고 그의 차 앞에는 트럭이 있다는 것도 내게 유리하다는 생각을 굳히게 했다. 그것은 적중하여 내가 몇 차 뒤인데도 불구하고 그의 차선은 차들이 밀리기 시작했고 나는 바로 순조롭게 진행할 수 있었다. 직장의 큰 정문에 들어선 것은 내가 먼저가 되었다. 나는 승리자의 미소를 띠며 여유롭게 차를 세우고 그의 차를 바라보았다. 천천히 차에서 내리는 여유도 보였다. 그런데 그가 보이지 않았다. 교무실로 들어가는 문은 정문이 있고 후문이 있었는데 정문에 실내화가 있다. 실내화를 신고 교무실에 들어서니 벌써 그가 자리에 앉아 먼저 온 사람의 인사를 했다. 실내화도 신지 않은 채 서서……

"잘 오소!"

그래! 내가 또 진 것이다. 어찌되었던 사무실에 들어오는 것은 내가 늦은 것이니 '잘 오소'를 들어도 어쩔 수 없는 것이 아닌가? 사기를 당한 기분이 들어 어제는 온종일 일이 잘 풀리지 않아 허둥대다가 퇴근을 했다.

누가 일찍 출근하라고 강요한다면 얼마나 힘든 직장 생활이 되겠는가? 일찍 출근하여 창문을 활짝 열 때는 내가 주인이 된 것 같아 괜히 기분이 좋을 뿐이다. 남보다 일찍 출근한다는 것은 그만큼 직장에 애착을 가진 것은 아닐까? 일찍 출근을 한다는 것은 무척 기분 좋은 일임에는 분명하다.

68 운문사(雲門寺) 가는 길

　출장 가는 날이다. 보통 출근 때보다 조금 일찍 출발했다. 출장지는 초행길로 길을 물어 가야 하니 조금 일찍 출발했다. 처음 찾아가는 곳은 낯선 곳에 대한 동경 때문에 가슴을 부풀게 한다. 찾아가야 하는 두려움과 새로운 것을 본다는 기대가 어우러지기 때문이다. 직장 동료에게 길을 자세히 묻고 인터넷을 통하여 사전 지식을 쌓고, 지도를 보고 몇 번을 확인하지만 처음 가는 곳에 그런 지명과 표지판이 반드시 있어 준다는 보장이 없어 두려움이 앞선다.

　직장 동료는 동대구를 지나면 진량 인터체인지가 있다고 했는데 경산 인터체인지가 나왔다. 당황했다. 처음 부딪치는 난관이 온 것이다. 그러나 곧 해소되었다. 진량 인터체인지는 경산 인터체인지와 함께 있었다. 다행이었다. 고속도로에서 차를 내리고 진량으로 진입했다.

　자인을 지나 용성면이라는 안내판을 보자 마음이 놓여 한숨이 나왔다. 같은 방향으로 운문면이 보이고 운문사라는 글씨가 보였다.

　출장지에 도착하니 예정 시간보다 너무 일찍 도착했다. 아직 회의를 하자면 두 시간을 기다려야 한다. 그 시간을 어떻게 보내야 할지 고민이 되었다. 찾기 힘들 것이라 여기고 일찍 출발한 것이 이렇게 두 시간이나 앞당긴 것이다. 다방이라도 가서 차 한 잔 시키고 나이 든 마담과 실없는 농담이나 할까? 아니면 서점에 들려 책이나 한 권 사서 읽을까? 한참을 망설이는데 조금 전 교통 안내 판에서 본 운문사가 생각났다. 분명 운문면의 운문사라면 큰 절일 것이라 짐작되었다. 운문사가 먼저 생기고 운문면이 생긴 것이니 고찰임이 분명했다. 주유소에 차를 세우고 운문사 가는 길을 물으니 무척 멀다고 했다. 멀다기에 한 30킬로미터 되느냐고 했더니 그렇게는 안 된다는 말과 함께 자세한 길 안내를 해 주었다. 시간과 거리로 봐서 남는 시간을 메우기에는 적당할 것 같았다.

한참을 가다가 보니 운문사라는 글씨가 보였다. 길은 산속을 향하고 재를 넘게 되었다. 괜히 왔다고 후회도 했다. 그리 크지 않은 재를 넘으니 절벽이 나오고 푸른 물이 갑자기 시야에 들어왔다. 낭떠러지 위에서 내려다보이는 물, 댐을 만난 것이다. 돌아가야겠다고 다짐하고 차의 속력을 줄였다. 어쩌다 재를 다 내려온 지점에서 안내판을 보니 경주 감포와 언양, 청도가 갈라지는 곳까지 오게 되었다. 앞에 보이는 호수는 운문댐이었다. 운문사는 청도 방면이었다. 몇 번을 망설였다. 갈까 말까 그리고 담배를 한 대 물었다. 지금 못 가면 가지 못할 것 같은 예감이 들고 그 예감은 가야 한다는 신념으로 바뀌었다.

운문사 가는 길은 운문댐 본댐을 보며 절벽으로 가야 했다. 본댐에 거의 다 왔을 무렵 청도 언양 신원리와 운문사 가는 길이 갈라졌다. 신원리를 뒤로하고 운문댐 상류로 올라가는 길이 나왔다. 댐을 따라 올라가는 길은 무척 아름다웠다. 차를 몇 번이나 세우며 경치를 감상했다. 기암괴석으로 만들어진 산 밑은 끝이 보이지 않는 물이 있고, 또다시 단풍이 물든 단풍 산이 나오는가 싶더니 푸른 소나무 숲이 나왔다. 소나무 숲은 이름 모를 잡목 숲으로 변하고, 마치 내가 꿈을 꾸고 있는 것만 같았다. 무릉도원으로 들어가는 신선이 된 듯 한참 넋을 잃고 산과 물, 단풍과 숲, 절벽과 길이 번갈아 가며 나를 반겼다.

신원리에서 9킬로미터를 달렸을까? 물은 푸른색으로 변하고 아름드리 느티나무가 열병식을 하고 있었다. 산을 돌던 길은 이제는 계곡으로 안내하고 맑은 물을 안고 있었다. 물 위를 떠다니는 단풍, 단풍이 물든 계곡은 계속 이어졌다. 운문사가 가까워졌는지 인적이 드문 시골길은 감나무의 열병식으로 이어졌다.

매표소에 다다르자 찾는 사람이 뜸한 시간이라 매표원이 차 앞에 와서 차를 가로막았다.

"표를 사야 되는데요."

내가 차에서 내리려고 하자 그는 차 안을 들여다보더니 내 얼굴을 빤히 쳐다봤다.

"어디 스님을 만나러 가는 모양이지요?"

넥타이를 맨 정장과 차 안에 어지럽게 놓인 책을 보며 하는 말이었다. 구경 가는 길이라고 말을 하려는데 "그냥 들어가세요" 한다. 아마 아름다운 풍경에 취한 내 얼굴이 무척 선하게 보여 그냥 들여보내도 절의 명예를 더럽히지 않을 사람으로 보였나 보다.

산문을 들어가려는데 작은 다리가 놓여 있었다. 이름하여 백운교(白雲橋)다. 흰 구름 위에 있는 다리, 더러운 마음을 흰 구름같이 깨끗하게 씻어 내고 들어가라는 뜻인 것 같았다.

양옆으로 늘어선 느티나무의 고목들은 수령이 몇 백 년을 넘었는지 세월을 이기지 못해 고목이 되어 있었다. 바위와 아름드리 소나무가 반기고, 맑은 물이 나무뿌리를 감싸고 흐르는 산기슭에는 화랑 5계가 새겨진 비석이 있었다. 사군이충, 사친이효, 교우이신, 임전무퇴, 살생유택이 그것이다. 이곳 경산은 원효대사와 설총과 일연 스님을 낳은 곳이다. 김유신이 삼국 통일을 위해 화랑을 훈련시킨 곳이기도 하다. 작은 주차장은 고목의 공원이었다. 느티나무, 벚나무, 은행나무의 고목은 지나가는 나그네를 반기고 있었다. 운문사의 지붕이 보인다. 오랜 터널을 지나서야 그 위용을 드러낸 사찰이 바로 운문사였다.

운문사(雲門寺)는 청도군 운문면 신원리에 위치하고 있다. 신라 진흥왕 21년(서기 560년)에 창건되어 세 번에 걸쳐 증축, 개축을 하고 1958년에 비구니 전문 학원을 개설하여 한국의 대표적인 승가대학으로 발전하였다. 보물 제193호인 석등을 비롯하여 6점의 보물과 천연기념물 제180호인 처진소나무가 있다.

하늘을 가린 나무들에 쌓인 기암괴석 사이로 조금씩 조금씩 그 모습을 드러내고 있었다. 종각 아래로 문이 열리자 천연기념물인 처진소나무가 제일 먼저 반겨 주었다. 나무 앞에서 기념 촬영을 하려는데 여승 몇 분이 다가오는가 싶더니 어디론지 사라졌다. 기념 촬영을 하고 안내라도 받을까 싶었는데 어디로 갔는지 보이지 않았다. 경내는 너무 웅장하여 나를 쉽게 위압했다. 내가 너무 작아 보였다. 대웅보전에 들어가 부처님께 삼배를 올리며 내 작은 소망이 이루어지기를 빌었다. 부처님은 속세의 소원이야 사리사욕이 아닌가 하고 내려다보고만 있었다.

감로천(甘露泉)의 물 한 모금 떠 마시고 뒤로 돌아서려는데 또 여승이 보였다. 합장하고 물어보니 여승만 있는 절이라고 했다. 여승이 나오던 문을 살펴보니 불이문(不二門)이라 쓰여 있었다. 여승이 공부하는 곳이다. 외부인은 들어가지 말라며 이런 글이 쓰여 있었다.

　'부지런한 사람은 새벽을 맞이하는 잔잔한 기쁨을 함께하고,

　맑은 정신으로 새날을 준비하는 사람에게는 하루가 맑다.

　자기를 소중히 여기는 사람은 시간을 유용하게 쓸 줄 알며,

　지혜로운 사람은 초침이 흘러가는 시간을 놓치지 않는다.'

- 원성 스님 <마음> 중에서 -

　사찰 입구 종각에서 마침 여승이 종을 치고 있었다. 궁금하여 두리번거리는데 사찰 안에 웬 서점이 있었다. 여승들이 몇 분 둘러서서 책을 보고 있었다. 서점에 들어가 합장하고 여승을 만났다.

　가까운 곳에 출장 왔다가 이상하게 마음이 끌려 이름만 보고 찾아왔는데 궁금한 것이 너무 많다고 하자 여승은 낯선 객의 물음에 담담하게 대답했다. 저 종은 정오를 알리는 것으로 열두 번을 치며 아침 예불 때도 치고 저녁 예불 때도 친다고 했다. 보통 300여 명의 여승이 있는데 지금은 270여 명이 불도에 정진하고 있다며 맑은 얼굴로 차분하게 안내해 주었다.

　운문사!

　여승만 공부하는 절, 승가대학이 있는 절, 못내 아쉬워 사진 한 장을 더 찍고 출장 온 본연의 일이 생각나서 서둘러 산문을 나오니 점심을 먹지 않아도 배가 부르다. 마음이 편안한 곳이다. 산속에 그림 같은 절간이 있고, 여승이 있고 고요가 숨 쉬는 곳, 진리가 있는 곳, 먼 산 가까운 산이 단풍으로 물들어 산자락을 타고 내려오는 곳, 눈에 보이는 사물이 정겹다. 가을은 정녕 아름답다 말하고 싶어졌다.

69 야근(夜勤) 일지

　교직 30년을 되돌아보면 야근을 했던 일이 몇 번 있다. 초년 교사 시절 시(市) 지정 시범 학교를 하면서 또 봉급이 제때 오지 않아 봉급을 기다리느라 늦게 퇴근한 일이 있다. 그러나 저녁 11시 30분까지 야근한 일은 금년이 처음이다. 그것도 하루가 아니고 이틀도 아니고 한 달도 아닌 두어 달, 정확히 말하면 1학기 때 두어 달, 2학기 때 두 달 야근을 했다. 조금 일찍 갈 때가 8시 30분이다. 늦을 때는 12시 가까이 되었다.

　교육인적자원부 지정 연구 학교 주무를 하면서이다. 처음 욕심 많은 교감이 며칠만 하자고 했을 때 속으로 피식 웃었다. 그날은 8시까지 하고 집으로 갔다. 저녁을 시켜 먹고 8시까지 있어도 무릎에 좀이 쑤셨다. 그리고 나도 같이 했다는 만족감에 집으로 퇴근했다. 처음이 문제이지 그것은 시작에 불과했다. 그렇게 시작하고 보니 걸핏하면 조금 늦게 가게 되었고 시간도 9시로, 10시로 길어졌다. 다른 사람이 남아 일을 하는데 연구 주무라는 사람이 먼저 갈 수는 없다. 그리고 승진을 눈앞에 두고 있으니 더욱 그러했다. 욕심 많은 교감은 그런 약점을 이용했다. 승진이 가까워 오는 사람, 업무와 능력에 비해 과대한 대우를 받는 사람, 이를테면 경쟁을 시켜 부장이 된 사람을 위주로 한 사람씩 한 사람씩 야근에 끌어들이는 것이었다. 나는 30년 동안 근무하면서 직장일은 직장에서 하고 집에 가면 집안일을 하는 것을 원칙으로 생각하고 살았다. 그리고 되도록 직장일은 직장에서 무리를 해서라도 다 끝낸다. 안 되면 학생들 수업을 못 하는 한이 있어도 업무는 확실히 처리하는 것을 원칙으로 삼았다. 그런데 금년에는 된통 걸린 것이다. 내 약점이 있으니 울며 겨자 먹듯이 어쩔 수가 없는 노릇이었다.

퇴근 시간이 되어 퇴근을 하려고 하면 포섭된 몇 사람들이 의자에서 일어나지를 않는다. 물론 본인도 무엇인가 하고 있다. 눈치를 보다가 '에라 모르겠다, 너희들이 하면 나도 있어 보는 것이다' 하고 그대로 앉았다 보면 시간이 가고 저녁을 내 돈 주고 시켜 먹고 그러다 나간다. 어쩌다 집안에 일이 있으면 4시 30분 퇴근에 6시에 가면서 몹시 미안한 표정을 짓고 일찍 가서 미안하다는 말을 몇 번 하고 교무실 문을 나서는데 영 뒤가 개운치 않다. 나보다 거리가 두 배나 먼 곳에서 출퇴근을 하는 사람도 야근을 하는데, 나보다 젊은 사람도 야근을 하는데, 연구 학교 업무와 거리가 먼 사람도 야근을 하는데 연구 학교 주무자가 먼저 간다는 죄책감, 그리고 윗사람 눈치를 봐야 하니 그럴 수밖에 없다. 교문을 나서면서 뒤가 켕겨 시원하게 퇴근을 하지 못한다.

어떤 날은 집에 거의 다 왔는데 핸드폰이 울린다. 욕심 많은 교감은 벌레 씹은 목소리로 이 일은 어떻게 하는 것인지 몰라 일을 못 하고 있는데 어떻게 하면 되느냐고 묻는다. 차라리 왜 일찍 갔느냐고 하면 될 것을 내가 일찍 퇴근을 하여 야근하는 사람이 일을 못 한다니 환장을 할 노릇이 아닌가?

우리는 '그런 일은 할 수 없는 일이다' 하다가 한두 번 시작만

하면 어쩔 수 없이 같이 하게 되는, 당연히 하게 되는 것과 같은 것이다. 서울 여의도까지 가서 시위하는 사람을 이상하게 생각했다. 말이 되는 일이 아니라고 비스듬히 누워서 텔레비전을 본 적이 있다. 그러다 재단이 다른 곳으로 바뀌고 재단에서 쫓아낼 기미가 보였다. 처음에는 한두 사람이 불평을 했다. 그러다 몇 명이 모이면 했던 이야기를 또 하고 의견이 일치되고 그러다 시위를 시작했는데 동참하게 되었다. 벽보를 만들고 철야를 하고 단식조를 만들고 그러다 보면 여의도가 아니라 어디인들 못 가랴?

처녀가 옷을 벗는 일도 처음부터 벗는 것이 아니라 눈이 마주치고 손목을 잡고 그러다 보면 옷도 벗는 것이 아닐까?

이렇게 시작한 야근은 이제 일찍 가면 허전하고 오히려 죄를 지은 사람이 되는 것이다.

2004. 10. 14. (목)

6교시를 마치고 7교시 특기 적성을 하고 나면 4시가 되었다. 청소를 마치고 학생들을 하교시키면 4시 30분 퇴근 시간이 된다. 다른 사람들은 퇴근 준비를 하느라 책상 서랍을 잠그는 소리가 난다. 그런데 나는 오늘도 퇴근을 하지 못하고 교무실 컴퓨터 앞에 어정거린다. 뉴스도 찾아보고 오락도 하고 그러다 오후 5시 30분이 훌쩍 지나고 나면 오기가 생긴다. 니들이 그렇게 열심히 일하냐? 나도 할 수 있다. 누가 나에게 야근을 하라는 소리를 한 적은 없다. 눈치를 보면 야근을 해야 할지 하지 말아야 할지를 안다. 오늘도 눈치를 보니 야근을 해야 될 것 같다. 야근을 하면 조금의 시간외 수당을 준다. 시계를 보니 6시가 넘고 밖이 어두워졌다. 이왕 있던

거 저녁만 먹으면 7시는 금방이다. 초과 근무 수당이나 달고 가야
겠다. 없는 일도 찾아서 한다. 아니 해야 할 일에 몰두를 한다. 나
에게 주어진 일은 보고서를 쓰는 일이므로 다시 고치고 쓰다 보면
9시가 넘었다. 밖에 나가 담배를 한 대 피우며 하늘을 쳐다보았다.
별은 외등에 가려 외등 사이사이로 총총히 보인다. 이슬 맞은 가로
등이 눈물을 주르르 흘린다. 담배 연기에 가려진 초승달이 집에 가
기를 재촉한다. 이렇게 근무하지 않아도 아무 일 없는데 내가 왜
고생을 사서 하는가? 처음부터 시작을 하지 말 것이었다. 시작이
잘못이다. 한탄하다 사무실에 들어오면 모두 열심히 일을 한다.

먼저 승진한 사람 중 어떤 사람이 나에게 말했다. 승진을 하려면
고비가 있다고, 그 고비가 바로 이런 것인가 싶다. 일이 문제가 아
니라 근무 평점을 잘 받아야 승진을 하니 윗사람 눈치 보는 일은
차마 못할 짓이다.

70 강의실 들어가기 싫어 벽에 헛 그림 그리는 여선생

  이러닝 연수가 절반을 넘기고 있었다. 열흘간 연수에서 5일이 지나고 6일째다. 지루한 1교시를 마치고 따라 하지 못한 문제를 다른 사람들에게 묻기도 한두 번 하고, 한참 책을 보며 고민하다 마침내 완성하여 심호흡이라도 하려고 강의실 밖으로 나왔다. 복도와 벽, 유리창에 지루함이 배어 있다. 지나가는 연수생들의 양어깨 위에 내려앉은 피곤함이 눈에 보이는 듯하다.

  복도를 돌아 창이 있는 계단 옆 현관에서 밖을 보다가 강의가 시작될 것 같아 곧바로 강의실로 향했다. 빠끔히 열린 출입문 틈으로 컴퓨터 앞에서 무엇인가 열심히 하고 있는 연수생들이 보였다. 문 앞에서 손잡이를 잡으려는데 내 앞에 앉아 열심히 강의를 듣고 받아쓰던 예쁜 여선생님이 아무것도 없는 벽에 일회용 커피 봉지를 들고 무엇인가 그림을 그리고 있었다. 정말 기이한 풍경이 아닐 수 없다. 신녀가 그림을 그리는 것 같기도 하고, 아이들이 숨바꼭질하다 지루해서 그리는 그림 같기도 하여 나는 그녀 옆으로 다가갔다.

  "뭐 – 얼 하십니까?"

  의문에 가득 찬 말짓을 그녀에게 던졌다. 그는 한 번 더 벽에 원 비슷한 것을 그리고는 나를 돌아다보았다. 그리고 강의실을 가리키며 태연히 대답했다.

"여기에 들어가기 싫어서요."

그러면서 웃지도 않고 당연하다는 듯 나를 빤히 쳐다보았다.

잠시 후 강의실에 들어와서 내 자리에 앉으며 그의 자리를 힐끗 보았다. 그도 태연히 자리에 와서 앉았다. 그리고 열심히 교재를 뒤적이며 연수 준비를 했다. 아직 강사는 들어오지 않았다.

나는 몇 번인가 그녀를 보며 하는 짓이 너무 귀여워 묻고 싶었다. '강의실에 들어가기 싫어 벽에 그림을 그리는 것을 무엇이라고 했으면 좋을까요?' 아이들이 유치원에 가기 싫어 떼를 쓰는 것 같기도 하고, 숙제를 하던 초등학교 저학년 아이가 힘들어 어머니에게 보채는 것 같기도 한데 적당한 표현이 떠오르지 않아 수업이 시작되도록 아무 말도 하지 못하고 머뭇거렸다.

XI
안평중학교

안평중학교는 2005년부터 5년 동안 근무하면서 2009년에 발간한 졸저 "안평 가는 길"에 88편의 글이 소개되어 있다.

4년을 힘들게 근무하고 5년 째 되던 해 마지막으로 2학년 담임을 하게 되었는데 학생들은 남학생 1명과 여학생 3명으로 모두 4명이었다.

2005년에는 3월 1일이 부임인데 교장도 교감도 교무주임도 전근을 가고 없어서 부임도 하기 전에 2월 22일부터 새 학년 준비 때문에 근무를 했다. 출퇴근 시간에 너무 한적한 시골길을 다니다 보니 자연과 더불어 좋은 생각이 떠올라 글을 쓰게 되었는데, 보통 1주일에 1편 정도의 수필을 쓰게 되었다. 개교 이래 처음으로 도교육청 지정 시범학교를 하며 주무자이면서 교무부장으로 근무 했다. 5년을 근무하고 내신을 낸 후 발령도 나기 전에 5년 만기자라 하여 학생들에게 졸업식 때 작별인사를 하게 되었다. 그 동안 있었던 일을 준비 없이 이야기를 했더니 내가 담임했던 4명의 학생과 학부형, 다른 학생들도 눈물을 글썽거렸다. 정말 잊을 수 없는 학교이다. 그 중에 함소영과 권주희는 지금 내가 근무하는 고등학교에 진학하여 함께 공부하고 있다.

꼬맹이와 커피

평소에 생각이 겹쳐 깜짝 놀라는 때가 있다. 1학년 교실에 들어가 학생들을 둘러보다가 몇 번인가 그러했다. 황순원의 소설 '학'에 나오는 꼬맹이가, 김유정의 소설 '동백꽃'에 나오는 점순이가 떠오른 것이다. 내가 희주를 보고 있노라면, 되바라지긴 해도 순박한 점순이와, 덕재의 아내가 된 꼬맹이, 작은 키에 가슴이 유난히 크고 햇볕에 그을린 검은 피부가 너무 흡사한 이미지로 떠오르기 때문이다.

희주를 처음 보자 '그래, 그 소녀야' 하다가 나도 놀라는 일이 자주 일어났다. 희주는 혁민이의 동생이다. 혁민이는 체격이 좋고 머리가 크다. 언제나 믿음직한 행동은 누가 보아도 신임이 가는 외모이다. 거기다 공부도 부지런히 하는 모범적인 학생이다. 희주를 구체적으로 소설의 주인공과 대면을 시킨 것은 오늘 국어 시간이었다.

항상 앞에 앉아 있어 교실에 들어가면 첫눈에 띄는 아이인데 오늘도 전과 다름없이 나를 보자 히죽히죽 웃고 있었다. 등교 때 보면 간혹 오빠인 혁민이의 자전거 뒤에 타기도 하지만 혼자 걸어서 등교하는 것을 자주 본다. 희주를 뒤에서 보면 작은 키에 어울리지 않게 펑퍼짐한 엉덩이에 긴 머리, 그리고 허리 구분이 어렵다.

책을 펴고 있는 희주를 보며 "좋은 별명이 떠오르는데 지어 줄까?" 했더니 싫다고 했다. 나는 "다음에 후회할 것"이라 했더니 뒤에 앉아 있던 학생들이 지어 보라고 졸랐다. 그러자 희주도 "지어 주세요" 한다. 나는 '꼬맹이'라고 했는데 무슨 뜻인지 모르는지 아니면 별것 아니라고 생각했는지 무표정했다. 나는 꼬맹이란 말에 대해 설명해 주어야겠다는 생각에 "꼬맹이는 참 예쁜 별명이며, 순박한 시골 아가씨를 아름답게 부르는 이름"이라고 했더니 엷은 미소를 보이다가 아무 일 없었다는 듯 책을 펴고 얌전히 앉아 있었다.

점심시간이 되었다. 교무실에는 선생님들만 이용하는 커피포트가 있다. 점심식사를 하고 부지런한 선생님이 교직원 수만큼 1회용 잔에 커피를 따르고 있었다. 어디서 나타났는지 꼬맹이 희주가 커피 한 잔만 달라고 조르고 있었다. 그 광경을 보고 있던 나는 어릴 때는 커피를 먹으면 안 된다고 했는데도 계속 조르고 있었다. 선생님들도 모두 한두 마디씩 거들었는데, 커피를 따르던 선생님이 마침 한 잔이 남아서 꼬맹이에게 커피를 건네주었다. 평소 같으면 교무실에 얼씬도 하지 않던 아이였는데, 오늘따라 커피를 달라고 조르는 모습이 너무나 신선했다. 교무실에 학생들이 자유롭게 출입하는 것은 이제 이 작은 시골 학교에서는 일상이 되어 버렸는데, 아직까지 커피를 달라고 조르는 학생은 없었다. 커피를 달라고 조르는 희주의 모습을 보니 어쩌면 너무 순진한 것도 같고 어쩌면 되바라진 것 같기도 하여 정말 '꼬맹이'라는 별명을 지어 주기를 잘했다는 생각이 들었다.

희주는 꼬맹이라는 별명을 얻고 나와 무척 친해졌다고 생각했는지 아니면 정말 친해지려고 작정을 했는지 그 후에도 교무실에 자주 올 뿐만 아니라 수업 시간에도 열심히 듣고 열심히 적었다. 그 후 희주는 내가 근무하는 고등학교에 진학하여 또 3년 째 배우고 있다.

72 밭에 물을 넣으면 논이 된다

학생들이 과제를 해결하느라 정신이 없다. 다투어 발표하는 수업 분위기에 학생들도 익숙해졌는지 다른 사람보다 먼저 발표하려고 열심히 과제를 하고 있었다. 아무 생각 없이 창밖을 보다가 혼잣말처럼 중얼거렸다. '저 밭에는 마늘을 심었는데, 언제 추수하고 트랙터로 밭을 고르고, 지금 곡식을 심으면 무엇을 심지?' 마늘 농사를 하고 논 같으면 벼를 심을 것인데 밭이니 6월 하순이 되어 가는데 무엇을 심는지 궁금해서 중얼거린 것이다. 그런데 앞에 앉아 열심히 과제를 하던 재석이가 튀어 오르듯이 내 말을 받았다. "벼를 심지요, 뭐!" 재석이는 시골 아이답지 않게 무척 도시 학생의 체취가 풍기는 모범생으로 부모님은 농사를 짓는다. 재석이 말을 듣고 나니 나도 모르게 이상하다는 생각이 들었다. 분명 밭인데 벼를 심다니, 또 한 마디 하지 않을 수가 없었다. "밭에도 벼를 심냐?" 또 재석이는 "밭에 물만 넣으면 논이 되는데요." 들을수록 이상했다. 그리고 재석이와 다른 아이들이 쌀이 나무에서 열린다고 하는 대도시의 어린아이들이 아닌가 하는 착각에 빠지기 시작했다. 아이들을 향해서 "재석이는 밭에 물을 넣으면 논이 된다는데 너희들도 그렇게 생각하느냐?"고 했더니 모두의 대답은 "예"였다. 이제는 논과 밭의 차이점을 설명해 주어야겠다는 역사적인 사명이 생기기 시작했다. "너희들 보아라, 저 밭은 평면이 아니고 산비탈에 있어서 물이 고일 수가 없단다." 그리고 밭 흙과 논흙은 달라서 밭이 논이 되려면 흙을 고르고 마사토가 아닌 진흙을 넣어야 한다고 입에 거품을 물고 설명을 했다. 그러자 재석이는 "저기에는 마늘을 심었고, 마늘은 논에만 심는 곡식인데 마늘을 심었으니 논"이라고 했다. 그리고 "밭도 트랙터로 고르면 논이 돼요"라고 대꾸를 했다. 참 기가 막히고 말았다. 내 설명이 잘못되었는지 학생들은 도대체 내 말을 믿으려 들지 않았다. 나는 칠판에 크게 글씨로 썼다.

'밭을 모르는 촌아! 재석이는 촌아도 도시아도 아니여!(웃자고 코미디 흉내를 냄) 밭에 물을 넣으면 논이 된다(가짜＝재석이), 마늘은 반드시 논에만 심는다(가짜＝재석이), 밭에도 마늘을 심는다(진짜＝선생님).' 학생들은 가슴을 치고 답답함을 나타내었다. 전적으로 재석이 말이 맞는데 선생님이 가짜라는 것이었다. 그러면 저 밭에 벼를 심는지 다른 것을 심는지 보자고 했더니 요즘 논에는 아무거나 심는다고 응수해 왔다. 이렇게 되자 나는 포기하기 시작했다. 비탈진 밭에 물을 넣을 수 있다는 데는 할 말이 없었다. 그러다 내 말이 잘못되었을지도 모른다는 생각이 들기 시작했다. 그러나 분명한 것은 밭이 논이 되려면 논으로 만드는 작업이 선행되어야 하는데, 바로 물을 넣으면 논이 되는 밭보다 안 되는 밭이 많다는 사실이다. 그리고 밭에 심는 벼는 밭벼로 품종이 논벼와 다른 것이 있기는 있다는 것이다. 하기야 요즘에는 논농사보다 밭농사가 수익이 많으니 논으로 밭을 만들고, 논에 밭작물을 심는 것이 너무 많다 보니 학생들도 논과 밭을 그렇게 쉽게 알고 있는 것이 당연한지 모른다.

내가 어릴 적에는 논이 있는 집은 쌀밥을 구경하는 부자였다. 밭만 있는 사람은 보리밥 아니면 조밥을 먹었으니 논이 몇 마지기 있고 없고가 부의 척도이기도 했다. 농사도 기계화기 되고 논도 하루아침에 밭이 되고, 밭도 논이 되는 기계화된 농촌에 사는 학생들이라 그렇게 생각하는 것이 당연할지도 모른다.

농촌에 사는 학생들이라고 농사를 아는 것은 아니다. 더구나 논밭에 한 번도 안 나가 보는 학생들도 있다. 부모들이 농사를 지으면서도 학생들은 아침부터 저녁 늦게까지 책과 컴퓨터에만 붙어 있으니 정확히 말하면 사는 것은 농촌에 사는데 생활 방식은 도시 학생인 것이다.

73 시골길과 다람쥐

　국도를 10여 분쯤 달리다 시골길 10분을 달려야 닿는 곳이 내 근무지이다. 이른 아침에 한적한 시골길을 달리는 기분은 고향으로 가는 설렘이다. 때로는 안개가 자욱한 길을 달리는 날이면 나만의 시간을 즐기는 호젓함이 있어 더욱 좋다. 아무도 없는 길, 다가오는 차도 없고 사람들도 보이지 않는다. 그저 시골집 몇 채가 차창으로 다가왔다가 사라진다. 논밭은 어제 그대로이다. 아침 일찍 갔다가 저녁에 돌아오는 길이니 농부들이 일하는 모습을 보는 것도 드물다.

　아무도 없는 길이라 조심할 필요도 없다. 바쁘면 빨리 가고 그렇지 않으면 자전거 속도로 가기도 한다. 아카시아 꽃이 피는 계절이나 단풍이 곱게 물드는 가을은 멈추어 서기도 한다. 우연히 대항차라도 오면 피한다기보다 반가움이 앞선다.

　간혹 있는 일이지만 오늘은 좀 별난 만남이 있었다.

　저수지가 저만치 보이는 곳에서 작은 커브를 돌아서려는데 길섶에서 나온 다람쥐 한 마리가, 길을 건너는 것도 아니고 제자리에 있는 것도 아닌 어정쩡한 위치에 있었다. 그저 길섶에 놀고 있다는 표현이 맞을 것이다. 그냥 지나가면 다람쥐는 앞바퀴에 치일 정도의 위치에 있었다. 다람쥐가 길을 건너든지 아니면 길섶으로 비켜 주든지 해야 하는데 그 녀석은 내 차를 전혀 의식하지 않는 눈치다. 내 차의 속도를 줄이며 다가갔는데 그는 길을 내줄 생각이 없는지 아니면 잠에서 덜 깼는지 그 자리에서 밈칫밈칫했다. 반데 차선으로 돌아서 가기에는 너무 가까이 와 버려서 급기야 차를 급정거할 수밖에 없는 상황이 되고 말았다. 조수석에 놓인 물병과 가방이 앞으로 곤두박질을 치더니 트렁크의 물건들이 야단법석을 떠는 소리가 들렸다. 아무리 천천히 가던 중이라 해도 차는 차인지라 속도가 있었던 모양이다. 차를 세우고 다람쥐를 찾아보니 다행히 그는 반대편 차선을 지나 길을 건너고 있었다. 빨리 가지 않는 다람쥐는 놀란 기색도 없이 유유히 언덕을 오르고 있었다. 마치 임신한 여인이 큰 배를 내밀고 시내버스에 오르는 걸음 같았다. 저 다람쥐도 임신한 것일까? 그러고 보니 엉덩이가 펑퍼짐하고 배가 불룩하다. 무엇을 많이 먹어서 그런 것 같지는 않았다. 분명 임신한 것이다. 그러니 겁이 없는 게지, 겁이 없으니 차가 다가가도 걸음이 빠르지 않고 차가 비켜 가도록 제 갈 길만 간 것이 아닌가?

천천히 싸리나무 가지가 있는 언덕을 오르더니 내 차를 빤히 내려다봤다. 나도 놀란 가슴을 가라앉히며 그 녀석을 쳐다봤다. 우리는 한참 동안 그러고 있었다. 다람쥐의 말아 올린 꼬리가 바람에 흔들릴 때까지…….

어제 아침에는 청설모 한 마리가 도로 가운데에서 놀고 있었다. 곧 내 차에 치일 것 같은데 전연 걱정 없이 놀고 있었다. 청설모도 오늘 다람쥐처럼 바쁘지 않은 걸음으로 내 차를 의식하지 않고 길을 건넜는데 내 차는 또 급정거를 하고 차 속의 물건들이 곤두박질을 했었다. 어제는 청설모를 원망했었다. 청설모는 다람쥐처럼 귀엽지 않다. 우선 색깔이 검어서 거부감이 있다. 그리고 꼬리가 몸에 비해 너무 커서 쉽게 다가가기를 거부하는 것 같았다. 두 눈을 굴리며 옆을 경계하는 척하더니 철망을 순식간에 넘어 사라졌다. 사라지는 청설모를 보며 엉망이 된 내 짐이 걱정되었다. 그래도 한 생명을 구했다는 작은 자부심으로 안도의 숨을 쉬다가 철망위에서 눈을 굴리고 있는 청설모가 들으라고 클랙슨을 한 번 울렸었다.

오래전부터, 그러니까 그들이 이 세상에 태어나기 전부터 나는 이 길을 다녔는지 모른다. 그들은 나를 알 것이다. 내 차는 천천히 가는 차이며 그들을 피해 가는 차라는 것을, 아니 내 차의 번호도 기억할는지도 모른다. 5년이나 아침저녁으로 다녔으니 이제는 먹이라도 주지 않느냐고 시위를 했는지 모른다. 아직 먹이를 줘 본 적은 없다. 그저 그들이 다칠까 봐 피해 주는 것이 고작이었으니. 이제는 좀 친해 볼 수 없느냐는 시위였다면 기꺼이 받아 주어야겠다.

74 밤낚시 1

　근무 시간이 끝나기를 초조히 기다렸다. 3시 반에 교장 선생님이 나가면서 퇴근 시간이 되면 오라고 했기 때문이다.

　4시 30분이 되자 자동차에 시동을 걸었다. 그 전에 식당에 연락하여 5명분의 식사를 준비하여 가지고 갈 수 있도록 해 주었으면 좋겠다고 했다. 학교 아저씨와 교문을 나서면서 나는 낚시터를 모르니 앞서서 가라고 했다. 잠시 식당에 들렀다. 국 한 냄비와 밥 다섯 공기, 반찬과 물 그리고 컵과 수저를 사과 상자에 담았다. 차에 싣기 위해 들어 보니 겨우 들 정도였다.

　아스팔트길을 벗어나 시멘트 포장을 한참 가니 비포장도로가 나왔다. 의성은 저수지가 많아 아무 생각 없이 산골짜기에 들어가도 크고 작은 저수지를 만날 수 있다. 농가가 몇 채 보이는가 싶으면 저수지가 있었다. 작은 동네 몇 개를 돌아 산속으로 들어가니 원시림에 싸인 저수지가 나왔다. 한눈에 내려다보니 수초 속에는 분명 월척 붕어가 웅크리고 있을 법했다.

　교장 선생님은 며칠 전에도 밤낚시를 해서 월척 몇 수를 했다며 입가에 미소를 띠며 자랑을 했었다. 오늘 밤낚시도 그 자랑이 시발점이 되었다. 며칠 전부터 같이 가자고 했더니 학교 아저씨도 박수를 치며 기꺼이 함께하겠노라 했다. 또 다른 선생님 두 분은 일이 있어 조금 늦더라도 함께하겠다고 했다.

차를 세우고 낚시터에 내려가니 수초가 보이는 조용한 수면 위에 다섯 개의 찌가 일렬로 정리되어 있었다. 아직 걸려든 놈은 없지만 밑밥을 넣었으니 이제부터 시작이라며 교장 선생님은 입맛을 다셨다. 나와 학교 아저씨는 적당한 자리를 물색했다. 원시림 속을 헤치고 들어가니 누가 자리를 닦아 놓았는지 두 사람 정도는 앉을 수 있는 자리가 있었다. 나는 욕심이 생겨 넓은 자리 중앙에 낚싯대를 펼쳤다. 내 옆자리로 학교 아저씨가 비집고 들어왔다.

날은 점점 어두워졌다. 어둡기 전에 야광찌를 달아야 했다. 야광찌를 달고 줄을 잡고 던지는데 아직 야광찌를 달지 않은 낚시에서 신호가 왔다. 너무 반가워 낚아채었더니 눈만 달린 붕어였다. 이제 붕어 얼굴을 봤으니 큰 놈도 나올 것이라 기대를 했다. 학교 아저씨는 욕심을 내는지, 크다 싶을 정도의 떡밥을 낚시에 달아 바위 밑 깊은 곳으로 밀어 넣었다.

어둠은 생각보다 빨리 왔다. 차 옆으로 가니 교장 선생님은 라면을 끓이기 위해 버너에 불을 붙이고 있었다. 손전등을 꺼내면서 내가 가지고 온 저녁을, 펴 놓은 자리 위에 내려놓으니 교장 선생님은 눈이 둥그레졌다. 사과 상자에서 찌개와 밥이 나오는 것을 신기한 듯이 바라보았다. 전혀 예상치 못했던 진수성찬이었기 때문이다.

저수지와 산과 들이 어둠에 묻히고 나니 작은 장소가 더욱 아늑하게 느껴져 평소에 나누지 못했던 말들이 오고 갔다. 좀처럼 가까워지지 않을 것 같던 사람들도 둘만 아는 일을 했을 때 정이 든다는 말이 새삼 살아났다.

조금 있으니 뒤에 온다던 두 사람에게서 연락이 왔다. 거의 다

왔다는 것이다. 그들은 돼지 족발과 술을 준비해 왔다. 인가도 없는 깊은 산골짜기 외딴 저수지에 다섯 사람을 위한 파티가 벌어지고 있었다. 언덕 밑 낚시에는 지금 대어기 물었는지 찌가 떠다니다가 자취를 감추어도 누구 하나 낚싯대를 잡을 생각도 하지 않았다. 호젓한 분위기에 어울리는 남폿불이 가물거리도록 때로는 정색을 하며, 때로는 웃음을 흘리며 평소 교무실에서는 엄두도 못 낼 말들을 쉽게 하는 밤이 깊어 갔다.

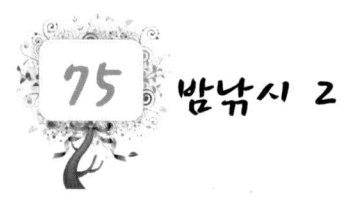

75 밤낚시 2

　연휴 전날이었다. 교무실에서 학사 일정을 이야기하다가 밤낚시를 가자는 의견이 나왔다. 희망자를 조사했더니 남자 직원 11명 중 8명이 가겠다고 했다. 발 빠른 친목회장이 낚시에도 일가견이 있다는 소문을 들었다. 이론에는 둘째가라면 서러워한다는 말도 들렸다. 거기다가 틈만 나면 낚시 잡지와 피시티브이를 시청하는 교장 선생님이 있고 집안 창고가 낚시로 가득하다는 행정실 김 주사가 있었다. 친목회장은 즉시 회비를 거두었다. 일금 2만원, 그리고 기분이라며 교장 선생님께서 금일봉을 기부하고 저녁과 아침, 그리고 간식과 술을 준비하기 위하여 친목회장이 조퇴를 달았다. 퇴근하고 모처에서 만나기로 하고 일과 시간이 지나기만 기다렸다. 선발대가 자리를 잡기 위하여 먼저 가고 난 후 교무실은 낚시 이야기로 시간 가는 줄 몰랐다. 출발하려고 하니 여선생님도 따라가겠다고 하여 그저 구경만 하다가 가라고 했더니 무척 섭섭하다며 낚시를 한 대만 달라고 했다.

　낚시터에 도착하니 선발대가 수초까지 깨끗이 치우고 자리를 잡아 두었다. 누가 어디에 앉는 것이 아니라 마음에 드는 자리를 서로 양보하며 대어의 꿈을 실어 낚시를 드리웠다. 해가 뉘엿뉘엿 서산으로 기울자 친목회장은 한 잔 하자며 안주로 족발과 소주 그리고 맥주를 꺼내 놓았다. 너나 할 것 없이 자리를 차지하며 앉기 시작하자 분위기에 고조된 여선생님도 소주 한 잔 달라며 보채었다. 술을 아껴 먹으라는 교장 선생님의 주의도 아랑곳하지 않고 모두 소주잔을 기울이기 시작했다. 마침 내 낚시는 전체 자리에 가까이 있으므로 수시로 낚시를 보기 위해 숲 속을 헤치며 오르락내리락 했다. 그러자 작은 붕어가 한 마리 올라왔다. 여선생님은 너무 신기하다며 내 옆에 바짝 다가와 지렁이와 떡밥 그리고 옥수수 끼는 것을 정신없이 들여다보았다. 술이 얼근히 취한 사람들은 나를 부르며 일등할 일이 있느냐며 소리를 질렀다. 나는 원래 상복이 없는 사람이라 상으로 나온 낚싯대에는 관심이 없었지만 그래도 낚시터에 왔으니 한 마리라도 낚아 보자는 생각에 부지런히 미끼를 갈아 끼웠다.

날이 어두워지자 술에 취한 사람들은 낚시는 뒷전이고 술 탐닉에 몰두했다. 야광찌가 온 저수지를 수놓을 무렵 나는 20센티미터급 한 수를 걸었다. 큰나무 옆에 자리를 한 교장 선생님은 내 낚시에서 물소리가 나자 "떨어졌뿌라! 떨어졌뿌라!"를 연신 외쳤지만 내 붕어는 흙으로 올라오고 말았다. 지금까지 올라온 고기 중에 제일 큰 고기였다. 환성을 지르고 싶었지만 참았다 언제 등위가 바뀔지 그것은 시간문제였다.

자리를 옮겨 저수지 둑으로 간 최 선생님의 불빛이 커졌다 작아졌다를 여러 번 하고 있었다. 모두들 최 선생님이 일등을 할 것이라 호언을 했다. 내 낚싯대 찌는 연신 신호를 보내왔다. 이러다 진짜 등위에 드는 것이 아닌가 하는 엉뚱한 생각이 들기도 했지만 평소에 서로 프로라고 하던 분들이 한둘이 아니어서 쉽게 상품에 관심을 가질 수 없었다.

어두운 밤이 되고 한참이 지났다. 또 술자리가 시작되자 나도 자리에 왔다 갔다를 몇 번 하며 얻어먹은 소주에 취하고 있었다. 취한 눈에는 야광찌가 몇 배로 늘어났다가 줄어들었다. 착시라 생각했는데 술이었다. 각자 열 대 정도 들낚시를 폈으니 줄잡아 야광찌의 개수는 여든 개 정도였다. 작은 저수지가 파란 불밭이 되어 장관을 이루었다. 작은 물소리만 나도 신경이 곤두서는지 한두 마디씩 거들었다.

밤은 시간을 쉽게 보내고 있었다. 자정이 되자 여선생님은 집으로 간다며 차에 라이트를 켜고 휑하니 산모롱이를 돌아 나갔다. 친목회장은 한두 명의 직원들과 소주 됫병을 끼고 앉아 연신 낚시 무용담을 늘어놓고 있었다. 술이 취했는지 다른 사람이 먹고 모아 놓은 닭고기 뼈를 들고 빨면서 요즘 고기는 살이 없다며 푸념을 했다.

새벽 1시가 넘자 저수지는 야광찌만 반짝일 뿐 사람의 그림자는 보이지 않았다. 저마다 텐트로 혹은 차로 들어가 눈을 붙이고 있었다. 밤이슬이 촉촉이 내려 낚시 가방을 적시고 낚싯대에도 물방울이 맺히었다. 살림망에는 잡혀 온 고기들이 아직도 살아 있음을 증명이라도 하듯 간혹 퍼덕이며 존재를 확인시켜 주었다.

하늘이 흰 기운을 머금는가 싶었는데 먼 산봉우리가 보이기 시작하더니 나무의 형체가 보이고 가지들이 보이다가 잎이 보였다. 여명이 온 것이다. 텐트 문이 열리고 차 문이 열리며 하나둘 낚싯대 앞으로 가서 밤을 새운 미끼를 확인했다.

오늘은 개교기념일이라 집에 있었다면 늦잠을 잤을 텐데, 어제저녁 늦도록 술에 취했는데도 아침에 일찍 일어나는 것을 보면 대단한 꾼들임에는 틀림이 없었다. 갑자기 친목회장이 물소리를 심하게 내었다. 모두의 시선이 한곳으로 보여 있는데 니는 소리만 들었다. 누가 "와 크다" 해도 나는 괘념치 않았다. 그러다 내 살림망을 들여다보았다. 분명히 있어야 할 고기가 한 마리도 없었다. 어찌 된 일인가 내가 잠을 자는 사이에 누가 훔쳐갔다는 말인가. 사람이 아니면 들고양이라도 다녀갔다는 말인가. 살림망을 들고 밑바닥을 살펴보니 매듭이 풀려 있었다. 분명히 매어 있을 것이라 생각하고 물 속에 넣었는데 풀려 있다니 그것은 밤새 붕어들이 퍼덕거리다 스스로 풀었음이 분명했다. 너무 허망했다. 그 고기들을 믿고 내가 일등을 할 것이라 큰소리는 다 쳤는데, 고기를 살려 주라는 신의 계시로 생각하고 빈 망을 들고 전체가 모이는 장소에 왔다. 모두 큰 고기를 내어 누가 제일 큰 것을 낚았는지 자로 계측을 하고 있었다. 마지막으로 내 고기를 보자고 했다. 나는 씩 웃으며 내가 잡는 것을 모두 보았고, 월척에 가깝다는 것을 모두가 인정했는데 굳이 가져올 필요가 있느냐고 의미심장하게 웃었다. 그러자 자를 들고 있던 친목회장이 모두 계측을 해도 20센티미터도 안 되는데 일등은 나라며 손가락으로 나를 가리켰다. 모두 인정해 주었다.

낚싯대를 선물로 받고 차에 오르려고 하는데 누가 소리를 질렀다. 일등하고 그냥 집에 가면 다음에 선물로 받은 낚싯대에 고기가 안 나온다며 웃었다. 나는 알았다며 식당으로 가자고 했다. 친목회장은 그렇지 않아도 식당으로 가려던 참이라고 했다.

식당 주변에는 양주가 없었다. 먼 거리에 있는 마트까지 가서 그 중에 제일 비싼 양주를 한 병 들고 가격을 알아보았더니 내가 선물로 받은 낚싯대 값의 배가 되었다. 기분이다 싶어 한 병을 움켜쥐고 식당으로 가니 모두 박수로 화답을 했다. 교장 선생님은 내 귀에 대고 속삭였다. 아무리 주변을 둘러보아도 선물 받고 술을 낼 수 있는 사람이 없을 것 같아 우리 모두 일등을 주기로 사전에 합의를 했다며 "속았지롱!" 놀렸다.

한국생명과학고등학교

76 열린 창을 향해 돌아가는 선풍기

　우리 학교에는 휴게실이 두 개 있다. 그것은 남자 휴게실과 여자 휴게실이다. 남자 휴게실은 여자 휴게실 옆에 있는데 항상 시끄럽다. 불도 켜져 있고 환풍기가 돌아가고 또 선풍기 돌아가는 소리도 요란하다. 언제나 구름이 끼여 있어 형광등이 빛을 내어도 어두침침한 분위기이다. 그것은 사물에 의한 것이 아니라 사람에 의한 분위기이다. 밝은 표정은 볼 수 없다. 담배를 찾거나 라이터를 찾거나, 담뱃갑을 뒤지거나, 재떨이를 비우거나, 하늘을 보고 연기를 뿜거나, 심각한 이야기를 하거나, 음모를 꾸미거나, 카더라 방송을 하거나, 담배를 끄거나, 자리에서 일어서거나를 한다.

　여자 휴게실에는 가 보지 않아서 모르겠지만 어쩌다 출입문이 열려 있을 때 나도 모르게 들여다보면 소파가 가지런히 놓여 있고 사람 소리는 거의 나지 않는다. 물론 환풍기 돌아가는 소리도, 선풍기 돌아가는 소리도 나지 않는다.

　남자 휴게실의 출입문은 조금 열려 있는 것이 보통이다. 드나드는 사람은 주머니에 손을 넣는데 그것은 담배를 넣거나 꺼내기 때문이다.

　내가 이 남자 휴게실에 처음 들어온 것은 이른 봄이었다. 아직 살얼음이 가시지 않은 오후였다. 집에 느근하게 놀고 있는데 전화가 걸려 왔다. 어린 여자의 목소리가 전화기를 울렸다.

"여보세요"

"○○고등학교인데요. 지금 학교에 오라고 합니다."

"부임하기 전에 오라는 날짜는 내일인데 오늘 무슨 일이지요?"

"아! 연락이 잘못되었습니다. 내일이라고 저도 분명히 말을 했는데 오늘 오라고 합니다."

조금 있으니 여자 목소리는 60대 남자의 목소리로 바뀌었다. 그 남자는 앞뒤 설명 없이 한 마디 툭 던졌다.

"아! 지금 빨리 오소. 선생님들이 모두 모였는데 왜 안 옵니까?"

"저는 내일이라고 연락을 받았습니다."

"아! 아무 소리 말고 지금 빨리 오이소."

그러고는 전화를 끊었다. 변명이라도 하고 싶었는데, 지금 빨리 가기는 힘들다는 소리라도 하고 싶었는데, 전화를 일방적으로 끊어 버리니 어쩔 수 없는 상황이었다. 급하게 세수를 하고 옷을 주워 입고, 정신이 없었다. 내가 아는 그 사람은 언제나 그런 식이었다. 모든 것을 자기 위주로 상대방의 입장은 조금도 헤아리지 않는다. 앞으로 있을 불길한 일들을 예감하며 옷을 찾아 입고 신을 신는 내 모습이 무척 처량하다는 생각, 또는 살기가 힘들다는 생각이 머리를 꽉 메웠다. 앞으로 그와 한 사무실을 쓰며 생활을 해야 하는데 마지막 직장이 될 그곳에서 또 어떤 수모를 겪을까 싶어 머리가 무척 무거웠다.

학교로 가면서 '선생님들이 모였으니 빨리 오라!'는 말이 고막을 찌르고 있어 운전이 되지 않았다. 차라리 도망이라도 가고 싶었다. 아니 직장을 때려치우고 싶었다. 학교 교문에 들어서도 즐거움은 찾을 수 없었다. 그저 차가 교문을 들어가니 갈 뿐이었다.

교무실에 들어섰다. 빨리 오라던 그 사람은 보이지 않고 낯선 얼굴들뿐이었다. 마침 나를 쳐다보는 사람이 있어 그 사람을 물었더니 "새로 부임하는 선생님인가요?" 하더니 아무 소리 없이 남자 휴게실로 안내를 해 주었다. 남자 휴게실은 교무실 옆에 있었는데, 그 사람은 예전과 같이 담배를 주머니에서 꺼냈다 넣다를 하다가 또 피우는가 하면 끄고 있었다.

그 사람은 나를 보자 덤덤하게 일어섰다. 그러고는 곧장 남자 휴게실을 나와 어디론가 앞서 가기 시작했다.

교무실에 들어와서는 자리에 앉더니 아무 말이 없었다. 한참을 서 있던 나는 아무소리 없이 돌아서려 했다. 그런데 그는 한 마디 했다.

"내일 오전에 오소! 직원회의도 있고 가는 사람 송별회를 하는데 환영회도 겸한다니 일찍 오소!"

참 더운 날이다. 아무 일도 없이 갑자기 불려 와서 아무 일도 하지 않고 남자 휴게실만 구경하고 집에 가라니 참으로 황당했다. 내친 김에 남자 휴게실에 가서 답답함을 풀고자 담배나 한 대 피울 작정이었다. 휴게실에는 다행히 아무도 없었다. 그런데 조금 전에는 보이지 않던 선풍기가 보였다. 앞으로 어떻게 근무할지 나도 모르는 황당함에 정신이 없어서 선풍기가 있어도 보이지 않았던 모양이다.

선풍기는 추운 날씨인데도 켜져 있었다. 그것도 열린 창을 향하여 고개를 들고 힘차게 돌아가고 있었다.

77 모습과 마음

　우리 학교 식당 점심은 뷔페식으로 밥도 맛이 있고 반찬도 다양하다. 학생들은 거의 무료로 급식을 받고, 교직원들은 식권을 구입하여 식사를 하는데 한 끼에 몇 천 원 정도이다.

　식사를 하기 위해 배식을 받고 자리에 앉으려는데 어디에 앉을까 고민이 되었다. 교직원 자리가 별도로 지정되지 않아 앞자리에 앉아 식사를 하다 보니 앞자리가 교직원 자리로 고정이 되어 버렸다. 가까운 사람끼리 앉는 것은 인지상정(人之常情)이지만 가깝지 않은 사람들이 여기저기 앉아 있으면 고민이 되지 않을 수 없다. 조금이라도 가까운 사람(말이라도 붙여 본 사람, 이 학교에 부임한 지 한 달 정도 되었으므로) 옆에 또는 앞에 앉기 마련이다. 오늘은 중대한 회의가 있어 단축 수업을 하는 날이라 늦은 점심을 먹는 날이다. 평소에는 4교시를 마치고 식사를 하는데 오늘은 5교시를 마치고 식사를 했다. 학년별로 시차를 두지 않아 조금 복잡한 점심 시간이 되었다.

　눈에 익은 사람 옆으로 식판을 들고 갔다. 그 옆에는 평소 말이라도 붙여 본 여선생님이 앉아서 식사를 하고 있었다. 내 식사 속도는 조금 느린 편이라 먼저 온 사람들이 모두 일어서고 나와 그 여선생만 남게 되었다. 그녀와 나는 속도가 비슷했는지 거의 동시에 식사가 끝이 났다. 그녀가 일어서며 하는 말이 "같이 일어서지요!" 조금은 당돌한 말(나는 50대이고 그녀는 20대이다) 같기는 했지만 그래도 함께 가자는 의미가 숨어 있어 빈가올 수밖에 없었다.

식당 줄입문 앞에서 손을 씻고 손수건으로 손을 닦으며 돌아서니 그 여선생님은 내 뒤에 조금 물러서서 기다리고 있었다. 또 반가웠다. 같이 가려는 의도가 분명했다. 무슨 할 말이 있는 사람 같기도 하여 두렵기는 했지만 함께 갈 사람이 없던 처지인지라 반가움이 먼저였다.

몇 발짝을 내딛는데 그 여선생님이 지나가는 학생을 보며,

"저 학생은 둘이 이야기하면 그렇게 착할 수 없는데, 다른 학생과 있으면 왜 그렇게 벗어나는 행동을 하는지 모르겠어요."

여학생을 보고 혼잣말 같기도 하고 내게 묻는 말 같기도 하여 나는 불쑥 한 마디를 뱉고 말았다.

"두 사람이 있으면 마음이 보이고 많은 사람과 함께 있으면 겉모습만 보이기 때문이 아닐까요."

나도 모르게 지껄인 말이라 뒷수습을 하기 위해 곰곰이 생각을 하지 않을 수 없었다. 첫인상에 아름답게 보이는 것도 겉모습이요, 믿게 보이는 것도 겉모습이다. 처음 대하는 사람은 겉모습부터일 것이니 우리는 마음을 읽기 전에는 겉모습에 의존하는 것이 다반사(茶飯事)이다. 자주 만나면 정이 든다고 하는데, 정이 든다는 것도 따지고 보면 그 사람의 마음을 안다는 의미일 것이다. 만날수록 정이 떨어지는 사람도 마찬가지일 것이다.

지나가는 학생들을 보고 웃어 주기도 하고 말을 걸어 주기도 하는 그 여선생은 학생들과 무척 가까이 다가가 있는 것 같았다.

교무실이 가까워지고, 교무실 출입문을 열고 들어섰다. 이제는 각자 자기 자리로 갈 것이니 그녀와 내가 함께 걷는 시간은 끝이 난 것이다. 나는 긴장의 끈을 놓으며 그녀가 남긴 말을 되씹기 시작했다.

"왜 그렇습니까?" 그녀의 의문은 내게 큰 깨달음이었다. 그 깨달음은 겉모습과 속마음에 대한 새로운 정의이다.

나는 자리에 앉으며 생각이 날아갈까 종이에 쓰기 시작했다.

왜 그렇습니까?

한참이나 가야 하는 먼 식당 길을 혼자 걸었다.

다가오는 작은 발소리에 뒤돌아보니, 옆자리 초임 교사가 따라오며 웃는다.

둘이 있으면 좋은 사람인데, 여러 사람과 있으면 나쁘게 보입니다.

왜 그렇습니까?

둘이 있으면 마음이 보이고, 여러 사람과 있으면 겉모습만 보이기 때문입니다.

자주 만나면 정이 드는 사람도 있고 미워지는 사람도 있습니다.

왜 그렇습니까?

미운 정도 마음이고 고운 정도 마음이기 때문입니다.

아직은 교직을 모른다며, 아이들을 모른다며,

다정히 묻는 말에 내 초임이 생각나 의미 있게 웃었다.

78 만우절 소동

　수업 시작종이 울렸다. 학생들이 자리에 앉느라 조금은 어수선한 분위기이다. 메신저 창에 급한 공문이 왔으니 빨리 처리하라는 연락을 받고 공문을 읽느라 수업 진행이 늦어졌다. 수업 시작종이 울리고 2분 정도 지났는데 선생님은 가르칠 생각은 하지 않고 컴퓨터만 보고 있으니 아무리 놀기 좋아하는 학생들이지만 분위기 파악이 안 되는 모양이다. 자습을 해도 무슨 일인지 알고 해야 할 텐데 답답했던 것 같다. 궁금증을 참지 못한 한 학생이,

　"선생님! 시작 안 해요?"

　공문을 빨리 읽고 수업을 해야 하는 나는 1초가 급하여 되는 대로 쉽게 대답을 했다.

　"안 해!"

　수업을 안 하다니 평소의 선생님답지 않는 대답에 놀랐는지, 좋아라 해야 정상인데 좋아라 하지 못하고 더욱 조용했다. 그러다 또 한 학생이,

　"선생님! 진짜 수업 안 해요?"

　이제는 공문 내용을 파악한 뒤라 느긋하여 농담조로 대답을 했다.

　"그래!"

　수업이 급하여 학생들도 돌아보지 않고 출석 부르는 것도 생략

한 채 책을 펴는데 뒷자리에서 한 학생이 일어나는가 싶더니 출입문 쪽을 향하여 빠른 걸음으로 나가며,

"나는 수업 안 해!"

출입문을 열고 나가 버렸다.

출입문으로 나가는 학생의 뒷모습만 본 나는 돌발 사태에 태연하려고 노력하면서 '별놈을 다 보겠다'며 수업을 진행했다. 수업을 진행하다가 생각하니 이 학생이 계속 안 들어오면 무슨 사고를 칠지, 아니면 진짜 내가 수업을 안 한다고 하니 화가 나서 나갔는지?(그럴 리는 없다. 놀기를 무척 좋아하는 학생들이다.) 아니면 영웅심으로 나갔는지? 도무지 알 수가 없었다. 수업을 하다가 문득 뛰쳐나간 학생이 또 걱정되었다. 내가 무엇을 잘못한 것 같기도 하여 실장을 시켜 그 학생을 데리고 오라고 했다.

실장이 나간 지 10분이 지나도 돌아올 줄 몰랐다. 한참 후 실장이 남학생 한 명을 데리고 출입문으로 들어왔다.

실장과 그 학생을 번갈아 보던 나는 실장과 같이 온 천남우 학생을 보고 왜 나갔느냐고 다짜고짜 호통을 치려고 했다. 그런데 천남우는 기세 좋게 나가던 그 모습이 아니었다. "그저 죽여 주세요" 하고 고개를 숙이고 있었다.

"사실은요……" 하고 말하는 그의 목소리는 모든 것을 포기한 듯 모기 소리를 하며 떨고 있었다.

쉬는 시간에 2학년 남학생이 천남우에게 왔다.

"오늘이 만우절이니 수업을 바꾸어 들어가자, 너는 2학년 교실에 들어가고 나는 네가 수업하는 1학년 교실에 들어가서 수업이 시작되면 고개를 숙이고 있다가 태연히 질문도 하며 선생님을 크게

속여 보자."

　이런 모의를 하고 2학년은 내가 수업하는 교실로 숨어 들어온 것이다. 그런데 속이려고 하던 선생님은 무엇을 알고 있는지, 수업을 하지 않았다. 수업을 하자고 해도 하지 않는다고 하니 선생님을 속이려다 도리어 당하는 기분이 들었다. 계획대로라면 출석을 부를 때 대신 대답을 하고 진도를 나가면 질문도 할 것인데 5분을 기다려도 선생님은 수업을 하지 않으니 난감할 뿐이다. 앉아 있는 후배들의 눈초리도 뒤통수로 느껴졌다. 하기야 지난해 수업을 받은 적이 있는 선생님이니 얼굴을 모를 까닭은 없지만 그래도 속여 보는 재미가 쏠쏠할 것을 기대했던 것이다. 1학년 후배 여학생들과 수업 중에 이야기도 하며 킥킥거려도 볼 것인데, 선생님은 무엇 때문에 아예 수업을 시작하지 않고 있으니 불안한 마음이 이제는 답답함으로 다가왔다. 급기야 교실을 뛰쳐나가며 한 마디 하게 된 것이다.

　그럴 즈음 천남우는 선배인 2학년이 교실을 바꾸어 수업에 들어가자는데 안 바꾼다고 할 수가 없어서 바꾸기는 했으나, 선배들이 있는 2학년 교실은 차마 들어갈 수가 없어 이러지도 저러지도 못하고 교실에 남아 있었다(내 수업은 도서관에서 한다). 그러다 실장이 수업을 하다 말고 교실에 찾으러 왔으니 모든 것이 수포로 돌아가고 꾸중들을 일만 남았음을 감지하게 된 것이다. 실장이 수업하는 교실로 가자고 하니 가슴이 쿵 하고 내려앉았다. 이 사태를 어떻게 하면 좋을지 실장과 상의를 하느라 늦어진 것이다. 사태 파악을 하는 데 시간이 걸렸고, 사실대로 이야기하자는 실장의 말에 용기를 얻어 수업하는 교실로 들어오게 된 것이다.

79 그의 화법

그는 상대를 잠시 당황하게 만드는 화법을 쓴다. 그의 화법의 특징을 아는 데는 많은 시간이 필요한 것은 아니다. 그를 흉보기 위해 이런 글을 쓰는 것은 더욱 아니다. 그만이 가지고 있는 화법, 그에게 속았던 경험을 쓰고자 할 뿐이다.

그를 처음 알게 된 것은 수년 전이다. 그의 부인과 한 직장에 근무하다 보니 우연히 그의 이름을 먼저 알게 되었다. 그러다 어떤 모임에서 그를 보게 되었는데, 그의 부인을 통하여 알고 있던 막연한 상상의 그를 만나게 되니 너무 반가워 내가 먼저 손을 내밀고 악수를 청하며 통성명을 했다.

내 직장은 길어야 5년을 머물지 못하므로 잦은 전근으로 돌고 돌았다. 그러다 이번에는 그와 같은 사무실에서 근무하게 되었다. 전근하던 날 모르는 사람들뿐인 낯선 사무실에서 이름이라도, 얼굴이라도 알게 된 사람이 있으니 반가울 수밖에 없다.

몇 개월이 지났다. 그와 나는 별다른 공통분모를 찾지 못해 어울리는 일이 거의 없었다. 간혹 휴게실에서 마주치면 지나가는 말로 인사를 몇 마디 할 뿐이었다.

언제였던가? 그와 식당에서 마주 보며 밥을 먹게 되었다. 그는 배식을 받은 밥그릇을 앞에 놓고 연방 일어섰다가 앉았다. 특히 직장의 장이 식당 문에 들어서니 밥숟가락을 놓고 일어서서 인사할 준비를 하다가 가까이 오면 넙죽 절을 했다. 아랫사람에게는 절대 인사도 잘 하지 않던 사람이다. 같이 배식을 받은 니는 밥을 다 먹어 가는데 그는 인사를 하다 보니 밥이 그대로 있었다. 보다 못한 내가 한 마디 했다. 그의 모습은 젊은 사람들이 보아도 좋은 풍경이 아니므로,

"몇 년생이지요."

"62년생인데요."

그의 생년월일을 아는 나는 그를 바라보며 회심의 미소를 띠며 또 한 마디 했다.

"64년생으로 알고 있습니다만."

그는 그냥 나를 표정 없이 질리도록 바라보았다. 나는 내가 무엇을 잘못했는가 하다가 또 한 마디 하고 말았다.

"그러면 나와 같이 62년생입니다."

그러고 웃어 버렸다. 더 이상 대화를 할 가치가 없어 그렇게 끝이 났다. 대화의 시작은 나이도 들 만큼 든 사람이 윗사람에게 너무 굽실대는 것이 아닌가? 이제 나이가 많아 나는 승진을 포기하고 편안하게 밥을 먹는데, 너는 아직도 승진을 하겠다고 굽실거리는 것이 정말 힘들어 보인다는 뜻으로 나이를 물은 것인데, 생각지도 않게 나이를 속이자 대화를 계속 이어 갈 수가 없게 되었다.

며칠이 지났다. 어쩌다 휴게실에서 마주 보며 앉게 되었다. 나는 불현듯 그와의 대화를 떠올리게 되었다. 그 대화가 그와 나의 관계를 좋게 만들지는 못했으므로 나쁜 감정을 없애 보려고 또 대화를 시도했다.

"나는 조금이라도 기분 나쁜 감정이 있으면 말로 풀어 버려야 속이 시원한 사람입니다. 전번에 식당에서 나이 때문에 조금 불편했는데 실제 생년이 64년으로 알고 있는데 맞지요? 그런데 그때는 왜 62년생이라고 했지요?"

그는 아무런 표정 없이 나를 한참이나 쳐다보더니 볼멘소리로,

"본인이 먼저 62년이라고 했으니 나도 62년이라고 했지."

순간 당황했다. 내가 62년이라고 말한 적이 있었던가? 대화의 마지막에 내 나이를 말했는데 그는 대화의 순서를 바꾸어서 유리하게 말을 했다. 나는 대화를 더 진행하고 싶은 마음이 없었다. 빨리 끝내고 싶었다. 오해를 풀려고 꺼낸 말인데 오해가 더 늘어날 것 같았다. 내 성격은 위험이 닥치면 일단 피하고 보는 편이라 그의 말에 반격도 못 하고 그렇게 대화를 끝냈다. 그러다 밖에 나가 잠시 생각해 보니 정말 그에게 내 나이를 먼저 말한 적이 없는데, 내가 당했다는 것을 알게 되었다.

다시 수개월이 지났다. 그에 대한 나쁜 감정은 좀처럼 사라지지 않았다. 언젠가 이 오해를 풀고 싶었다. 그의 바른 태도를 보고 싶었다. 그의 나이가 나보다 적다는 인식을 시키는 것이 아니라 왜 말의 앞뒤를 바꾸어 거짓말을 했는가가 중요했다.

이번에도 싱거운 내가 먼저 대화를 시도했다. 그것은 다른 사람의 말에 슬쩍 끼어드는 형식이 되었다.

"전번에 보니까 나이도 속이던데, 그것이 문제입니까?"

그는 눈을 바로 뜨더니 나를 응시하기 시작했다. 그리고 한 마디 뱉었다.

"먼저 나이를 속이니까 내가 속였지. 그리고 내 나이는 실제로

62년이 맞아, 호적이 늦어서 그렇지."

내가 물은 것은 호적의 생년이지 실제 나이를 물은 것이 아니었다. 그는 이번에도 전번과 같이 뒤집어씌우는 화법을 쓰고 있었다. 유독 나에게만 덮어씌우는 화법을 쓰는 것일까?

그와 다른 사람들과의 대화도 유심히 들어 보기로 했다. 그런데 뒤집어씌우기는 누구에게나 쓰는 화법이었다. 어떤 분이 그에게 말을 했다.

"길을 가다가 무심한 행동이었겠지만 침을 뱉던데요."

아마 그가 도덕군자처럼 말을 하니 농담으로 던진 말인 것 같았다. 그러나 그의 대답은 이러했다.

"당신이 먼저 가래침을 뱉았잖아!"

또 다른 사람과의 대화도 관찰하게 되었다. 담배를 피우고 재떨이에 재를 떨지 않고 난로 위에 털면 안 된다고 나무랐다. 그의 대답은 이번에도 예상을 빗나가지 않았다.

"너가 먼저 난로에 떨었잖아!"

아! 그것이 바로 덮어씌우기 화법이었구나! 이 사람은 이런 화법으로 본인의 위기를 모면하는구나! 수많은 사람들에게 임시방편으로 덮어씌우기 화법을 썼겠지만 조금만 생각해 보면 금방 탄로가 날 일인데, 잠시 머뭇거리게 하고는 피해 버리는 화법, 그 화법이 대인 관계에서 좋은지 나쁜지는 모르겠지만 나는 그렇게 하면서까지 위기를 피하고 싶은 마음은 없었다. 위기가 오면 뒤로 물러서는 것이 내 성격이라 할지라도 덮어씌우면서까지 피하고 싶지는 않다는 말이다.

80 요즘 학교는

　신호를 받아 국도를 벗어나 교문 통로에 들어섰다. 차가 밀렸다. 그것도 수십 대가 밀려서 교문으로 들어가려는 차가 진입을 못 하자 큰 도로에도 차가 밀리기 시작했다. 학생들은 삼삼오오 짝을 지어 10여 명이 교문 통로 가운데를 메우고 있었다. 가장 앞에서 가는 차가 거북이걸음으로 가다가 멈추다가를 반복했다.

　사정은 이러했다. 학생들이 한 줄 또는 두 줄로 가지 않고 왕복 2차선 교문 통로를 차량이 못 가도록 가운데를 가고 있으니 차가 갈 수가 없었다. 교직원들의 차량은 학생들이 비켜 주기만 기다리고 있다가 한두 명이 비켜서면 가고, 학생들이 비켜 주지 않으면 또 서는 형태가 계속 유지되고 있었다.

　보통 교직원들은 교문 통로로 차를 운전할 때 학습에 지장이 있을까 학생들이 길을 비켜 주지 않아도 경적을 울리지 않는다. 학생들은 아무 생각 없이 친구들과 잡담을 하며 가로로 늘어서서 등교를 한다. 출근하는 교직원들이 학생들로 인해 업무가 늦어도 교문 안에서는 천천히 학생들이 비켜 주기를 기다리며 출근하는 것이 보통이다.

　기다리다 지친 교직원 중에 한 사람이 경적을 울렸다. 그러자 학생들은 잠시 길을 비켜 주었다. 교원들의 차가 지나가도 인사하는 학생은 거의 없다. 그저 무관심할 뿐이다.

주차장에 차를 세우고 교무실로 들어가려다 현관으로 물밀듯 들어오는 학생들을 보았다. 그들은 교직원들을 봐도 무표정할 뿐이다. 간혹 교사가 먼저 말을 건다. 그러면 인사를 하는 학생들도 있으나 대부분 그냥 현관을 가로질러 교실로 뛰어 들어간다.

현관으로 들어오는 입구에 차가 밀리기 시작했다. 영업용 택시, 학부형들이 몰고 온 차들로 북새통을 이루었다. 현관 앞에 학부형 자가용이 멈추고 뒷좌석에서 학생이 내린다. 운전석 옆자리 유리문이 열리면서 학부형으로 보이는 사람이 한 발짝 물러선 학생을 불렀다. 학생은 돌아서서 유리문이 열린 차 쪽으로 간다. 차 안에서 운전을 하고 온 학부형이 돈을 내어주고, 악수를 청하며 잘 가라고 손을 흔든다. 꽤 오랜 시간을 지체했다. 그러다 뒤차가 밀리고 뒤차에서도 그와 비슷한 행동이 이루어진다. 교직원들의 차는 학교 건물 뒤편에 만들어진 주차장에 주차를 하느라 현관 앞에 세우는 사람들은 거의 없지만 아침에는 학생들이 타고 온 차들로 언제나 복잡하다.

경기도 어디에서 수업 시간에 핸드폰을 사용한 학생을 불러내어 5초 동안 벌을 세웠다가 벌을 세운 교사가 징계를 당했다. 또 수업 중 태도가 불량하여 꾸중을 했다가 꾸중 들은 학생의 학부형에게 교사가 구타를 당했다. 그뿐인가. 학생이 여교사를 성희롱하고 심지어 학생이 교사를 구타하는 일이 발생하는 것이 현실이다. 여교사가 비록 기간제이기는 하지만 남학생과 그것도 중학교 남학생과 부적절한 행위를 하고, 교장이 여학생을 불러다 부적절한 행위를 했다는 뉴스도 나오는 것이 현실이다.

군사부일체라는 옛날의 교육 방식은 오늘에 적합하지 않은 것 같다. 오늘의 교육은 오늘의 현실에 맞추어 할 필요가 있다. 교원들은 옛날의 교육 방식을 생각하며 향수에 젖기도 한다. 교원도 옛날의 스승이 아니며 학생도 옛날의 제자가 아니다. 학생이 변하고 사회가 변하면 교사도 변해야 한다. 정식 교문을 두고 개구멍으로 학생들이 등교를 한다면 개구멍이 난 곳에 교문을 만들어 주는 것이 순리라고 본다. 억지로 개구멍을 막는다고 될 일이 아니기 때문이다.

요즘 학생들은 조금 멀리 떨어져 가는 교사를 부르며 손을 흔들어 인사하기를 좋아한다. 교무실에도 수시로 들락거리며 찾는 교사가 없으면 '○○ 선생님' 하고 큰 소리로 부른다. 교사와 상담을 하면서도 의자에 앉는 것보다 교사의 책상 위에 앉는 것을 좋아한다. 조금 먼 거리의 식당에 가면서 비가 오면 교사의 우산 속으로 들어와 태연히 같이 가는 것이 자연스럽다. 간혹 교사와 길을 걸으면 교사의 어깨에 손을 얹고 걷는 경우도 있다.

수시로 교무실에 와서 휴지를 달라는 학생들을 위해 항상 휴지를 준비하고, 볼펜을 찾는 학생들이 있으면 즉각 볼펜을 빌려 주어야 한다. 비가 오면 교무실에 와서 우산을 빌려 달라는 학생들이 많다. 우산을 미리 여러 개 준비하여 비 오는 날을 대비해야 한다. 심지어 돈을 빌려 달라는 학생에게 차용증을 받아 두는 한이 있더라도 돈을 빌려 주는 것이 현실에 적응하는 것이 아닐까 한다.

우리는 교육 현실을 탓하기 전에 시대에 맞추어 교원도 변해야 된다고 생각한다. 학생이 학업을 포기하고, 예의가 없어도 교사가 지도할 수 있는 테두리를 정해 테두리 안에서 지도하는 지혜가 필요한 시대에 살고 있다. 잘못되는 길로 가는 학생들을 억지로 바로 잡으려고 한다면 교사도 학생도 상처를 입게 되는 것이 요즘의 학교이다.

모든 것이 물질로 환산되는 시대에 살고 있다. 학생을 내 아들같이 생각하던 시대는 지나갔다. 학생은 학생일 뿐이다. 월급을 받는 만큼만 지도하고, 지도할 수 있는 범위만큼만 지도하는 시대에 살고 있다. 더 욕심을 내는 것은 우를 범하는 짓이다. 교원에게 더 많은 것을 강요해서는 안 된다. 주어진 범위 안에서 주어진 일을 하도록 해야 한다. 혹시 법과 규칙은 현실을 따르면서 교원에게만 옛날 스승의 길을 바라는 것은 아닌지! 국가도 학부형도 반성을 해 볼 필요가 있다.

81 학생 출입금지, 휴지 및 물컵 없습니다

지금 이 이야기가 언젠가는 옛이야기처럼 되는 시대가 곧 올 것이라는 기대를 한다.

점심시간이 되어 평소 가지 않던 학년 교무실 복도를 지나치게 되었다. 아무 생각 없이 출입문에 무엇인가 붙어 있어 읽게 되었다. 한편은 이해가 되면서 한편은 학생도 나무라고 싶고, 학교 관리자도 나무라고 싶은 생각이 들었다. 그것은,

"학생 출입 금지, 휴지 및 물컵이 없습니다."

이 글귀를 읽으면서 먼저 스치는 것은 학년 교무실에 와서 휴지를 달라고, 물컵을 달라고 얼마나 보챘으면 학생들이 드나들어야 할 출입문에 저렇게 써 붙였을까?

인제 와서 내가 학교 다닐 때 그 엄한 교무실 출입을 말하고 싶은 것은 아니다. 시대가 변하면 교사도 학생도 변하는 것이다. 교무실에 와서 휴지를 달라고 하는 것은 10년 전부터라고 생각된다. 화장실이 수세식으로 변하자 처음에는 학생들이 휴지를 가지고 다녔다. 그러다 폐지를 팔아 두루마리 휴지를 사서 화장실에 걸어 두었다. 물론 학교에 따라서 많은 차이가 있었을 것이다. 적어도 내가 근무하던 학교는 그러했다. 그러다 화장지를 살 돈이 없어지자 학생들은 교무실로 행정실로 가서 화장지를 달라고 했다. 처음 그

런 소리를 들을 때는 정말 황당했다. 옛날식 교무실을 생각하고 있던 터라 놀랐다는 것이 맞다. 그러다 이제는 폐지를 판 돈으로 화장지를 구입하는 것이 아니라 학교 돈으로 구입을 했디.

학생들은 교무실에 와서 화장지를 달라고 하는 것을 시작으로 비가 오면 우산을, 시험 칠 때는 수성 사인펜을, 볼펜이 없으면 볼펜을, 심지어 커피를 달라고까지 했다. 처음에는 거부감을 갖던 교사들도 이제는 익숙해져서 있으면 주고 없으면 없다고 말을 한다.

마침 글을 써 붙인 선생님을 만났다. 심심하기도 하고 궁금하기도 하여 문구를 써 붙인 내력을 듣게 되었다. 내 생각이 얼마나 잘못되었는지 아니면 같은 생각을 하고 있는지 확인도 하고 싶었다. 그는 학년 교무실에 학생들이 와서 화장지를 달라고 하는 것이 한두 번이 아니고 시간마다 오니 화장지를 개인 돈으로 구입하여 쓰는데 하루에 한 두루마리가 모자란다고 했다. 화장지를 두고 없다고 하기는 양심의 가책으로 할 수가 없어 그저 있으며 주었는데 이제는 달라고 하지 않고 교무실에 와서 살펴본다는 것이다. 그러다 화장지가 발견되면 아무 말 없이 가져가서는 쓰다 남은 것조차 가지고 오지 않는다는 것이다. 종이컵도 사 놓은 것이 무섭게 없어지니 개인 돈으로는 도저히 감당이 되지 않아 그렇게 써 붙였다며 웃었다. 그 선생님도 50대는 되었으니 옛날 교무실 출입을 모르는 바 아니지만 시대가 그러니 변할 수밖에 없다고 했다.

그렇다. 시대는 저 앞에 가는데 학교는 저 뒤에서 따라오고 그 뒤를 행정가들이, 정치가들이 따라오고 있는 것이다. 화장실이 수세식으로 변했으면 그에 따른 휴지도 사 주어야 할 것이며, 정수기를 사 주었으면 물컵도 소독을 하든지 아니면 종이컵을 주어야 할 것이다. 우산도 준비하여 정해진 곳에 걸어 두고 언제라도 사용할 수 있게 해야 한다고 생각한다.

국민 소득이 높다고 자랑만 할 것이 아니라 학교에 조금이라도 더 투자하자는 말은 하기 싫다. 지금 이 상태에서 조금만 신경을 쓰면 충분한 일들을 그렇게 하지 않아 죄 없는 교사들만 고생을 하는 것이다.

휴지가 없고 물컵이 없으니 교무실에 들어오지 말라는 교사의 심정이 오죽할까? 정말 답답하다.

82 선생님과 화장실

내가 초등학교에 다닐 때, 선생님은 화장실도 안 가는 줄 알았다. 특히 여선생님은 중학교 때도 그러했다. 중학교 때 국어 선생님이 여선생님이었는데 그분을 볼 때마다 하늘에서 내려온 선녀인줄 알았다.

지금 학생들은 어떠할까? 지금 학생들 중에는 내 초등학교 때 같은 어리석은 학생은 없는 것 같다. 혹 있다면 천연기념물 정도가 아닐까 한다.

오늘 있었던 일이다.

토요일이라 매 학기마다 한 번 학교가꾸기날을 정하여 대청소를 한다. 학생들의 청소지도를 하다가 화장실에 가게 되었다. 교직원용 화장실에 내가 들어갈 때는 아무도 없었다. 화장실 문을 닫자 학생들의 와자지껄한 목소리가 들려왔다. 보통 때 교직원용 화장실을 이용하는 학생들이 있어 그저 그런가 했는데(일상적으로 교사용 학생용 구분이 있어도 학생들이 교사용을 사용해도 아무도 말리지 않는다) 학생들의 소리는 더욱 크게 들렸다. 물을 틀어 호스로 장난을 치는 소리가 들렸다. 청소를 하는 것이라 생각하고 그렇게 있었는데 갑자기 내가 앉아 있는 화장실 문을 요란하게 밀었다 당겼다 하는 것이었다. 안에 사람이 있음을 알리기 위해 문에 노크를 했는데(화장실에 사람이 있으면 글씨가 빨간색으로 변한다) 안에 사람이 있음을 알 수 있는데도 상관하지 않고, 내가 노크를 해도 계속 문을 흔들어 대었다.

그러다 문이 열려 버렸다. 나는 앉아 있는 상태이고 학생들은 청소를 하다가 여러 명이 안을 들여다보는 진풍경이 벌어지게 된 것이다. 열린 문은 내가 잡기에 너무 먼 거리에 있었다. 일어서서 문을 잡지 않으면 힘든 거리인지라 일어서지도 못하고 앉아서 소리만 질렀다.

"문 닫아라! 문 닫아라!"

그러나 어느 학생 하나 문을 닫는 사람이 없었다. 나는 이 상황을 어떻게 해야 하나 당황하지 않을 수 없었다. 그러다 나도 모르게,

"이 쌍놈의 새끼들!"

하고 소리를 질렀다. 내가 학생들을 보고 욕을 하다니, 평소에 되도록이면 욕을 하지 않아야지 하던 내가 욕을 하다니…….

나는 화장실 안에 앉아 있고 학생들은 구경하고 그런 시간이 몇 분 흘렀다. 급한 내가 앉아서 다리를 움직여 문 쪽으로 앉은걸음을 하여 문을 잡아당겼다. 마침 윗옷이 내 몸을 가려 주었지만 모두를 가렸다고 보기는 힘들었다.

문을 닫고 나니 밖에 있던 학생들이 웅성거렸다.

"야! ○○ 선생님이야! 선생님이면 어쩌라고!"

그러고는 계속 청소를 하고 있었다. 나도 그대로 앉아 있었다. 그러다 일어나서 밖으로 나가려니 내가 민망하여 나갈 수가 없었다. 어떻게 하나, 나가서 학생들을 보고 무슨 말을 해야 하나, 아니면 아무 소리 하지 않고 그냥 나가 버릴까? 그러다 문을 열고 나

왔다.

"청소하냐?"

"예."

83 새벽 눈 내린 어느 날

　몇 년 전 어느 여고에 근무할 때, 잠시 본 풍경 한 장면이 시도 장소도 없이 떠오른다. 그 장면이 떠오르는 순간은 마취 상태가 되어 넋을 잃고 시선을 고정하지 못하고 서 있게 된다. 정신없이 무엇을 하다가 특히 조용할 때보다 바쁠 때 문득 문득 떠오른다. 한순간에 스쳐간 그 풍경은 몇 년이 지나도 계속되었다.

　오늘은 소란스러운 식당에서 점심을 먹기 위해 배식을 받는데 또 느닷없이 떠오른 것이다. 뒷사람에 밀리어 앞사람의 등만 보고 서 있다 보니 줄은 끝이 나고 식판에는 밥과 반찬이 가득했다. 잠시 자리를 찾아 앉아도 그 풍경은 사라지지 않았다. 혹시 문자로 정착되기를 기다리는 것은 아닐까? 숟가락을 들다 말고 종이를 꺼내 정신없이 쓰기 시작했다. 다른 사람들의 시선은 의식하지 못한 채.

　아침 수업이 있어 일찍 출근을 서둘렀다. 대문을 나서며 새벽에 눈이 내린 것을 알고 당황했으나 그도 잠시뿐, 시간에 쫓기는 아침이라 허둥지둥 미끄러지며 자빠지며 바쁘게 출근을 했다. 흰 눈이 소복이 왔는데도 아무런 감정을 느끼지 못했다. 수업에 늦지 않아야겠다는 바쁨만 있을 뿐이었다.

　마침 2층 교실에 수업이 있어 정신없이 책을 챙겨 들고 계단을 올라갔다. 학생들은 어제 저녁 야간 자율 학습을 마치고 독서실에 갔다가 새벽에 집을 다녀온지라 아직 잠에 취하여 비몽사몽 내려오는 눈꺼풀과 씨름을 하고 있었다. 수업은 늘 그러하듯 내가 아는 작은 지식을 의무처럼 전달하기 시작했다. 그러다 문득 숨을 돌리기 위해 운동장을 내려다보았다.

새벽 눈이 내린 날이라 운동장은 온통 흰색으로 덮여 있었다. 지붕도, 들도, 산도 모두 흰색이었다. 새벽부터 흰색이었지만 이제야 보인 것이다. 학생들은 등교하기 바쁘게 교실에 들어가느라 운동장에는 발자국 하나 남기지 않았다. 일상적으로 다니는 길에만 발자국이 있을 뿐, 사람의 흔적은 찾을 수가 없었다. 아무도 밟지 않는 눈 위는 신비하기까지 했다.

운동장은 저만치 아래에 있다. 학교 건물이 산비탈에 매달려 있어 건물 아래로 높은 계단이 있다. 수십 계단을 내려가야 운동장이 있다 보니 조회대가 조그맣게 보일 정도이다.

넓은 운동장 주위의 플라타너스는 오랜 세월 동안 자라기를 멈추지 않아 그 키가 너무 컸다. 2층에 있는 교실에서도 쳐다볼 정도이다. 플라타너스 꼭대기에는 까치집이 나무마다 있었다. 까치들은 눈이 쌓인 운동장의 백색에 놀랐는지 앉지도 않고 날기만 했다. 학생들도 까치도 흔적을 남기기에는 너무 거룩하여 민망한 것 같았다.

까치들은 그 높은 곳에서 이 나무 저 나무를 외롭게 옮겨 다닐 뿐 소리도 지르지 않았다. 까마귀들도 여기저기를 기웃거렸으나 하늘만 희롱할 뿐이다.

너무 고요한 운동장의 적막! 이 풍경을 어떻게 표현해야 하나! 안절부절 못하다 겨우 '눈이 아리다'라는 말을 떠올릴 수 있었다.

내가 자란 고향 뒷동산에는 떡갈나무와 느티나무 고목이 많이 있었다. 그 나무에도 까치집이 있었다. 마을에 낯선 손님이 오면 때를 가리지 않고 짖어대었다. 궂은 날은 까마귀들도 날아다녔다. 큰 산을 따라 내려오던 돌과 흙이 더는 흐르지 못하고 멈춘 듯한 뒷동산은 마을을 에워싸고 있었다. 언제부터 그 자리에 서 있었는지 모를 나무들이 군상을 이루며 여기저기 흩어져 있었다. 아마 이 마을이 생기기 전에 먼저 자리를 잡고 있다가 마을이 생기니 아래를 내려다보며 지켜 주었을 것이다. 그 고목은 단오가 되면 그네도 매고 추수를 하면 콩과 조를 기대 세우기도 했다. 바람이 불면 꿀밤도 내려 주고 까치집도 보듬어 주었다. 계절이 바뀔 때마다 다른 모습을 하는 고목은 어른들의 휴식처로, 아이들의 놀이터로 마을 사람들과 무척 가까웠다. 특히 눈이 오는 겨울에는 을씨년스럽게 서 있었는지, 아니면 새벽 눈이 내려 새하얀 마을을 나처럼 운동장의 플라타너스를 보듯 '눈이 아린' 풍경을 보고 있었는지는 모르겠다.

학교의 플라타너스와 고향의 떡갈나무가 같을 수는 없지만 까치가 집을 짓는 것과 새벽 눈이 내리면 세상 모두를 내려다보며 서 있는 것은 다를 수가 없다.

내 상념에서 지워 버리고 싶지 않은 그 풍경이 문자로 말리(건조)면 더 뚜렷이 남아 언제까지 남아 있기를 기대해 본다.

이인우(李仁雨)

　　1952년 경북 안동 출생
　　안동교육대학 졸업
　　대구대학교 사범대학 국어교육과 졸업
　　영남대학교 교육대학원 석사
　　한국문인협회 이사, 한국소설가협회 회원
　　안동문인협회 회장, 안동수필문학회 회장
　　한국예총 안동지부 수석부회장, 이육사문학관 이사
　　1979년 '가을 낚시'를 『새교실』에 발표하면서 작품 활동 시작
　　소설『가래나무 골』대구대문학상 수상
　　소설『밀어여행』문예사조 당선
　　시조『저녁답에』전국시조공모전 입선
　　모범공무원상(국무총리), 교육부장관상 2회 등 수상경력 10회
　　교육논문 10여 편 당선
　　소설집『밀어여행』, 테마에세이집『안평 가는 길』외 다수

초 판 인 쇄 | 2013년 1월 14일
초 판 발 행 | 2013년 1월 14일

지 은 이 | 이인우
펴 낸 이 | 채종준
펴 낸 곳 | 한국학술정보㈜
주　　소 | 경기도 파주시 문발동 파주출판문화정보산업단지 513-5
전　　화 | 031) 908-3181(대표)
팩　　스 | 031) 908-3189
홈 페 이 지 | http://ebook.kstudy.com
E - m a i l | 출판사업부　publish@kstudy.com
등　　록 | 제일산-115호(2000. 6. 19)

ISBN　　978-89-268-4024-5 03810 (Paper Book)
　　　　978-89-268-4025-2 05810 (e-Book)

여담
Books 는 한국학술정보(주)의 지식실용서 브랜드입니다.